LA PRINCESSE DE FEU

JUDE DEVERAUX

LA PRINCESSE DE FEU

FRANCE LOISIRS
123, Boulevard de Grenelle, Paris

Titre original :

TWIN OF FIRE

Traduction française de Vassoula Galangau

Edition du Club France Loisirs, Paris
avec l'autorisation des Presses de la Cité

ISBN : 2-7242-3713-7

Note de l'auteur

Avant d'entreprendre des recherches historiques pour mes romans, j'avais la conviction que, jusqu'à la Première Guerre mondiale, les hommes et les femmes étaient satisfaits de leur rôle dans la société. Je pensais que les femmes se laissaient dominer avec plaisir par leurs maris et que ceux-ci étaient ravis de la soumission de leurs épouses.

Quelle ne fut pas ma surprise en découvrant qu'il n'en était rien et que, dès le XIVe siècle, des femmes, armées de plumes acérées, dénonçaient l'oppression masculine. L'état d'esprit des hommes à la même époque se résumait assez bien par une vieille plaisanterie que Shakespeare reprit plus tard à son compte : l'homme qui est capable de persuader sa femme de le suivre, sans déclencher aussitôt une avalanche de protestations, mérite un prix d'honneur. Aucun représentant du sexe fort n'a emporté le prix, à ce jour.

Si le Moyen Age foisonne d'exemples de femmes révoltées, que dire du XIXe siècle ! Aucun texte contemporain n'a atteint la virulence de ces écrits féministes qui réclamaient l'égalité des salaires tout en s'insurgeant contre le viol conjugal ou le droit des hommes de kidnapper leurs enfants.

La différence, c'est qu'à l'époque chaque livre féministe prônant l'égalité des sexes se voyait contredit par un ouvrage rédigé de main d'homme annonçant la fin du monde si les femmes ne retournaient pas à leurs fourneaux.

Aujourd'hui, les femmes continuent de se battre tandis que les hommes sont de plus en plus résignés, ce qui est fâcheux car, entre nous, rien n'est plus excitant dans la vie qu'une bonne dispute !

PROLOGUE

Philadelphie, avril 1892.

— Surprise ! crièrent onze bouches à l'unisson au moment où Doriane Chandler entrait dans la salle à manger de tante Flo et oncle Henry.

Avec sa lourde chevelure d'acajou sombre aux reflets cuivrés, ses grands yeux turquoise, son petit nez droit et ses lèvres finement ourlées, la nouvelle venue était ravissante.

Elle marqua une pause, refoulant un flot de larmes de joie, tandis qu'elle considérait les gens qui venaient de l'accueillir. Debout entre son oncle et sa tante, Alan la dévisageait d'un air énamouré. Les autres, une femme et sept hommes, tous des camarades de la faculté de médecine, se tenaient derrière une table qui croulait sous un monceau de paquets enrubannés et enveloppés de papier doré.

Tante Flo se détacha du groupe avec une grâce de jeune fille.

— Ne prends pas cet air hébété, chérie, susurra-t-elle en s'approchant de Doriane. Nous mourons d'envie d'admirer tes cadeaux.

— Celui-ci d'abord ! renchérit oncle Henry en brandissant le plus gros paquet du lot.

Doriane le contempla, émerveillée. Elle en devinait le contenu mais n'osait trop se réjouir. Ses mains tremblantes d'impatience défirent l'enveloppe, dévoilant une mallette de cuir fauve qui contenait des instruments de chirurgie rutilants. La gorge nouée d'émotion, elle se laissa tomber sur une chaise. Son doigt erra amoureusement sur la petite plaquette de bronze poli qui affichait son nom : Dr D. Chandler.

La voix vibrante d'Alan brisa le silence :

— Mesdames, messieurs, la voilà celle qui a eu le courage de cacher des œufs pourris dans la blouse du grand patron, celle qui a su conquérir tous les vieux mandarins de la médecine, celle, enfin, qui vient de remporter le concours de Saint-Joseph en devenant du même coup la première femme interne de l'hôpital le plus misogyne de toute la Pennsylvanie.

Doriane resta bouche bée.

— M... moi ? bégaya-t-elle. Je... euh...

— Remets-toi, mon petit, dit tante Flo, le visage rayonnant de joie. Tu as obtenu ton internat. Tu commenceras en juillet, sitôt que tu seras revenue du mariage de ta sœur.

Les yeux écarquillés, elle regarda son oncle Henry.

— Avouez, mon oncle ! Vous avez le bras assez long dans cette ville pour influencer n'importe quel comité de sélection.

Henry bomba fièrement le torse.

— J'ai simplement parié avec ces vieux schnocks que, si ma nièce n'arrivait pas en tête de liste, je me faisais fort de la persuader de renoncer à sa discipline. Dans le cas contraire, je demandais à ces messieurs de l'employer, quitte à abandonner une tradition dont Saint-Joseph est fier. Ils n'ont pas pu résister à une telle offre. Après tout, ils avaient une chance sur deux de voir une femme laisser tomber une profession réservée aux hommes.

Le visage de Doriane s'éclaira d'un pâle sourire. Si elle avait eu vent de ce pari, elle aurait certainement raté ses examens. Le rire chaleureux d'Alan chassa cette image de sa pensée.

— Vous avez réussi, chérie ! s'exclama le jeune homme en posant sa main sur l'épaule de Doriane. Toutes mes félicitations !

Tante Flo lui tendit une lettre qui confirmait son admission à Saint-Joseph et Doriane la serra sur sa poitrine. Elle se représentait aisément son avenir : un tableau lisse et parfait dont rien ne pouvait altérer l'harmonie. « J'ai une famille, des amis, pensa-t-elle. Je vais faire ma spécialisation dans un des meilleurs hôpitaux d'Amérique. Et j'ai Alan, l'homme que j'aime. »

Elle posa sa joue satinée sur la main du jeune homme et contempla les instruments qui scintillaient dans leur coffret de cuir. Son rêve le plus cher ne tarderait pas à se réaliser. Il ne lui restait plus qu'à retourner à Chandler dans le Colorado, pour assister au mariage de sa sœur jumelle.

Alan profiterait de cette absence pour rendre visite à sa famille. Ils comptaient rendre officielles leurs fiançailles au retour de Doriane. Le mariage était prévu pour la fin de leur internat.

Doriane dédia un sourire lumineux à ses amis. Elle serait ravie de partager avec eux son bonheur.

Oui, dans un mois, elle allait réaliser son rêve le plus cher !

1

Chandler, mai 1892.

Doriane se tenait droite comme un I au milieu du salon. C'était une longue pièce surchargée de meubles lourds dont le bois sombre était égayé, çà et là, d'un napperon de dentelle. Duncan Gates, le deuxième mari de sa mère, avait fini de payer les traites de la maison. Pourtant, toute la ville continuait à appeler le manoir Chandler House, du nom de William Houston Chandler, l'homme qui l'avait fait construire.

La jeune femme était vêtue d'un costume sobre, ample jupe noire et chemisier blanc. Ses paupières mi-closes dérobaient à son interlocuteur l'éclat furibond de ses prunelles. Depuis son arrivée, une semaine plus tôt, son beau-père n'avait pas raté une occasion de la morigéner.

En l'occurrence, ce grossier personnage s'évertuait à inventer une définition de la dignité féminine. Selon lui, il était hors de question qu'une véritable dame se compromît dans une carrière médicale et encore moins qu'elle se spécialisât dans les blessures par balles. C'est sur des canevas qu'une dame digne de ce nom se devait d'exercer ses talents de brodeuse et non sur des tripes perforées.

— J'espère que vous allez vite vous ressaisir et oublier ces bêtises, conclut-il triomphalement. Une dame est faite pour diriger son foyer, un point c'est tout. Ainsi que l'éminent Dr Clark l'a prouvé, dès qu'une femme se met à utiliser son cerveau, ses fonctions organiques s'en ressentent.

— Votre Dr Clark est un crétin ! riposta Doriane d'un ton excédé. Ce type a examiné une collégienne de quatorze ans aussi plate qu'une planche à repasser, et ensuite il s'est permis de tirer des conclusions à propos de l'influence de l'esprit sur les ovaires !

La figure de M. Gates vira au cramoisi.

— Je ne tolérerai pas un tel langage sous mon toit ! glapit-il. Le fait que vous prétendiez au titre de docteur ne vous autorise pas à confondre ma maison avec une salle de garde.

Doriane fusilla son beau-père d'un regard meurtrier.

— Votre maison ! lança-t-elle rageusement. Depuis quand êtes-vous ici chez vous ? C'est mon père qui...

Elle fut interrompue par l'entrée d'Aryane, sa sœur jumelle.

— N'est-ce pas l'heure du dîner ? demanda celle-ci de sa voix froide et bien modulée, une voix que Doriane commençait à détester. Si nous passions à table ?

Doriane réprima une folle envie de fuir. Dieu qu'Aryane avait changé ! Du reste, elle n'était pas la seule. Des tas de choses n'étaient plus les mêmes.

Installée à la grande table en acajou entre sa mère et son beau-père, Doriane laissa son esprit vagabonder. Elle était revenue dans sa ville natale sans a priori, toute à la joie de revoir sa mère, sa sœur et ses amies d'enfance. Cinq ans s'étaient écoulés depuis son dernier passage à Chandler. Elle avait alors dix-sept ans et souhaitait commencer des études de médecine. Sans doute, ses projets personnels la préoccupaient-ils trop à cette époque pour lui permettre de se rendre compte de l'atmosphère dans laquelle vivaient les habitants du manoir.

Cette fois-ci, ce fut tout le contraire. A peine avait-elle posé un pied hors du train qu'elle s'était sentie oppressée. Aryane, venue la chercher à la gare, était l'image même de la grande bourgeoisie guindée : une très belle femme, certes, mais qui faisait irrésistiblement penser à un glaçon. D'une rare élégance, elle avait accueilli la voyageuse sur le quai sans la moindre effusion. Contrairement à ses habitudes passées, elle s'était abstenue de rapporter à sa sœur les potins de la ville et le trajet du retour s'était effectué dans un silence pesant. Doriane avait essayé de briser la glace mais n'avait eu droit qu'à un regard réfrigérant. Même le nom de Leander, le fiancé d'Aryane, semblait la laisser de marbre.

Consternée, Doriane s'était abîmée dans la contemplation de la ville. Les maisons aux façades grandiloquentes de style victorien qui bordaient les rues pavées, avaient remplacé les petits pavillons de jadis. Lorsque la voiture emprunta l'allée de Chandler House, elle ne put réprimer un sourire en apercevant l'imposante demeure de brique rouge. Elle grimpa vivement les marches du perron et pénétra par la double porte dans le vestibule. Il lui fallut moins de dix minutes pour comprendre la raison de la métamorphose d'Aryane. L'homme qui venait à sa rencontre était solide comme un roc et incarnait l'autosatisfaction la plus absolue.

Dès l'âge de douze ans, Doriane était partie en Pennsylvanie chez sa tante et son oncle. Elle avait oublié à quoi ressemblait son beau-père. Son précédent séjour avait été trop court pour qu'elle pût le juger. M. Gates s'avançait vers elle sans l'ombre d'un sourire. Déjà, les reproches se substituaient aux formules de bienvenue : aucune femme n'allait pratiquer la médecine sous ce toit sans encourir aussitôt les foudres du maîtres de céans. Etait-ce clair ?

Suffoquée, Doriane jeta un regard suppliant à sa mère. A sa surprise, Opal Gates, plus mince mais aussi plus indolente que dans son souvenir, fit la sourde oreille. Elle passa un bras protecteur autour des épaules de sa fille et l'entraîna vers l'escalier.

Dès le lendemain, Doriane, consternée, garda le silence. Elle n'avait plus rien à dire à personne et cela l'effrayait. Le changement d'attitude d'Aryane constituait son principal sujet d'inquiétude.

Qu'était devenue la jeune fille exubérante qu'elle avait toujours connue ? Où était passée celle dont le rire cristallin résonnait à longueur de journée entre les murs austères de la demeure ? L'Aryane boute-en-train, l'Aryane pitre avait cédé le pas à une chipie sans cœur qui ne pensait qu'à acheter de nouvelles robes, plus affriolantes les unes que les autres.

Le deuxième jour, un secret espoir réchauffa Doriane. Une amie rencontrée sur la place du marché lui souffla que l'existence, apparemment paisible, d'Aryane ne manquait pas de fantaisie. Tous les mercredis, déguisée en vieille femme grincheuse et obèse, Aryane conduisait un lourd chariot chargé de victuailles vers les mines de charbon qui entouraient Chandler.

C'était une lubie plutôt dangereuse étant donné que ces mines étaient de véritables forteresses. Si on découvrait que les épouses des mineurs recevaient des produits qui ne sortaient pas de la manufacture de la mine, Aryane risquait la prison, sans compter qu'un des gardes pouvait lui tirer dessus.

Le troisième jour, après que Doriane eut revu Leander Wesfield... l'espoir s'éteignit.

Les jumelles avaient à peine six ans lorsque Aryane avait décrété que, plus tard, elle épouserait le jeune Westfield son aîné de sept ans. Opal s'était piquée au jeu et l'éducation d'Aryane avait été conçue dans cette optique.

En revanche, Doriane n'appréciait pas l'idole de sa sœur. Un seul épisode jouait en sa faveur. Il datait du jour où Jimmy Summers était tombé d'un arbre. Les autres garçons regardaient, impuissants, l'infortuné gémir sur sa jambe cassée. Seul Leander avait gardé son sang-froid et était parti chercher un médecin. Depuis cet instant, il avait gagné l'estime de Doriane. Quant à Aryane, elle avait paru plus que jamais décidée à l'épouser.

Doriane ne s'était jamais sentie à l'aise en présence du jeune homme. Elle le trouvait trop sûr de lui, trop content de son sort, trop parfait. Elle n'en avait jamais parlé à Aryane. A présent, elle se disait qu'après tant d'années, Leander Westfield avait peut-être changé.

Il n'en était rien !

Tous les après-midi, Leander passait au manoir et emmenait Aryane en promenade dans sa calèche. Cet après-midi, Opal et M. Gates étant absents, ce fut Doriane qui accueillit le visiteur dans le salon. Pendant ce temps, dans son boudoir, Aryane se débattait avec les lacets de son corset.

Doriane se figurait qu'elle avait des points communs avec Leander, à cause de leur commune passion pour la médecine.

— Je vais faire mon internat à Saint-Joseph, annonça-t-elle avec un sourire.

Il était grand, brun et extrêmement séduisant. Son beau visage resta fermé.

— J'espère que vous m'inviterez à assister à vos visites à l'hôpital, poursuivit-elle. Et que vous me donnerez quelques renseignements.

— Est-ce bien la peine ? fit-il après un silence.

— Pourquoi pas ? Entre confrères...

— L'ordre des médecins considère qu'une femme ne peut pas jouir pleinement du titre de docteur. Mais si vous y tenez, je peux vous faire visiter l'hôpital des femmes.

A la faculté, on avait prévenu Doriane qu'elle serait traitée comme un praticien de second ordre.

— Alors je vous surprendrai en vous apprenant que je compte me spécialiser en gynécologie. Que voulez-vous, le mariage n'est pas le rêve unique de toutes les femmes !

Il leva un sourcil et la gratifia d'un regard réprobateur. « Décidément, se dit-elle, la misogynie semble être un trait de caractère commun à tous les habitants mâles de Chandler. » Avec un haussement d'épaules, elle ravala les mots amers qui lui montaient aux lèvres. Après tout, c'était Aryane qui allait vivre auprès de cet individu.

Quelques jours plus tard, une autre question troubla Doriane. Un mariage entre sa sœur et le Dr Westfield était-il souhaitable ? En présence de Leander, Aryane perdait ses moyens. Aucune complicité ne la liait à son fiancé qui se comportait avec une politesse glacée. Quelle différence avec les relations chaleureuses qui unissaient Doriane et Alan !

Autour de la grande table en acajou, l'atmosphère était devenue irrespirable. Harcelée par Duncan Gates, Doriane venait de lui répondre vertement qu'il avait gâché la vie d'Aryane lorsque Leander Westfield se fit annoncer par un domestique. Il entra dans la pièce d'un pas martial qui acheva d'agacer Doriane. Tout à coup, Aryane lui apparut comme une victime innocente, livrée à un homme insensible et sans cœur. A ce moment précis, Leander eut l'audace d'appeler Aryane sa « fiancée ». C'en était trop ! Doriane repoussa sa chaise et quitta la table en courant.

Couchée en travers de son lit, elle inondait l'oreiller de ses larmes quand sa mère pénétra dans la chambre et alla s'asseoir à son côté.

— Doriane ?

Opal prit sa fille dans ses bras et se mit à la bercer doucement comme un bébé.

— Qu'y a-t-il, ma chérie ? En aurais-tu assez de notre maison ? Je sais que M. Gates en est responsable. Au fond, il t'aime bien. Il voudrait que tu fondes un foyer et craint que ta profession ne fasse fuir les prétendants.

Si tu préfères abréger ton séjour et retourner à Philadelphie, près de Flo et de Henry, je ne t'en voudrai pas. Rien ne t'oblige à rester, mon petit.

Les sanglots de Doriane redoublèrent.

— Ce n'est pas moi, hoqueta-t-elle. Moi, je peux m'en aller et ne plus jamais revenir. C'est Aryane. Elle a l'air tellement malheureuse et c'est ma faute. Je suis partie en la laissant entre les mains de ce monstre.

Opal haussa le menton.

— M. Gates est mon époux, déclara-t-elle fermement. Quoi que tu en penses, je le respecte infiniment. Et je ne permettrai à personne...

— Je ne parlais pas de lui.

— Mais alors de qui, mon enfant ?

Doriane regarda sa mère.

— De Leander.

— Leander ? fit Opal d'une voix incrédule. Que lui reproches-tu ? C'est un homme adorable. Avant ses fiançailles avec Aryane, toutes les jeunes filles de Chandler languissaient pour lui. Tu devrais être fière qu'il ait choisi ta sœur. Quelle est la raison de ton inquiétude ? Je ne te comprends pas, Doriane.

Elle échappa à l'étreinte maternelle en reniflant.

— Bah ! j'ai toujours été la seule à le voir tel qu'il est ! As-tu observé Aryane quand Leander apparaît ? Elle se fige. Elle n'ose pas dire un mot et semble terrorisée. Avant, elle était la gaieté même. Maintenant... Depuis mon retour, je ne l'ai pas vue sourire une seule fois. Oh ! maman, comme je regrette d'être partie ! Si j'étais là, j'aurais empêché Aryane de consentir à cette union absurde.

Elle s'élança vers sa mère et enfouit son visage au creux de ses épaules.

— Allons... murmura Opal avec un sourire. Tu as eu raison de partir. Si tu étais restée, tu serais devenue comme Aryane et tu ne songerais qu'à te marier. Le monde aurait perdu un médecin compétent. Regarde-moi, chérie.

Elle prit le petit menton de Doriane et la força à lever la tête.

— Nous ignorons de quelle façon se comportent Aryane et Leander quand ils sont seuls, poursuivit-elle. Personne ne peut connaître la vie privée des autres. J'imagine que tu dois avoir quelques secrets.

Doriane se sentit rougir. Mais ce n'était guère le moment de parler d'Alan.

— C'est comme si j'y étais ! rétorqua-t-elle, les yeux brillants. Je suis sûre qu'ils n'ont rien à se dire, rien à faire ensemble.

Elle se redressa lentement, renfrognée.

— A vrai dire, je n'ai jamais pu souffrir Leander Westfield. C'est un enfant gâté, un bourgeois snob et pompeux. Il est aussi agaçant que ces jeunes dandys du collège qui ne supportaient pas qu'une fille obtienne de meilleures notes qu'eux à l'examen.

— Chérie, tu n'es pas juste. Tu n'as pas le droit de mal juger Leander sous prétexte qu'il te rappelle d'autres jeunes gens.

— Maman, ton indulgence pour lui te rend sourde et aveugle. J'ai en vain essayé de m'entendre avec ce monsieur mais Sa Majesté répugne à échanger des vues sur la science avec une pauvre femme.

— Doriane...

— Je me demande comment il réagirait si un beau jour Aryane décidait de faire autre chose dans sa vie que d'assortir les chaussettes de son époux. Il deviendrait aussi méchant que Gates... pardon, maman !

Opal se rembrunit.

— As-tu parlé avec Aryane ? Elle saurait peut-être t'expliquer pourquoi elle est amoureuse de Leander. Car, pour ma part, j'en suis persuadée. Et quoi que tu en dises, c'est un homme bien intentionné.

— Exactement comme Gates, marmonna Doriane.

Elle se demandait combien d'hommes pleins de bonnes intentions étaient en train de détruire la vie de leurs filles ou de leurs femmes.

2

Doriane tenta l'impossible pour raisonner Aryane. Celle-ci se borna à répliquer sèchement qu'elle adorait Leander et tenait à l'épouser. Doriane, au bord des larmes, lui emboîta le pas alors qu'elle descendait les marches dans un froufroutement soyeux de jupons. Un plan prenait forme dans son esprit.

Leander s'était proposé d'emmener les sœurs Chandler en ville. Aryane avait l'intention de faire des courses pendant que Doriane passerait chez le libraire. Son plan commençait à se préciser : elle allait tâcher de démontrer à sa sœur qu'elle se préparait à sacrifier sa liberté à un tyran. Un sourire malicieux se dessina sur ses lèvres. Rien de plus facile, lorsqu'on avait à faire à un individu aussi imbu de lui-même que le Dr Westfield.

Le jeune homme les attendait dans le vestibule. Ce fut à peine s'il effleura d'un respectueux baisemain les doigts de sa fiancée. Doriane suivit le couple qui s'avançait vers la calèche. Pas un regard échangé, nota-t-elle avec satisfaction, pas un secret attouchement des mains. Aryane marchait lentement, très digne. Sans doute son corset la serrait-elle trop, car elle semblait éprouver quelques difficultés à respirer.

Doriane choisit le moment où Leander aidait Aryane à monter dans la vieille calèche noire pour décocher sa première flèche.

— A votre avis, une femme peut-elle être autre chose qu'une épouse et une mère ? interrogea-t-elle tout en surveillant Aryane du coin de l'œil.

— Pourquoi ? fit Leander d'un air surpris. Vous n'aimez pas les enfants ?

— Certes... je les adore... mais...

— Alors, seraient-ce les hommes que vous n'aimez pas ?

— Pas du tout ! J'aime les hommes — du moins certains d'entre eux. Mais vous n'avez pas répondu à ma question. Une femme peut-elle être autre chose qu'une épouse et une mère ?

— Cela dépend d'elle. Ma sœur, par exemple, est faite pour le mariage. Sa confiture de prunes damnerait un saint, riposta-t-il, l'œil pétillant.

Sur cette réponse évasive, il saisit Doriane par la taille et la hissa brusquement sur la calèche. La jeune femme garda un silence prudent en se jurant d'attendre une prochaine occasion pour démasquer l'ennemi. Honnête, elle dut admettre cependant que Leander ne manquait pas d'humour.

La voiture s'ébranla. Peu après, ils roulaient dans les rues de Chandler. Doriane remarqua que les doubles portes de l'opéra, une vieille bâtisse baroque flanquée de sycomores, avaient été repeintes et elle dénombra au moins trois nouveaux hôtels. Toutes sortes de véhicules encombraient la chaussée. Les trottoirs grouillaient de passants, cow-boys venus des ranchs voisins, riches touristes de la côte Est, mineurs. Alors que la calèche roulait sur les pavés de la place principale, une ou deux voix s'élevèrent de la foule.

— Bonjour, Daryane ! Bienvenue à la maison !

Les citoyens de Chandler interpellaient les jumelles par cet unique prénom. Aryane semblait perdue dans ses pensées. En réalité, son attention se concentrait sur une gigantesque construction en pierre blanche perchée au sommet d'une colline verdoyante. Le propriétaire, un certain Kane Taggert, était depuis des années le principal sujet de conversation de toutes les commères des environs. Dans le courrier que Doriane recevait de sa mère et de sa sœur, il était toujours question de lui.

— Eh bien, demanda-t-elle, est-ce que la ville entière meurt toujours d'envie de visiter l'intérieur de ce palais ?

Aryane soupira mais ce fut Leander qui répondit.

— Naturellement ! Les langues vont bon train mais je doute que ces sombres rumeurs sur M. Taggert soient vraies. Jacob Fenton prétend que...

— Fenton ! explosa Doriane. C'est un escroc qui n'hésite pas à marcher sur les cadavres de ses employés pour atteindre son but.

Fenton possédait presque toutes les mines de la région. Tout le monde savait que ses ouvriers vivaient à l'intérieur des camps comme des prisonniers.

— Fenton n'est pas le seul coupable, dit Leander. Il rend des comptes à ses actionnaires. Il a des contrats à respecter, comprenez-vous ?

Ravie, Doriane marqua une pause avant de répondre. Leander osait défendre les barons du charbon en présence d'Aryane qui, elle le savait, défendait les mineurs.

— Cela se voit que vous n'avez jamais travaillé dans une mine, repartit Doriane. Vous ne savez rien des mineurs.

— Et vous ? Qu'en savez-vous ?

— J'en sais quelque chose. Moi, je ne me suis pas contentée de suivre mes études à Harvard... d'autant que les femmes ne sont pas admises dans ce temple de la connaissance.

— Nous y voilà ! soupira-t-il. Je voudrais quand même savoir si vous êtes aussi agressive avec tous les hommes médecins ou si je suis le seul à bénéficier de cet honneur.

— Vous êtes le seul à épouser ma sœur.

Il se tourna vers son interlocutrice et la regarda d'un air étonné.

— Tiens, tiens ! J'ignorais que vous étiez jalouse. Tenez bon, Doriane. Un jour vous trouverez aussi un homme qui vous aimera.

Mortifiée, Doriane se tassa sur son siège, les poings serrés. En d'autres circonstances, elle aurait remis à sa place l'impertinent. En l'occurrence, elle avait tout intérêt à pousser l'adversaire dans ses derniers retranchements. « Pourvu qu'Aryane apprécie mes efforts », pensa-t-elle.

— Que pensez-vous des femmes médecins ? lança-t-elle à brûle-pourpoint.

— J'aime bien les femmes.

— Ha ! ha ! vous aimez bien celles qui restent sagement à la maison au lieu d'envahir votre hôpital !

— Je n'ai jamais rien dit de tel.

— Pourtant, vous avez prétendu que je ne méritais pas pleinement le titre de docteur.

— Pas du tout. J'ai dit que l'ordre des médecins dans cette ville n'avait pas encore admis les femmes dans la profession. Si vous dégotez un permis de visite, je suis prêt à vous accueillir à l'hôpital.

— Votre père ne fait-il pas partie de l'ordre des médecins ?

— Hélas ! je n'ai aucune espèce d'influence sur lui !

— Je comprends. Il doit mépriser les femmes, exactement comme vous le faites.

— Autant que je me souvienne je n'ai jamais méprisé aucune femme, fût-elle médecin.

Doriane réprima un cri de fureur.

— Vous possédez l'art et la manière d'éluder les questions. Alors ? Que pensez-vous des femmes médecins ?

— Je me fie à mes patients.

— Voulez-vous préciser votre pensée ?

— Si un malade me confiait qu'il préfère mourir plutôt que de se faire soigner par un médecin en jupons, je ferais tout pour vous empêcher de l'approcher. Si, au contraire, il vous réclamait, j'irais vous chercher au bout du monde.

Dépitée, Doriane se tut. Que pouvait-on répondre à de tels arguments ? Mieux valait changer carrément de sujet de conversation. Comme s'il devinait ses pensées, Leander indiqua la demeure blanche sur la colline.

— Voilà la maison qui fascine Aryane, expliqua-t-il. Si elle ne m'avait pas rencontré, elle n'hésiterait pas à rejoindre les rangs des demoiselles qui se démènent pour décrocher une invitation de Taggert afin de pouvoir visiter sa maison.

— C'est vrai, admit Aryane d'une voix rêveuse. Je meurs d'envie de jeter un coup d'œil à l'intérieur.

Elle demanda ensuite au conducteur de la laisser devant le bazar de M. Wilson. Leander s'exécuta, après quoi il déposa Doriane chez le libraire.

Son journal à la main, Doriane emprunta d'un pas tranquille la Troisième Rue et bifurqua vers l'endroit convenu pour retrouver ses compagnons. Elle aperçut la vieille guimbarde attelée d'un robuste cheval blanc, tacheté de noir. Il n'y avait pas trace d'Aryane. En revanche, Leander était au rendez-vous et attendait, adossé nonchalamment à un pilier. Elle s'apprêtait à faire demi-tour, mais l'homme, qui l'avait aperçue, l'interpella d'une voix assez forte pour ameuter la moitié de la ville.

— On file à l'anglaise ? Cela ne vous ressemble guère.

Les épaules droites et le menton haut, Doriane traversa la rue poussiéreuse. Leander la regardait s'approcher avec un sourire équivoque.

— Doriane, vos pensées sont indignes d'une dame, railla-t-il. Que dirait M. Gates ?

— Oh ! rien qu'il ne m'ait déjà dit, je le crains !

L'expression moqueuse de Leander s'effaça aussitôt.

— Je vous prie de m'excuser. En effet, Aryane m'a mis au courant de vos disputes avec votre beau-père. Il semble qu'il soit très dur à votre égard. Si je peux intervenir en votre faveur, n'hésitez pas à me le dire.

Etonnée, elle le considéra tout en se demandant à quel jeu il jouait. Comme il paraissait sérieux, elle ouvrit la bouche pour le remercier mais l'arrivée d'Aryane lui coupa la parole.

— Ah ! vous voilà, Aryane ! s'exclama Leander. Vous venez de sortir votre sœur d'une mauvaise passe. Figurez-vous qu'elle se préparait à m'exprimer sa gratitude quand vous l'avez interrompue.

— Hum... que dites-vous ? s'enquit Aryane, l'air dans les nuages.

Il lui prit le coude et la pilota galamment vers la calèche.

— J'ai dit qu'il était temps que vous rentriez à la maison et que vous vous prépariez pour la réception de ce soir chez le gouverneur.

Ce disant, il se tourna vers Doriane qui crut venu le moment de décocher sa dernière flèche.

— Je parie que vous êtes un fervent adepte des théories ahurissantes du Dr Clark concernant le cerveau des femmes, lança-t-elle dans l'espoir d'attirer l'attention de sa sœur.

Les mains sur la taille de Doriane, Leander l'enveloppa d'un regard narquois et son visage s'éclaira d'un sourire.

— Pourquoi vous inquiétez-vous, chère amie ? Votre cerveau est bien en place, me semble-t-il.

Installée sur la banquette arrière de la voiture, Doriane rongeait son frein. Pour rien au monde, elle n'allait abandonner la partie. Pour le moment, Aryane opposait à ses arguments un mur d'indifférence. Mais bientôt, peut-être...

Un chariot délabré tiré par une haridelle attira l'attention de Doriane. Deux hommes, grands et forts, étaient assis à l'intérieur.

Au moment où le chariot doublait la calèche, l'un des

deux inconnus, un colosse brun, barbu et chevelu, ôta son chapeau et salua Aryane qui répondit par un hochement de tête poli. Alors que la lourde voiture s'éloignait dans un nuage de poussière, Leander demanda :

— Qu'est-ce que ça signifie ? J'ignorais que vous connaissiez Taggert.

— C'est lui, l'homme mystérieux qui a construit cette maison ? enchaîna Doriane, devançant la réponse de sa sœur. Je commence à comprendre pourquoi il n'y invite jamais personne. Il sait pertinemment que tout le monde refuserait. Au fait, comment a-t-il fait pour nous différencier ?

— Grâce à nos vêtements, répondit vivement Aryane. Je l'ai croisé tout à l'heure au bazar.

— A propos d'invitations, intervint Leander, Aryane donnerait dix ans de sa vie pour voir de près la maison de Taggert.

Doriane se pencha en avant et commenta :

— Bah ! qu'il les garde, ses millions et sa caverne !

— Nous voilà d'accord, pour une fois ! s'exclama Leander. Pourvu que ça dure.

— Cela m'étonnerait, rétorqua Doriane.

A son insu, sa voix s'était radoucie. Après tout, elle avait pu se tromper au sujet de Leander. Vingt minutes plus tard, l'avenir de sa sœur lui paraissait plus sombre que jamais.

Arrivée à Chandler House, elle avait laissé le couple dans le jardin dont l'exubérance faisait la fierté d'Opal. Se rendant compte brusquement qu'elle avait oublié son journal dans la voiture de Leander, elle revint sur ses pas. Elle pénétra dans le jardin et fut alors le témoin d'une scène qui la troubla.

Leander allongeait une main afin d'éloigner une abeille qui voletait près des cheveux d'Aryane. Celle-ci se raidit et ébaucha un geste de fuite. Doriane put même apercevoir l'air effarouché de sa sœur.

Le visage de Leander s'obscurcit.

— N'ayez crainte, murmura-t-il d'une voix blanche. Je n'avais pas l'intention de vous toucher.

— Vous le pourrez après notre mariage, chuchota-t-elle.

Mais déjà le jeune homme s'élançait vers sa voiture et manquait de heurter Doriane sur son passage.

Leander fit irruption dans la maison de son père. La porte claqua derrière lui, faisant vibrer les vitres. Puis il se rua à l'étage en grimpant les marches quatre à quatre. Alors qu'il se dirigeait vers sa chambre, il tomba sur son père qu'il faillit bousculer.

Sans se donner la peine de s'excuser, il entra en trombe dans la pièce en marmonnant quelque chose d'inintelligible. Intrigué, Reed Westfield suivit son fils. Leander était en train de jeter pêle-mêle des vêtements dans une valise grande ouverte sur le lit.

Debout sous le chambranle, Reed contemplait la scène, de plus en plus surpris. Petit et râblé, M. Westfield ne ressemblait guère à son fils. Mais ils avaient le même tempérament et s emportaient facilement.

— Est-ce une urgence ? demanda-t-il prudemment alors que Leander continuait à empiler rageusement des habits dans la valise.

— Non, une femme ! riposta son fils, les dents serrées.

— Une querelle avec Aryane ? interrogea Reed en dissimulant son rire sous une quinte de toux.

Leander le regarda, furieux.

— Je n'ai jamais eu de querelle, ni de dispute, ni même de désaccord d'aucune sorte avec Aryane. Elle est la perfection même.

— Naturellement. Alors, il ne peut s'agir que de sa sœur. Comment s'appelle-t-elle, déjà ?

Leander s'immobilisa, le sourcil froncé, devant la valise ouverte.

— Doriane ? Pas le moins du monde. Elle est la fille la plus amusante de la terre. Non, père ! C'est bien d'Aryane dont il s'agit. C'est à cause d'elle que j'ai décidé de quitter Chandler.

— Un instant ! s'écria Reed, serrant le poignet de son fils. Avant de sauter dans un train en abandonnant tes patients à leur triste sort, tu ferais mieux de m'expliquer la cause de cette comédie.

Accablé, Leander s'assit pesamment sur une chaise.

— Te souviens-tu, par hasard, de la raison qui m'a poussé à demander la main d'Aryane ? J'ai beau chercher, je n'en vois aucune !

Reed se planta devant son fils et fit mine de réfléchir.

— Voyons... Si je me souviens bien, tu étais tout bonnement amoureux. Sitôt revenu de Vienne après tes études, tu t'es empressé de rejoindre la légion des prétendants et autres soupirants de Mlle Chandler. Et si mes souvenirs sont exacts, tu passais le plus clair de ton temps à composer des odes pour célébrer son exquise beauté. Le nombre de tes rivaux te préoccupait à tel point que tu en avais perdu le sommeil. Je me rappelle aussi que le jour où tu l'as demandée en mariage et qu'elle a accepté, tu voulais grimper aux arbres pour exprimer ton incommensurable bonheur.

Il marqua une pause avant de poursuivre calmement :

— Ai-je répondu à ta question ? Et dois-je conclure que ton désir pour la jolie Aryane s'est éteint comme un feu de paille ?

Leander gratifia son interlocuteur d'un regard mauvais.

— J'ai fini par comprendre que la beauté, la grâce, la classe d'Aryane ne sont qu'illusion. C'est un bloc de glace, comprends-tu ?

— Pas vraiment...

— Parfaite et frigide ! Totalement dépourvue de toute émotion. Il m'est impossible d'épouser une femme et de passer ma vie à essayer de la réchauffer.

Curieusement, Reed parut soulagé.

— C'est tout ? fit-il avec un sourire. Toutes les honnêtes femmes ressemblent à des icebergs qui, en général, fondent après les épousailles. Ta mère était exactement pareille. Un soir où je m'étais laissé aller à des frôlements un peu plus audacieux que d'habitude, elle m'a cassé son ombrelle sur la tête. Après notre nuit de noces, tout s'est arrangé... Enfin, presque.

— Mais, père...

— Sois patient, Leander. Aryane est une vraie jeune fille et son éducation ne lui permet aucun écart de conduite avant le mariage. Du reste, la bigoterie de Gates n'a pas dû arranger les choses. Le contact physique avec un homme doit l'effrayer. Il faut la comprendre.

Leander hochait la tête, pendu aux lèvres de son père. Plus jeune, il n'envisageait pas de terminer ses jours à Chandler. Etudiant, il rêvait de s'installer dans une grande ville. Pendant toutes ces années, Aryane le bombardait de lettres cancanières auxquelles il avait fini par prendre goût. Il avait même fini par éprouver le besoin de revoir la petite fille de son enfance. Le soir de son retour à Chandler, Reed avait donné une fête en son honneur. Soudain, la « petite fille » avait pénétré dans le salon. Aryane venait, elle aussi, de terminer ses études dans une école d'arts. La chrysalide s'était métamorphosée en papillon. Un papillon dont la splendeur avait laissé Leander muet d'émoi. Il s'était contenté de la regarder, la gorge nouée et les paumes moites.

Un de ses amis lui avait tapoté l'épaule.

— Inutile de faire semblant, vieux. Tu es sous le charme, comme tout le monde. Je ne connais pas un seul homme en ville qui ne l'ait pas demandée en mariage. Elle a refusé toutes les propositions sans l'ombre d'une hésitation. Elle attend sans doute le prince Charmant, à moins que ce ne soit le président en personne.

Leander avait souri.

— Aucun de vous n'a su la conquérir, probablement. Laisse-moi tenter ma chance. J'ai appris toutes les règles de la déclaration amoureuse quand j'étais à Paris.

Il avait été le premier à être surpris de sa réussite. Ce fut lors de leur troisième rencontre, au cours d'une soirée mondaine. Il l'avait entraînée sur la véranda.

— J'imagine que vous ne voulez pas m'accorder votre main, n'est-ce pas ?

La jeune fille accepta et demanda aussitôt si le 20 mai convenait à Leander pour se présenter devant l'autel. Dès le lendemain, la photo de Leander paraissait dans les journaux locaux dont les manchettes annonçaient ses fiançailles avec la ravissante Mlle Chandler. La bague fut choisie le surlendemain.

Une semaine plus tard, l'heureux couple faisait l'acquisition d'une maison.

Toutes les couturières de la contrée se mirent à l'ouvrage taillant des robes somptueuses dans des étoffes de prix. Aryane semblait au comble du bonheur et Leander ne se lassait pas d'admirer son fascinant visage. Il n'y avait qu'un seul nuage dans le ciel bleu de leur félicité.

Chaque fois que Leander tentait de caresser ou d'embrasser sa fiancée, celle-ci le repoussait avec une véhémence proche de la répulsion. Invariablement, le jeune homme finissait par se mettre en colère. Bien sûr, il connaissait les idées rétrogrades de Duncan Gates. Le beau-père d'Aryane était allé jusqu'à affirmer que l'accès des salons de thé devrait être interdit aux femmes afin de les empêcher de flirter. Naturellement, Aryane avait subi l'influence néfaste de cet individu mais de là à montrer une telle froideur...

Leander prit nerveusement un cigare dans sa tabatière et l'alluma.

— Je n'ai pas l'expérience des « vraies » jeunes filles, dit-il en soufflant un nuage bleuté de fumée. Est-ce que tu t'inquiétais, toi aussi, avant d'épouser maman ?

— Nuit et jour. J'avais même menacé mon pauvre père de rompre mes fiançailles sous prétexte que je refusais de passer le restant de mes jours avec une statue de marbre.

— Et qu'est-ce qui t'a fait changer d'avis ?

Un petit sourire d'excuse étira les lèvres de Reed.

— Si ta mère était encore de ce monde, elle aurait été outrée mais... euh... en vérité, je l'ai séduite. Je lui ai murmuré des mots doux pendant des heures et c'est ainsi que...

Il s'interrompit brusquement.

— Oublie ce que je t'ai dit. Et ne va pas croire que je te conseille de faire la même chose. Au contraire...

Leander s'abîmait dans la contemplation du bout incandescent de son cigare.

— Non, bien sûr, quelle idée !

Le vieil homme toussota.

— Veux-tu qu'on aille dîner en ville ce soir ?

Son fils secoua délicatement les cendres du cigare.

— Désolé. Ce soir j'emmène Aryane à la réception du gouverneur.

Reed ouvrit la bouche pour répondre puis se ravisa et quitta la pièce. Il aurait été extrêmement inquiet s'il avait su que, sitôt sorti, Leander s'était précipité sur le téléphone pour appeler le meilleur traiteur de Chandler. Il commanda un véritable festin, qui s'ouvrait sur des huîtres pour culminer avec un gâteau au chocolat et une caisse de bouteilles de champagne français qu'il fit livrer à sa nouvelle maison.

3

Seule dans sa chambre du dernier étage de Chandler House, Doriane déployait des trésors de volonté pour se concentrer sur un article qui décrivait les symptômes de la péritonite. Sans cesse son regard dérivait vers la fenêtre nimbée de lumière. A travers la vitre, elle pouvait apercevoir sa sœur penchée sur un massif de roses thé.

Doriane poussa un soupir de résignation. Décidément, Aryane resterait toujours une énigme. Elle venait de se disputer avec celui qu'elle prétendait aimer et pourtant nulle inquiétude n'assombrissait son front lisse. Et puis, il y avait eu l'incident du dénommé Taggert. Il n'était guère dans les habitudes d'Aryane, férue d'étiquette, de répondre au salut d'un homme qui ne lui avait pas été présenté.

Elle avait pourtant salué d'un signe de tête cette brute hirsute et barbue qu'en d'autres circonstances elle aurait écrasée de son mépris.

Intriguée, Doriane lâcha son journal et descendit dans le jardin.

— Je veux savoir ce qui se passe, annonça-t-elle en s'approchant de sa sœur.

— Je ne vois pas de quoi tu parles, répliqua Aryane de son air le plus innocent.

— De Kane Taggert.

— Il n'y a rien à expliquer. Je l'ai d'abord croisé au bazar, puis il nous a saluées.

Doriane, qui étudiait attentivement les traits de sa sœur, décela un léger incarnat sur ses pommettes.

— Je suis sûre que tu ne me dis pas tout.

— Je n'aurais sans doute pas dû m'en mêler, mais j'ai cru bon d'intervenir car M. Taggert semblait sur le point de se mettre en colère. J'ai voulu éviter un drame dont Alice aurait fait les frais.

Aryane raconta ce qui s'était passé. Alice Pendergast avait traité Taggert de palefrenier sur un ton méprisant et Aryane avait pris la défense de l'offensé. Effarée, Doriane se demanda depuis quand sa chère sœur jouait les redresseurs de torts.

— Je n'aime pas te voir fréquenter cet individu.

— Doriane ! J'ai l'impression d'entendre Leander.

— Pour une fois, il a raison.

— Cette phrase restera dans les annales de la famille. Ecoute, Doriane. Je te promets qu'après ce soir je ne prononcerai plus jamais le nom de M. Taggert.

— Ce soir ? Pourquoi ce soir ?

Le bon sens de Doriane lui commandait de prendre ses jambes à son cou. Depuis leur plus tendre enfance, Aryane avait toujours réussi à l'entraîner dans des mésaventures dont seule Doriane était tenue pour responsable. Aryane était une créature trop angélique pour attirer les soupçons.

— Regarde ! fit-elle en tirant un billet de sa manche et en le tendant à sa sœur. Un messager vient de me l'apporter. Kane Taggert m'invite à dîner chez lui.

— Ah ! oui ? Mais tu n'es pas libre que je sache. Tu sors avec Leander, ce soir.

— Doriane, tu ne te rends pas compte de la curiosité que cette maison suscite à Chandler Tout le monde, absolument tout le monde, a tenté d'y entrer. Des gens ont afflué de toute la région pour la voir. Nul n'a jamais été invité à y pénétrer. Une fois, il y a même eu un duc anglais. On a essayé de faire comprendre à Taggert qu'il serait souhaitable de le convier à entrer, il n'a rien voulu entendre. Et aujourd'hui, moi je suis invitée.

— Mais tu dois aller ailleurs. Le gouverneur sera là et il est plus important que la vieille bicoque de Taggert.

— Tu ne te rends vraiment pas compte ! répéta Aryane avec une expression rêveuse. Tout Chandler, pendant près de cinq ans a vu cette maison se construire. On déchargeait sans cesse des caisses. Les dernières, immenses, venaient des quatre coins d'Europe. Sûrement des meubles. Des tapisseries aussi. Certaines provenaient d'Aubusson. Tu réalises ? Des tapisseries d'Aubusson !

— Aryane, tu ne peux te trouver à deux endroits à la fois.

— Quand nous étions enfants, nous étions souvent à deux endroits en même temps, déclara Aryane d'une voix unie.

Doriane la regarda.

— Tu... tu veux que nous échangions nos places ? Tu veux que moi, je passe la soirée avec Leander et que je prétende l'aimer pendant que tu iras chez ce satyre ?

— Qui te dit que Kane est un satyre ?

— Kane ? Tiens donc ! Je croyais que tu le connaissais à peine.

— Ne change pas de sujet, Doriane. Je te supplie de prendre ma place pour une soirée. Une telle occasion ne se représentera plus, c'est l'évidence. M. Gates en ferait une maladie. Laisse-moi faire une dernière folie avant mon mariage.

— Tu parles du mariage comme si tu entrais au couvent. Et puis, de toute façon, Leander se rendra tout de suite compte de la supercherie.

— Pas si tu joues bien le jeu. Tu sais bien que nous sommes toutes les deux douées pour la comédie. Regarde comme je me fais passer pour une vieille femme tous les mercredis. Tu n'auras qu'à rester calme et ne pas discuter sans cesse ce que Leander te dira. Oublie la médecine, tiens-toi droite et marche lentement comme une dame, au lieu de courir comme s'il y avait le feu.

Doriane commençait à fléchir. Depuis son arrivée à Chandler, c'était la première fois qu'Aryane faisait preuve de fantaisie, la première fois qu'un air animé remplaçait son expression d'indifférence. Mais que dirait Leander ?

— Doriane, je t'implore de me rendre ce service. Pour une fois que je te demande quelque chose...

— Tu exagères ! Tu m'as déjà demandé de venir passer plusieurs mois ici, chez Gates que je déteste, et de supporter la présence de Leander que je n'aime pas davantage...

— S'il te plaît, Doriane. J'ai tellement envie de voir cette maison !

— Est-ce vraiment la maison qui t'intéresse, ou Taggert ?

— Pour l'amour du ciel, ma chérie ! Je suis déjà allée à des centaines de dîners sans pour autant tomber dans les bras du maître de maison. Et puis, il y aura d'autres gens.

Un sourire effleurait les lèvres pleines de Doriane.

— Quand tu seras mariée, accepteras-tu que je révèle à ce cher Leander qu'il a passé une soirée avec moi sans le savoir ? Je rêve de voir la tête qu'il fera quand il découvrira le pot aux roses !

— Naturellement ; tu pourras lui dire. Leander possède un extraordinaire sens de l'humour et je suis certaine qu'il sera le premier à en rire.

— Je n'en suis pas si sûre. En tout cas, je rirai bien, moi.

— Allons nous préparer. Je voudrais une tenue qui convienne à cette somptueuse demeure. Toi, tu pourrais mettre ma robe de satin bleu.

— Et moi qui comptais porter mes knickerbockers ! Mais je suppose que cela trahirait notre petite substitution.

— Viens, sœurette. Il faut souffrir pour être belle.

Une heure plus tard, les deux jumelles considéraient leurs reflets dans le miroir. Sanglée dans le corset de sa sœur, Doriane se découvrait une taille de guêpe et un teint d'albâtre que le tissu chatoyant rendait encore plus éclatant.

— Maintenant, tu ressembles à une femme, déclara Aryane, très à l'aise dans les vêtements confortables de Doriane. A présent, personne ne pourra nous distinguer.

— Pas tant que nous n'ouvrirons pas la bouche.

— Alors, pas de problème. Tu n'auras qu'à faire comme moi : sois belle et tais-toi.

Une lueur espiègle traversa le regard de Doriane.

— Qu'est-ce que tu essaies d'insinuer ? Que je parle trop ?

— Si Doriane n'ouvre pas la bouche, maman appellera un docteur.

— Hum ! le Dr Westfield, sans doute !

Les deux jeunes filles se regardèrent et éclatèrent d'un rire complice. Peu après, elles pénétraient dans le salon où Opal et M. Gates causaient paisiblement. La fausse Doriane était censée rendre visite à son amie Tia Mankin pendant que la vraie, sous le déguisement d'Aryane, accompagnerait Leander chez le gouverneur.

C'était une expérience passionnante pour Doriane de se voir telle que les autres la voyaient. A peine M. Gates se risquait-il à un compliment sur la bonne mine des deux sœurs que son double se rebiffait.

— Je suis médecin, monsieur. Cela m'importe bien plus que d'être belle.

Doriane eut carrément pitié de son beau-père dont le visage devint tout rouge. Entrant à son tour dans la peau de son personnage, elle ébaucha un gracieux pas en avant et imita à la perfection la voix sans timbre qu'Aryane adoptait en pareilles circonstances.

— Quelle belle soirée, n'est-ce pas ? Si nous allions attendre Leander dans le jardin, Doriane ?

« Suis-je vraiment aussi agressive ? » se demandait-elle au même moment.

Quand Leander parut dans le jardin, elle ne put s'empêcher de le trouver séduisant, avec son visage hâlé, auréolé d'une abondante chevelure brune un peu trop longue, ses beaux yeux verts et sa grande bouche prête à sourire. Il vint droit vers elle et la regarda longuement. Le cœur de Doriane cessa de battre. Allait-il s'apercevoir qu'elle n'était pas Aryane ?

— Tout va bien, chérie ? interrogea-t-il.

— Bien sûr, répondit-elle avec le ton froid d'Aryane.

Il passa un bras protecteur autour de ses épaules et l'entraîna vers la calèche, lorsque la fausse Doriane vint se planter devant le couple, les mains sur les hanches.

— Sauriez-vous soigner une péritonite ? questionna-t-elle en fixant Leander.

— Oui, docteur. Il faut coudre les deux bouts de l'intestin et prier.

— A ce que je vois, l'asepsie est un mot inconnu à Chandler.

— Je suis prêt à jurer, chère consœur, que, même à Chandler, les chirurgiens se lavent les mains avant d'opérer.

« Il doit me trouver détestable ! » pensa Doriane, amusée malgré elle. Ce fut presque avec soulagement qu'elle regarda sa sœur s'éloigner.

— Cette fille est impossible ! dit-elle, redoutant les commentaires de Leander sur son alter ego.

— Mais non. Tous les médecins se comportent comme ça à la fin de leurs études. C'est une sorte de conscience aiguë de leurs responsabilités.

— Et après ? Ils changent ?

— Après, on s'aperçoit de ses limites.

Doriane s'appuya sur le dossier capitonné de son siège. La calèche s'élança dans l'air doux du soir. Une étrange excitation gagnait la jeune femme.

4

Chandler était niché au creux des montagnes du Colorado. La nuit venait de tomber. Le temps se rafraîchit et, machinalement, Doriane resserra son châle autour de ses épaules.

A peine leur calèche avait-elle parcouru un demi-mille vers les versants boisés du nord de la cité qu'un cavalier surgit sur le chemin dans un nuage de poussière.

— Docteur Westfield ! cria-t-il. On a besoin de vous. Une femme a tenté de se tuer à River Street.

Le regard brillant de l'inconnu se reporta sur Doriane. Avec un sourire entendu, il effleura du bout des doigts le bord de son chapeau.

— Désolé de gâcher votre soirée, docteur.

Doriane jeta un coup d'œil à Leander. Visiblement, celui-ci hésitait.

— J'irai avec vous, déclara-t-elle. Si je puis être utile à quelque chose...

— River Street n'est pas un endroit pour une dame, objecta le cavalier. Mais je pourrais garder cette demoiselle pendant que vous vous occupez de la suicidée, docteur.

— Accrochez-vous, dit Leander d'un air furieux que Doriane ne lui avait encore jamais vu.

Il fouetta les chevaux et la voiture bondit en avant. Ils traversèrent la ville à un train d'enfer évitant de justesse les voitures qui venaient en sens inverse.

River Street semblait être la rue principale d'un faubourg minable du nord-est. Des façades décrépies en bordaient le côté droit tandis que des rails abandonnés complétaient le décor, côté gauche.

La calèche s'immobilisa enfin et Leander sauta à terre en intimant à sa compagne de rester dans la voiture.

D'abord elle acquiesça, puis, se ravisant, elle emboîta le pas à Leander qui s'avançait vers les lanternes rouges d'une bâtisse. Pour rien au monde elle ne voulait rester seule avec l'individu louche qui les avait escortés.

L'intérieur de la maison paraissait d'autant plus surprenant qu'il formait un contraste saisissant avec la simplicité de l'extérieur. La décoration était d'un luxe tapageur. Toute la gamme des rouges y était représentée, allant du vermeil des cloisons au pourpre des tapis et au grenat des fauteuils et des sofas.

Leander se dirigeait à grands pas vers un imposant escalier recouvert d'un tapis écarlate en se frayant un passage parmi un groupe de femmes outrageusement grimées et vêtues d'oripeaux flamboyants. Il grimpa les marches quatre à quatre. Doriane souleva le bas de sa robe et se dépêcha de le rejoindre.

— Leander, attendez-moi.

— Je vous ai dit de rester dans la voiture.

— Je vous demande pardon mais je préfère votre compagnie à celle de ce chenapan.

— Alors armez-vous de courage, Aryane.

Ils pénétrèrent ensemble dans une chambre exiguë, plongée dans la pénombre. Sur le lit, à la faible clarté d'une lampe à pétrole, on distinguait la forme menue d'une très jeune personne, presque une enfant. Elle avait un petit visage livide grimaçant de douleur, de grands yeux sombres qui se révulsaient. Une forte odeur de désinfectant saturait l'air moite et Doriane remarqua aussitôt, à côté du lit, la bouteille renversée que la malheureuse avait essayé de vider.

— Du phénol ?

Leander hocha la tête. Il sortit une pompe de son sac et Doriane comprit qu'il n'y avait plus une minute à perdre. D'une voix autoritaire, elle s'adressa aux filles agglutinées devant l'entrée.

— Vous, tenez-lui les bras. Vous, les jambes. Vous, allez vite chercher des serviettes. Et vous, tâchez de nous trouver deux imperméables.

Leander ne cessait de parler à l'infortunée pendant que, d'une main aussi douce que sûre, il introduisait le tuyau en caoutchouc dans sa bouche. L'attente qui suivit fut terrible. Soudain, le liquide jaillit à flots, éclaboussant les draps et les tentures murales. En regardant Leander retirer le tuyau, Doriane pensa qu'Aryane n'aurait jamais pu supporter une telle scène et bénit l'imperméable qui avait protégé la jolie robe de sa sœur. Leander caressa la joue pâle de la petite prostituée. Celle-ci pleurait doucement.

— Là, c'est fini. Vous allez avaler ça et vous reposer, murmura-t-il en lui tendant un verre d'eau et deux comprimés.

Il s'adressa ensuite à une grande matrone en robe de chambre.

— Qu'elle vienne me voir demain à l'hôpital. Je lui parlerai.

La matrone opina d'un air reconnaissant, puis se tournant vers Doriane :

— Votre homme est une perle rare, mon chou. J'espère que vous l'appréciez.

— Merci, Masie, sourit Leander. Mais nous devons partir, maintenant.

Il regarda Doriane et sembla alors remarquer qu'ils portaient tous deux des imperméables.

— C'est à ma sœur que je dois cette réaction, déclara-t-elle, devançant ses questions.

Un instant après, alors qu'ils dévalaient l'escalier, elle demanda :

— Vous venez souvent ici ?

— Une fois par semaine... En tant que médecin, bien sûr, car on a souvent besoin de mes services en ce lieu de perdition.

Devant la calèche, il marqua une pause et la regarda. Doriane eut la certitude qu'il l'avait reconnue.

— Je suis heureux que vous m'ayez accompagné, chérie. Vous avez été très courageuse.

Elle lui dédia son plus beau sourire.

— Vous aussi, répondit-elle. Courageux, rapide et efficace.

— On dirait que j'entends parler Doriane. En tout cas, merci pour le compliment.

Il se pencha pour l'embrasser. Gênée, Doriane détourna la tête. Aussitôt, Leander laissa tomber la main qu'il tendait vers elle et son visage se figea. Jamais l'éclat vert de ses yeux n'avait exprimé une telle colère. Suffoquée, Doriane lui prit le bras. Si elle continuait à accumuler les gaffes, le jeune homme finirait bien par se rendre compte de la supercherie. Il eût été difficile de lui expliquer alors que sa véritable fiancée était en train de dîner à la table de cette brute de Taggert. Doriane soupira. Pourquoi ne pas admettre une fois pour toutes qu'elle s'était trompée et qu'Aryane et Leander entretenaient de tendres relations ?

Sans réfléchir davantage, elle se hissa sur la pointe des pieds et ses lèvres effleurèrent celles de Leander. Celui-ci restait immobile, comme une statue de pierre. « Tiens ! pensa-t-elle. Ce monsieur veut punir sa fiancée d'avoir osé lui refuser un baiser. »

Elle noua ses bras autour du cou de son compagnon et appuya sa bouche sur la sienne avec un peu plus de hardiesse. Rien ne l'avait préparée à la réaction de Leander. Se ranimant soudain, il la força à relever la tête et l'embrassa avec une fougue qui la laissa sans souffle.

Chancelante, elle se laissa ensuite hisser sur la calèche. Leander prit la place du cocher et s'empara des rênes.

— Etes-vous prête ? demanda-t-il dans un sourire.

— Prête à quoi ? murmura-t-elle.

— Aryane, nous ne sommes pas obligés d'aller chez le gouverneur.

Doriane redressa les épaules. Il était hors de question de poursuivre cette expérience, si agréable fût-elle.

— Bien sûr que si, rétorqua-t-elle sèchement.

Pendant qu'ils roulaient lentement au milieu d'une double rangée de réverbères, Doriane se mit à réfléchir. A présent, elle comprenait parfaitement pourquoi Aryane était amoureuse de Leander. C'était l'homme le plus charmant, le plus séduisant... Elle porta une main à sa bouche, étonnée de sa découverte. Jamais elle ne s'était sentie aussi vulnérable face à un homme. Et les chastes baisers d'Alan... « Seigneur, Alan ! » songea-t-elle, affolée. De toutes ses forces, elle s'obligea à penser à son futur mari.

Lorsque la jeune femme réussit à recouvrer ses esprits, la calèche pénétrait dans le parc Fenton. Les arbres bruissaient et la lune se reflétait dans le sombre miroir du lac. Leander arrêta la voiture à côté de l'estrade réservée à l'orchestre du dimanche.

— Pourquoi sommes-nous arrêtés ? interrogea Doriane, soupçonneuse.

— Pour respirer l'air pur. J'ai encore dans le nez cette épouvantable odeur de phénol. Pas vous ?

Il l'aida galamment à descendre. Doriane s'empressa de s'écarter de lui.

— Vous avez été très efficace avec cette fille, ce soir.

— Vous me l'avez déjà dit.

Il tira un cigare de sa poche et l'alluma.

— Aryane, pourquoi êtes-vous venue avec moi ce soir ? Vous ne l'avez jamais fait avant.

Doriane avala péniblement sa salive. Il fallait réfléchir vite. Elle se souvint de la scène qu'elle avait surprise entre Leander et sa sœur dans le jardin.

— Je voulais me faire pardonner pour cet après-midi, murmura-t-elle. Vous aviez l'air réellement furieux.

Il la regarda, surpris.

— Vous faire pardonner ? Depuis quand vous inquiétez-vous de cela ?

De quoi voulait-il parler ? Ce n'était pas le moment de tenter de percer ce mystère. Doriane maudit Aryane de ne pas l'avoir mise au courant. Comme Leander l'étudiait intensément attendant visiblement sa réponse, elle déclara du ton le plus digne qu'elle put :

— Je ne cesse de m'inquiéter, chéri. Je me sens si malheureuse chaque fois que vous vous mettez en colère. Jamais plus cela n'arrivera, je vous le promets.

Il resta silencieux et continua à la dévisager. Dans ses yeux brillait un tel désir que la jeune femme détourna la tête.

— Vous me faites rougir, chuchota-t-elle, désemparée. Partons. Nous serons en retard à la réception.

Sacrée Aryane ! Une fois de plus, elle avait réussi à mettre sa sœur dans de beaux draps. Une explication s'imposait. Doriane espérait qu'au moins le palais de Kane Taggert méritait toute cette comédie. Leander jeta son cigare et avança vers elle.

Doriane souleva vivement le bas de sa robe et grimpa sur l'estrade.

— Il y a eu d'admirables concerts ici, fit-elle d'une voix mondaine. Je me souviens que...

Sa phrase resta en suspens. En deux enjambées, Leander l'avait rejointe et l'enlaçait. Il n'y avait pourtant aucune musique hormis celle du vent à travers les feuillages, mais Doriane semblait entendre le son des violons. Le couple se mit à valser. Les yeux fermés, elle respira avidement le parfum de la nuit, doucement envahie par la chaleur de son cavalier. Il l'étreignait fougueusement, imprimant à leurs mouvements une sorte de langueur qui laissa Doriane pantelante. Elle sentait, tout contre elle, le corps musclé de l'homme, imprégné d'une grisante odeur d'eau de Cologne, de brandy et de tabac.

Il l'étreignit plus fort. Les jambes de Doriane flageolèrent. Un délicieux frisson parcourut son échine. Elle n'avait jamais expérimenté de telles sensations auparavant.

Enivrée, elle se pendit à son cou. Des lèvres humides et chaudes frôlaient sa tempe, sa pommette, le lobe de son oreille.

— Ainsi, vous tenez vos promesses, dit-il d'une voix rauque. Embrassez-moi encore une fois avant de partir d'ici.

Comme une somnambule, elle rejeta la tête en arrière et entrouvrit docilement les lèvres. Leander l'embrassa passionnément. Doriane pensa qu'elle vivait un rêve mais brusquement il relâcha son étreinte, et le charme fut rompu. Etonnée, elle leva les yeux. Leander lui souriait.

— Venez, mon amour, fit-il, la soulevant dans ses bras puissants. J'ai envie de faire des jaloux, ce soir. Allons chez le gouverneur.

Dans la calèche, Doriane réfléchissait. Rien ne se déroulait comme prévu, ce soir. Elle avait voulu savoir si sa sœur allait épouser un homme digne d'elle et sa curiosité lui coûtait très cher. Terrifiée, elle dut admettre que, chaque fois que Leander la touchait, elle se troublait. Il fallait que ce jeu stupide cessât :

— Mon Dieu, c'est ridicule ! s'exclama-t-elle.

— Quoi donc !

— Cette atroce migraine qui tout à coup me paralyse. Je dois rentrer à la maison.

— Laissez-moi voir cela.

— Une migraine ne se voit pas.

Elle fit mine de détourner la tête mais des doigts nerveux s'emparèrent de son menton. Leander scruta ses traits.

— Je ne décèle aucun signe de douleur, annonça-t-il. Sauf peut-être là.

Il se pencha et embrassa une petite veine sur le front de Doriane, tout près de la racine de ses cheveux.

— Vous sentez-vous mieux, maintenant ?

— Je vous en prie, murmura-t-elle. Ne faites pas cela.

Il reprit les rênes. La calèche poursuivit sa route dans l'air moiré de la nuit. Le cœur de Doriane battait à tout rompre. Dieu merci, ils se dirigeaient vers un lieu public !

Après la réception, elle avait la ferme intention de demander à Leander de la reconduire chez elle. Ensuite, elle le laisserait là où il devait être — dans les bras d'Aryane.

Plus tard, Doriane apprit qu'ils s'étaient effectivement rendus chez le gouverneur, qu'elle avait été présentée au maître de maison avec lequel elle avait réussi à soutenir une discussion cohérente. Ellè ne gardait qu'un souvenir flou de cette soirée mais une de ses amies lui assura qu'elle avait été resplendissante et que tous les invités l'avaient félicitée pour son prochain mariage.

Vers minuit, se rappelait-elle, on avait apporté un message à Leander.

— On me demande, expliqua-t-il. Si vous désirez rester, je pourrais demander à nos amis de vous raccompagner.

— Non. Ramenez-moi à la maison.

— Très bien, dit-il d'un ton curieusement triomphant.

Une demi-heure après, la calèche s'immobilisait devant une demeure que Doriane n'avait jamais vue.

— Votre patient est-il là ? s'enquit-elle.

— Remettez-vous, Aryane. Est-ce ma présence qui vous trouble au point d'effacer de votre mémoire notre future résidence ?

Avant que Doriane pût répondre, il continua :

— Je voudrais discuter avec vous certains détails de notre mariage.

— Mais votre patient...

Il l'aida à descendre de la calèche.

— C'était un prétexte pour quitter la soirée sans vexer notre hôte. Je croyais que vous l'aviez deviné.

Doriane ébaucha un pâle sourire.

— Ah... certes... mais il se fait tard. Je dois rentrer maintenant, sinon maman va s'inquiéter.

— Je croyais, pour reprendre votre propre expression, Aryane, que votre mère dormait comme une souche.

— Euh... c'est vrai. Mais depuis que Doriane est revenue, elle a changé ses habitudes.

— Cinq minutes seulement. Ne restez pas là, vous allez prendre froid.

Il l'enlaça et l'entraîna vers la maison.

L'intérieur était admirablement décoré. Doriane reconnut aussitôt le goût parfait de sa sœur. Dans le salon flamboyait un feu de cheminée. Sur une table basse, devant l'âtre, trônait un gigantesque plateau d'huîtres avec du caviar et du champagne dans un seau en argent ciselé.

Plusieurs coussins moelleux étaient disposés tout autour. Les yeux écarquillés, Doriane considéra Leander dont la silhouette élancée se découpait en noir sur le jaune des flammes. Ensuite, son regard se posa sur le champagne, puis sur les coussins.

« Je suis dans le pétrin », pensa-t-elle.

5

Le désir qui brûlait dans les yeux de Leander aurait fait fondre un iceberg. Et dire que Doriane s'était posé d'interminables questions sur les sentiments de sa sœur pour cet homme ! Aryane n'était, donc, qu'une comédienne, une hypocrite capable de dissimuler ses sentiments sous le masque de la froideur.

La nature honnête de Doriane la forçait à admettre l'inadmissible : aucun homme jusqu'à présent, pas même Alan, n'avait eu sur ses sens l'effet que produisait Leander. Malgré ses études de médecine et une parfaite connaissance du corps humain, elle ignorait qu'une telle passion pût exister.

— Je devrais rentrer chez moi, marmonna-t-elle. Je... j'ai oublié quelque chose.

— Quoi donc ? demanda-t-il tout en s'avançant vers elle à pas lents.

Elle avala péniblement sa salive.

— Restez à votre place ! intima-t-elle.

Au mépris de ses protestations, il lui prit le bras et l'entraîna vers la table.

— Détendez-vous, Aryane. Je ne vous fais pas peur, tout de même ?

— C'est-à-dire que... bien sûr que non...

— Asseyez-vous là, chérie, et dégustez ce délicieux souper.

Elle prit place sur un coussin et s'attaqua à une huître. A chaque instant, elle devait se rappeler qu'elle jouait le rôle de sa sœur. Et agir en conséquence... Si seulement il ne la touchait plus ! Evidemment, il était trop tard pour lui dévoiler sa véritable identité sous peine de le pousser à rompre avec Aryane. Elle prit une deuxième huître. Il ne lui restait plus qu'à le faire parler. Un homme qui parle ne peut pas vous embrasser en même temps...

— Je n'ai pas eu depuis longtemps l'occasion de vous voir dans l'exercice de vos fonctions, observa-t-elle, les yeux obstinément baissés.

Elle entendit le bruit du bouchon de la bouteille qui sautait.

— Non, jamais ! dit-il. Voulez-vous une fraise ?

Il trempa le fruit vermeil dans le champagne et, dédaignant la main tendue de Doriane, il l'approcha de ses lèvres. En même temps, il se penchait dans l'espoir de lui voler un baiser. Plus prompte, elle mordit dans la chair pulpeuse de la fraise, puis saisit la coupe remplie d'un breuvage blond et pétillant.

— « Jamais » est un mot trop court pour désigner un laps de temps si long, remarqua-t-elle.

— En effet, surtout en ce qui concerne certaines choses.

Elle retira vivement la main dont il essayait de s'emparer et pointa un doigt vers la table.

— Qu'est-ce ?

— Du caviar. Un aliment bien connu pour ses qualités aphrodisiaques. En voulez-vous ?

— Non, merci.

Sans s'en rendre compte, elle avait vidé sa coupe. Leander la remplit de nouveau. Doriane y trempa ses lèvres. Elle était envahie par une merveilleuse sensation de légèreté.

— Comment fait-on pour prévenir une péritonite ? fit-elle à mi-voix.

Leander se glissa à son côté et sa large main vint se poser sur le ventre de la jeune femme.

— Je tâte l'abdomen du patient. Je me rends compte qu'il est souple. Je descends un peu plus bas...

Affolée, elle fit un brusque mouvement sur le côté en renversant son verre. Leander éclata de rire et se redressa.

— Je vais ajouter une bûche dans le feu, annonça-t-il.

Pour une obscure raison, il paraissait extrêmement satisfait.

— Je veux rentrer maintenant, implora Doriane. Il doit être affreusement tard et...

— Vous n'avez même pas touché aux mets que j'ai commandés pour vous faire plaisir.

Tout en parlant, il s'était assis à côté de Doriane.

— Je mangerai à condition que vous parliez.

— Et de quoi ?

— Mais de vous. Pourquoi avez-vous choisi la médecine, par exemple ? Qu'est-ce qui a déterminé ce choix ?

Il se contenta de l'envelopper d'un regard spéculatif.

— Qu'est-ce qui ne va pas ? demanda-t-elle. Ai-je dit une bêtise ?

— Non, mais vous ne m'avez jamais posé ce genre de questions.

— Je ne... je vous les pose maintenant, répondit-elle en prenant machinalement la coupe qu'il lui tendait. Peut-être parce que je vous ai vu soigner cette fille ce soir.

Leander fixa les flammes qui dansaient.

— Je voulais sauver des vies. Ma mère est morte non parce qu'elle a mis au monde un enfant à quarante-cinq ans, mais parce que la sage-femme ne s'était pas lavé les mains.

— Je l'ignorais. Et Doriane qui vous posait des questions sur l'asepsie ! Cela a dû vous rendre furieux.

— Pas du tout. Doriane est une brave fille. Tenez, prenez une autre huître.

— Merci.

« Une brave fille » : ce n'étaient pas précisément les mots que Doriane aurait aimé entendre.

— J'ai l'impression que vous l'agacez, fit-elle avec un sourire forcé. Elle prétend que vous ressemblez à M. Gates !

— C'est absurde. Mais je vous sens de nouveau tendue, ma chérie.

Le verre de Doriane était encore vide et la merveilleuse sensation de légèreté s'était accentuée.

— Je me sens très bien, rétorqua-t-elle avec la voix froide d'Aryane. Je ne resterai pas longtemps. Avez-vous l'intention de travailler longtemps à l'hôpital ?

Un soupir échappa à Leander qui se mit à contempler les flammes jaunes dans l'âtre.

— On n'a pas besoin d'être médecin pour aider les gens, murmura-t-elle. Vous auriez pu construire un hôpital, n'est-ce pas ?

— Grâce à la fortune que j'ai héritée de mon grand-père, oui. Mais je voulais faire quelque chose par moi-même. Je ne sais même pas si un autre médecin accepterait de s'associer avec moi. J'aurais aimé mettre sur pied un dispensaire où des femmes pourraient être soignées correctement. La plupart de mes confrères prétendent que la gynécologie relève de la psychiatrie.

— Vous pourriez en discuter avec Doriane. Peut-être accepterait-elle de devenir votre associée.

— Mais Doriane est une f...

Il s'interrompit et regarda son interlocutrice dans les yeux.

— Pourquoi pas après tout ? ajouta-t-il. Quand elle aura fini son internat. Mais nous ne sommes pas ici pour parler d'elle. Venez près de moi, chérie.

— Vraiment, je dois partir.

— Aryane ! hurla-t-il, furieux. Jusqu'à quand continuerez-vous à vous refuser ? Poursuivrez-vous ce jeu cruel même après notre mariage, si toutefois nous nous marions ?

— Si toutefois ? répéta-t-elle dans un murmure.

Il ne manquait plus qu'il rompe ses fiançailles. Les bulles de champagne la grisaient. Visiblement, Leander n'avait pas l'habitude des dérobades. Aryane l'avait sans doute habitué à des tête-à-tête plus chaleureux.

— Ne discutez pas, chérie.

Doriane tressaillit lorsqu'elle sentit les mains de Leander sur ses bras. Elle eut soudain la certitude absolue qu'elle se trouvait auprès du seul homme capable de lui procurer de telles sensations. Elle vida son verre une fois de plus et, quand il la prit dans ses bras, elle noua ses mains autour de son cou. Leander l'étreignit. Ses doigts habiles dégrafaient les boutons dans le dos de sa robe alors que ses lèvres buvaient le souffle de Doriane.

La robe se mit à glisser sur ses épaules nues dévoilant peu à peu sa gorge parfaite. Elle ne songeait plus à arrêter l'homme qui embrassait passionnément chaque parcelle de la peau douce qu'il dénudait. Sans cesse, les lèvres de Leander s'emparaient de celles de la jeune femme la faisant chavirer dans un univers sensuel. Le froissement des jupons de satin bleu ponctuait leurs mouvements.

La robe fut écartée, rapidement suivie par les jupons et la chemise transparente en voile de coton.

— Leander...

Il était incapable de s'arrêter. Ses larges mains palpaient et caressaient la peau de Doriane qui luisait doucement à la clarté dorée de l'âtre. Il aspira longuement les pointes raidies de ses seins puis, délicatement, sa main s'attaqua à ses bas de soie.

Le monde fut oublié et elle commença à se tordre sous les caresses. Leander se débarrassa de ses habits avec une remarquable habileté. Il était nu, lui aussi, sous le regard émerveillé de la jeune femme. Au cours d'anatomie, Doriane avait déjà eu l'occasion de voir des corps nus. Cela n'avait naturellement aucune commune mesure avec la magnifique statue vivante qui se dressait devant elle.

— J'ai l'impression de passer un examen, murmura-t-il d'une voix enrouée.

Il se coucha près d'elle. Il l'embrassait encore et encore. Sa main s'insinua entre ses cuisses. Rien n'avait préparé Doriane à la sensation de cette peau hâlée contre la sienne. Avec un gémissement de plaisir, elle se pressa contre Leander. Celui-ci émit un grognement de satisfaction. Au bout d'un moment, il la renversa sur les coussins et roula sur elle.

En théorie, la reproduction de l'espèce n'avait aucun secret pour Doriane. C'était un acte inévitable destiné à la procréation. Dans la pratique, elle ignorait totalement qu'une femme puisse éprouver une telle volupté.

Oubliant qui elle était et pourquoi elle se trouvait là, elle lui rendit ses caresses. Enflammé, le jeune homme ne put se contenir davantage. De son genou, il lui écarta les cuisses et s'abaissa lentement sur elle.

Les yeux turquoise s'écarquillèrent alors qu'une fulgurante douleur transperçait Doriane. Elle s'accrocha à l'homme en étouffant un cri. Il resta immobile un moment puis se mit à aller et venir lentement, doucement. Il déployait des efforts surhumains pour contrôler ses mouvements. La douleur s'évanouit, remplacée par une exquise torture. Fascinée, Doriane découvrait un monde nouveau. Malgré elle, ses hanches ondulaient. Obéissant à son instinct, elle emprisonna Leander entre ses jambes. Alors, il s'enfonça plus profondément en elle tout en accentuant la cadence.

Soudée à lui, Doriane se laissait emporter par le tourbillon brûlant de la passion. Les lèvres de Leander étranglaient ses cris. Leurs corps vibraient à l'unisson. Le plaisir les surprit en même temps. Ils restèrent collés l'un à l'autre s'efforçant de maîtriser les battements désordonnés de leurs cœurs. Puis Leander embrassa tendrement la pommette de Doriane et dit :

— Aryane, je t'aime ! A présent j'en suis certain. Je n'ai jamais aimé d'autre femme.

Pendant un court instant, elle se demanda pourquoi son amant l'appelait du nom de sa sœur. Soudain, la mémoire lui revint en lui faisant l'effet d'un seau d'eau glacée. Avec un sentiment d'horreur elle réalisa qu'elle venait de commettre quelque chose d'irréparable. Ses mains repoussèrent Leander.

— Aryane, sourit-il. Ne fais pas cette tête. Ce n'est pas la fin du monde. Dans deux semaines nous serons mari et femme et nous passerons toutes nos nuits ensemble.

— Je veux rentrer chez moi. Laissez-moi me lever.

Il sourit.

— Sois pudique autant que tu veux, Aryane. Je sais maintenant qu'un brasier couve sous la glace.

Doriane refoulait ses larmes. Elle venait de trahir sa sœur, Alan et Leander à la fois. Envahie par une immense détresse, elle réprima un sanglot. Attendri, il lui prit les mains.

— Aryane, écoutez-moi. Vous semblez prête à fondre en larmes. Chérie, regardez-moi. Je sais comment vous avez été élevée. Je sais aussi que vous vouliez rester vierge jusqu'à notre mariage. Mais nous n'avons rien fait de mal et, en tant que médecin, je puis vous assurer que la plupart des femmes ont de telles expériences avec leurs fiancés.

Il rendait la situation plus difficile encore.

Doriane pensait confusément à Alan tout en s'habillant fébrilement. Lorsqu'elle fut prête, elle se tourna vers Leander.

— Ramenez-moi à la maison, dit-elle.

6

— Bonjour, lança Leander à son père et à sa sœur Nina, tous deux assis devant un copieux petit déjeuner.

Nina plissa son joli petit nez.

— Alors c'était vrai, ce ragot ! s'exclama-t-elle.

— Quoi donc ?

— Sarah Oakley m'a téléphoné à la première heure ce matin pour me dire qu'elle t'a vu avec Aryane chez le gouverneur. A l'en croire, vous paraissiez plus amoureux que jamais et vous avez passé votre temps à roucouler.

Leander se versa une bonne tasse de café noir et parfumé.

— Et après ? C'est tout naturel, étant donné que nous nous marions bientôt.

— Oui mais, pas plus tard qu'hier, tu avais l'air d'avoir autant envie de te marier que de te pendre.

Leander dédia un sourire affectueux à sa sœur.

— Quand tu seras grande, tu en sauras un peu plus sur les relations humaines.

— J'ai vingt et un ans, monsieur.

— Déjà ? Comme le temps passe !

Nina posa sa tasse et se tourna vers son père :

— Ou il est devenu fou ou il est enfin tombé définitivement amoureux, ce qui revient au même.

Reed regarda son fils.

— J'opterai plutôt pour la deuxième solution, déclara-t-il dans un éclat de rire.

— Et moi je te félicite pour tes connaissances en psychologie féminine, papa.

Nina repoussa sa chaise et se leva.

— Et moi j'admire votre complicité masculine. Je vais appeler Aryane.

— Dis-lui que je passerai la chercher à onze heures pour un pique-nique.

Lorsque la porte de la salle à manger se fut refermée sur la gracieuse silhouette de Nina, Reed contempla une nouvelle fois le visage radieux de son fils. Celui-ci mordait pensivement dans une tartine beurrée.

— Je pense à ce projet de dispensaire pour femmes, dit Leander au bout d'un moment. En fait, c'est Aryane qui me l'a rappelé.

— Une idée d'Aryane ?

— Presque. C'est une fille épatante, n'est-ce pas ?

Leander se redressa et prit une pomme.

— Je suis déjà en retard. A ce soir, papa. Et merci encore !

A onze heures sonnantes, Leander grimpait les marches du perron de Chandler House. Il se préparait à tirer sur la sonnette lorsqu'une voix en provenance du porche fit :

— Vous pouvez entrer, on vous attend.

C'était Doriane. Elle se tenait assise à l'ombre des feuillages, le visage détourné. Elle frissonnait. Intrigué, Leander se dirigea vers elle.

— Que se passe-t-il ? Est-il arrivé quelque chose à Aryane ? s'enquit-il avec inquiétude.

— Non, elle va bien. Tout va bien.

De plus en plus dérouté, le jeune homme lui prit le bras.

— Venez à la lumière. Vous me semblez bien pâle.

Elle tira rageusement sur son bras et parvint à se dégager.

— Laissez-moi tranquille, hurla-t-elle. Et surtout ne me touchez pas.

Bouche bée, Leander la regarda détaler vers la maison. Au même moment, Aryane apparut sur le perron. Tout en enfilant ses gants de dentelle blanche, elle s'approcha de Leander.

— Qu'y a-t-il ? Est-ce Doriane que j'ai entendue crier ? Vous ne vous êtes pas encore disputés, j'espère ?

Leander lui dédia un sourire lumineux.

— Non, non. Mais elle m'a paru bizarre.

— En effet, je ne sais ce qu'elle a. Depuis ce matin, elle n'est pas dans son assiette. Ses yeux sont rouges, comme si elle avait pleuré. Savez-vous quelque chose ?

— Non. Il faudrait que je l'examine.

Il l'aida à prendre place dans la calèche. Ses mains

s'attardèrent un instant sur sa taille mince. Aryane se raidit.

— Leander ! On nous regarde !

— D'accord, sourit-il. Nous allons y remédier.

Tout en menant les chevaux, il sifflotait. Aryane s'était installée sur la banquette avant, le plus loin possible. Il avait peine à croire que la créature froide d'aujourd'hui était la même que celle qui, la veille, s'était abandonnée à lui avec passion.

Il n'avait pas beaucoup dormi et avait passé la plus grande partie de la nuit à penser à Aryane. Il avait déjà connu plusieurs femmes mais aucune n'avait su lui procurer une telle satisfaction, un tel apaisement des sens et de l'esprit.

La calèche les conduisit très loin de la ville, dans une clairière entourée de hauts rochers et de bosquets. Il fit descendre sa passagère et, sitôt qu'elle mit un pied à terre, il la prit passionnément dans ses bras.

— Depuis hier, je n'ai cessé de penser à toi, murmura-t-il. Je sentais le parfum enivrant de tes cheveux, la douceur de tes lèvres sur les miennes, ton...

— Comment ? s'étrangla-t-elle, parvenant à échapper à son étreinte.

— Aryane, dit-il en la reprenant dans ses bras, tu ne vas pas recommencer à jouer l'effarouchée ! Pas après hier soir. Inutile de redevenir la princesse de glace. Je connais maintenant le feu qui brûle en toi. Viens. Embrasse-moi comme tu m'embrassais hier.

— Que voulez-vous dire ? Qu'hier j'étais différente ? Que j'étais mieux ?

Il alla vers elle, souriant.

— Tu le sais bien. Tu étais comme je ne t'avais encore jamais vue. Je ne savais même pas que tu pouvais être comme ça. Tu vas rire, mais j'en arrivais parfois à me demander si tu étais capable d'une réelle passion.

Il conclut sa déclaration d'un long baiser. Aryane s'était raidie, insensible à la flamme du jeune homme. Agacé, il la relâcha.

— Vous poussez ce jeu un peu trop loin, accusa-t-il. Vous ne pouvez pas être passionnée un jour et complètement froide le lendemain. Qui êtes-vous ? Faites-vous du dédoublement de personnalité ?

Quelque chose dans le regard d'Aryane le mit soudain sur ses gardes. Suffoqué, il recula.

— C'est imposible, murmura-t-il. Dites-moi que je me trompe. Personne ne peut...

L'expression horrifiée d'Aryane confirma ses soupçons. Brusquement frappé par l'évidence, il devint mortellement pâle.

— Avez-vous échangé vos places hier soir ? Ai-je passé la soirée avec Doriane ?

— Oui, souffla-t-elle, sans rien trouver à ajouter.

— J'aurais dû m'en douter. Elle ne paraissait pas reconnaître la maison que j'ai achetée pour nous. Lorsque j'ai été appelé pour un suicide, elle a insisté pour venir avec moi. J'étais si heureux de la voir réagir ainsi que j'ai refusé de me poser des questions. Et quand je l'ai embrassée... J'aurais dû comprendre. Soyez maudites toutes les deux ! Vous vous êtes bien moquées de moi !

— Leander..., murmura Aryane en posant une main sur son bras.

— Assez ! J'ignore le pourquoi de ce sale petit tour que vous m'avez joué mais je peux vous garantir que je ne suis pas près de vous le pardonner. Le dindon de la farce se permettra de réfléchir sur ce qui s'est passé hier soir et d'en tirer les conclusions qui s'imposent.

Leander ramena Aryane chez elle sans un mot de plus et la jeta presque au bas de la calèche. Doriane attendait sur le perron. Ses yeux brillants et la rougeur de ses joues trahissaient qu'elle avait pleuré des heures durant. Le jeune homme lui jeta un regard haineux avant de repartir.

La calèche sautait sur les pavés mais Leander continuait à fouetter les chevaux, la rage au cœur.

— Maudite sois-tu, Doriane ! Va au diable ! murmura-t-il.

La nuit venait de tomber lorsque Reed Westfield pénétra dans la bibliothèque. Il tendit une main vers le commutateur et ce fut alors qu'il aperçut dans l'obscurité le bout incandescent d'un cigare.

— Leander ? fit-il en allumant la lumière. On t'a appelé pour une urgence à l'hôpital.

— J'espère qu'ils ont trouvé mon remplaçant.

— En effet. Mais que t'arrive-t-il ? Tu as l'air aussi accablé que tu paraissais heureux ce matin. Si je comprends bien, Aryane a dû regretter ce qui s'est passé hier soir. Ne fais pas cette tête d'enterrement. Toutes les femmes réagissent exactement de la même façon. Ta mère...

— Dispense-moi de tes conseils en matière de psychologie féminine. Je n'en peux plus.

Reed s'assit pesamment sur un fauteuil.

— Raconte-moi tout.

Leander secoua la cendre de son cigare.

— Les sœurs Chandler se sont livrées à un petit jeu intéressant, hier. Elles ont changé de place. Seulement, il se trouve que Doriane ne s'est pas contentée d'enfiler le costume d'Aryane.

— Elle...

— ... a fait beaucoup mieux. Elle m'a assisté à mon travail, m'a longuement fait parler sur mes rêves et mes aspirations. Ah, ça ! Elle a été la compagne parfaite !

Il écrasa le mégot de son cigare dans un cendrier et bondit sur ses jambes.

— Et elle a été aussi une maîtresse extraordinaire.

— Bon sang !

— Comme tu dis ! La vanité de n'importe quel homme aurait été flattée. Enfin, une femme qui ne vous résiste plus et qui se donne sans arrière-pensée ! Jusqu'à présent, je n'avais côtoyé que des créatures qui reluquaient mon compte en banque quand elles ne se mettaient pas à minauder ayant appris que maman était une Candish. Avec Doriane, c'est différent.

— Avec Aryane aussi. Elle ne s'est jamais intéressée à ton argent.

— Elle ne s'est jamais intéressée à rien. C'est une femme mystérieuse et froide qui ne songe qu'à sa beauté. Alors que Doriane est vivante, comprends-tu ?

Reed fronça les sourcils.

— Oui, mais c'est avec Aryane que tu es fiancé. Essaie de t'expliquer avec elle, envoie-lui une gerbe de fleurs et elle te pardonnera, j'en suis sûr.

— Vraiment ? Et Doriane ? Me pardonnera-t-elle aussi ?

— Si elle manque de moralité au point de coucher avec le fiancé de sa sœur, alors elle saura se tirer de ce mauvais pas.

— Qu'est-ce que cela veut dire ?

— Tu as parfaitement compris. Une femme libérée qui passe sa vie à vouloir prouver son égalité avec les hommes ne s'attarde pas à un flirt d'un soir.

Leander fusilla son père du regard.

— Disons que je n'ai pas entendu ce que tu as dit. Mais si jamais tu osais le répéter, je partirais immédiatement et ne reviendrais plus jamais. Ce n'est pas ton affaire mais sache néanmoins que Doriane était vierge jusqu'à hier soir, et, que dans deux semaines, c'est elle que j'épouserai.

Reed ouvrit la bouche mais ne trouva rien à dire. Leander alluma un cigare et tira nerveusement une bouffée.

— Autant que tu sois prévenu, continua-t-il. Je n'ai jamais aimé Aryane. Sa beauté me fascinait mais j'en avais assez de sa froideur. Avec Doriane...

— C'était tout le contraire, tu me l'as déjà dit.

— J'ai passé auprès d'elle des heures inoubliables. Elle a tenu à m'accompagner à River Street alors qu'Aryane m'aurait demandé de la déposer chez une de ses amies. Elle...

— Je sais tout cela, Leander. Et je te supplie de prendre le temps de réfléchir. Tu connais à peine Doriane. Le mariage est une affaire sérieuse. Tu vas passer toute ta vie avec elle, mon garçon. Le fait qu'elle soit douée au lit ne signifie pas...

Un regard sombre de son fils coupa net le fil de son discours.

— Très bien ! poursuivit-il. Tu veux demander la main de cette jeune dame. As-tu pensé à la réaction d'Aryane ? D'habitude les femmes n'oublient pas facilement de tels affronts.

— Pourtant ce sont les sœurs Chandler qui ont manigancé tout cela. Elles doivent en subir les conséquences.

— Elles ignoraient que le destin en avait décidé autrement. Ecoute-moi, Leander. Avant d'engager ton avenir avec Doriane tu ferais mieux de réfléchir pendant un mois ou deux.

— Trop tard. Du reste, je ne pense pas qu'elle veuille de moi comme mari.

— Comment ? Et pourquoi diable ?

— Je ne lui plais pas beaucoup, dit Leander avec un sourire, ignorant l'expression ahurie de son père. Elle me prend pour une sorte de bigot dans le genre de Gates.

Reed leva les bras au ciel et les laissa retomber lourdement.

— J'y perds mon latin.

Une porte s'ouvrit quelque part dans la maison et une voix perçante se fit entendre. Leander se redressa brusquement.

— Ah ! voilà M. Gates ! annonça-t-il avec calme.

— M. Gates ? Tu... Tu...

— Je suis allé le voir dans sa brasserie il y a une heure. Je lui ai annoncé que j'avais défloré sa belle-fille et que j'étais prêt à réparer l'outrage en l'épousant. Il est allé la chercher afin que nous discutions, tous les quatre, de cette affaire.

Comme Reed le considérait avec des yeux ronds, il ajouta d'une voix radoucie :

— Ne prends pas cet air malheureux, papa. Je veux Doriane et je l'obtiendrai, dussé-je avoir recours aux méthodes les plus déloyales.

7

— Non, je ne l'épouserai pas ! déclara fermement Doriane pour la énième fois.

— Vous n'êtes qu'une catin ! hurla Duncan, hors de lui. Aucun homme ne voudra plus de vous. Vous avez souillé votre nom et ma réputation.

Doriane fit un effort surhumain pour garder son calme. Cela faisait plus de trois heures que M. Gates la réprimandait. Elle avait tenu bon en se disant qu'elle trouverait du réconfort auprès d'oncle Henry. Duncan Gates n'était qu'un petit-bourgeois aux idées rétrogrades. Quant à Leander, Doriane lui en voulait terriblement d'avoir agi aussi rapidement, sans même la prévenir.

— Puis-je vous demander pour quelle raison vous refusez d'épouser mon fils ? demanda Reed Westfield.

Une vague animosité sourdait dans sa voix. Doriane haussa les épaules d'un air excédé.

— Je vous l'ai déjà dit, monsieur. J'ai l'intention d'accepter le poste d'interne que m'offre un des plus grands hôpitaux de Pennsylvanie. Par ailleurs, je n'aime pas votre fils. Il est fiancé à ma sœur. Après leur mariage, je retournerai à Philadelphie et je ne reviendrai plus jamais à Chandler.

— Vous avez brisé la vie de votre sœur, glapit Duncan, rouge de colère. Comment voulez-vous qu'elle accepte d'épouser Leander après ce qui s'est passé ?

— Je vois. Vous pensez, également, qu'aucune femme ne voudra plus d'un homme compromis.

M. Gates s'appuya à la cheminée alors que son teint rouge écarlate virait lentement au violacé.

— Allons, Duncan ! Calmez-vous, intervint Reed. Ecoutez, Doriane. Chaque problème a une solution. Essayez de réfléchir. Vous devez éprouver quelque chose pour mon fils. Ne serait-ce qu'un peu d'affection !

— Désolée, monsieur Westfield. Je jouais le rôle de ma sœur et prétendais aimer mon fiancé. Allez-vous me jeter la pierre parce que j'ai été bonne comédienne ?

— Certes non, mademoiselle. Mais aucune actrice n'est jamais entrée aussi bien dans la peau de son personnage.

— Je ne permettrai pas que le nom d'Aryane soit traîné dans la boue, vociféra Duncan. Elle n'aurait jamais commis l'irréparable. C'est une bonne fille.

— Et moi je ne le suis pas, n'est-ce pas ? fit Doriane, déchirée entre la fureur et les larmes.

— Vous n'êtes qu'une traînée. Aucune femme honnête ne se serait compromise de cette façon.

— En voilà assez, dit brusquement Leander, qui jusqu'alors s'était tenu à l'écart. Laissez-nous seuls, s'il vous plaît. Je voudrais parler à Doriane.

Quand la porte du salon se referma sur les deux hommes, il se tourna vers la jeune femme :

— Voulez-vous un peu de sherry ?

— Volontiers.

Elle prit le verre qu'il lui tendait en s'efforçant de maîtriser le tremblement de ses mains.

— Je savais que Gates vous tyrannisait mais j'ignorais à quel point.

— Alors pourquoi avez-vous fait appel à lui ? interrogea-t-elle en se laissant tomber sur une chaise.

— Parce que j'avais peur. Si je vous avais parlé, peut-être m'auriez-vous ri au nez.

— Je ne ris pas, pourtant.

— Alors revoyons le problème. Les invitations pour le mariage sont chez l'imprimeur. Il suffira de mettre votre nom à la place de celui d'Aryane.

Elle eut un haut-le-corps.

— Etes-vous devenu fou ? Ne comprenez-vous donc rien ? Je ne veux pas devenir votre femme. Je refuse de passer une minute de plus dans cette fichue ville. Je veux rentrer chez moi et je désire que ma sœur récupère son fiancé. Que vous faut-il de plus pour comprendre que vous ne pouvez pas m'obliger à me présenter devant l'autel ? Je veux rentrer chez moi, vous dis-je !

Soudain, tassée sur sa chaise, elle enfouit son visage

dans ses mains et fondit en larmes. Leander s'agenouilla devant elle et lui écarta doucement les mains.

— Pour l'amour du ciel, Doriane ! Ne voyez-vous pas que c'est vous que je souhaite épouser et non Aryane ?

Elle le considéra d'un air perplexe, les poignets prisonniers de la chaleur des paumes de Leander.

— Non, répondit-elle enfin en secouant la tête. Vous appartenez à ma sœur. Gates a raison. La vie d'Aryane a été brisée à cause de moi. Je m'en sens entièrement responsable. Depuis sa plus tendre enfance, elle ne pense qu'au jour où elle sera Mme Westfield.

— Et vous, Doriane ?

Elle détourna les yeux, se dérobant au regard qui la scrutait intensément.

— Moi j'aime la médecine, dit-elle simplement. J'ai envie de terminer mon internat. Ensuite, je me marierai avec Alan.

Leander se releva d'un bond, blême.

— Alan ? Qui est-ce ?

Un pâle sourire étira les lèvres de Doriane.

— Ne faites pas semblant de tomber des nues. Depuis mon retour, personne n'a songé à me poser une seule question sur ma vie en Pennsylvanie. Gates énumère les quatre vertus cardinales, maman fait de la broderie, Aryane passe commande chez sa couturière et vous... vous me donnez des ordres.

— Qui est Alan ?

— L'homme avec lequel j'ai envie de faire ma vie. Mon fiancé, mon futur mari, celui qui viendra à Chandler dans deux jours pour me demander en mariage.

— J'ai déjà réclamé ce privilège.

— Oublions ce qui s'est passé, Leander.

Les yeux du jeune homme étincelèrent.

— Jurez-moi que vous parviendrez à m'oublier et j'épouse Aryane.

Elle baissa la tête en un geste accablé.

— Epousez-la, murmura-t-elle d'une voix à peine audible. J'ai déjà donné ma parole à Alan.

— A présent, c'est vous qui parlez comme le vieux Gates.

Soudain, il s'approcha d'elle et la prit dans ses bras. Elle n'eut pas le temps de protester car la bouche de Leander s'écrasait sur la sienne, dure et possessive. Lorsqu'il la relâcha, Doriane avait les jambes en coton.

— Maintenant, soyons réalistes, assena-t-il. A votre avis, comment réagira votre Alan lorsqu'il apprendra la vérité sur cette nuit ?

— C'est un homme à l'esprit large. Il est très compréhensif et je suis sûre qu'il...

— Qu'il vous donnera l'absolution ? Trêve de plaisanterie, ma chère ! Dans deux semaines vous porterez mon nom et je vous conseille de vous habituer à cette idée.

Doriane réussit miraculeusement à garder son calme pendant que Duncan Gates la ramenait à la maison. Un sentiment de culpabilité la submergea à la vue du visage d'Aryane. Celle-ci arborait une expression totalement neutre, comme si rien ne s'était passé. Pourtant, lorsque Doriane chercha à lui parler, elle s'y refusa catégoriquement. Devant les larmes de sa sœur, Aryane resta imperturbable.

Doriane finit par mettre l'indifférence d'Aryane sur le compte du choc qu'elle avait subi. Une telle attitude ne pouvait s'expliquer autrement. Elle allait renouveler ses tentations de réconciliation, lorsque M. Gates fit irruption dans le salon. Sans un mot, il tira Doriane de son fauteuil, la força à monter l'escalier, puis la poussa à l'intérieur de sa chambre et ferma la porte à clé.

La jeune femme resta immobile dans l'obscurité. Non, elle n'allait pas accepter le sort qu'on lui imposait pas plus qu'elle n'allait renoncer à son internat à Saint-Joseph. Elle prépara un balluchon et ouvrit la fenêtre sans bruit. En s'accrochant aux branches du palmier, elle parviendrait aisément à atterrir sur le gazon.

Quelques secondes lui suffirent pour se laisser glisser doucement sur le sol. A peine avait-elle mis pied à terre qu'un bruit dans les buissons la fit sursauter.

— Puis-je vous aider à transporter votre bagage ?

Le bout rougeoyant d'un cigare se déplaçait dans le noir.

— Que faites-vous là ? souffla-t-elle.

Des dents blanches brillèrent à deux pas d'elle.

— Je surveille ce qui m'appartient. Qui vous a appris à grimper sur les arbres ?

— Je compte une guenon parmi mes aïeules.

— J'aurais dû m'en douter.

Il s'inclina légèrement et fit un geste vers la maison dont les vitres venaient de s'illuminer.

— Après vous, madame.

Doriane fit une grimace.

— Non ! je ne retournerai plus jamais dans cet endroit ! Il y a un train pour Denver dans une demi-heure et je ne veux pas le rater.

— M. Gates vous en empêchera, même s'il doit vous tirer dessus avec son fusil de chasse.

— Auriez-vous l'audace de le prévenir ?

— Je suis prêt à tout pour vous empêcher de quitter Chandler.

— Monsieur Westfield, je commence à vous détester.

— Vous me l'avez bien caché hier soir. Maintenant, voulez-vous me permettre de vous raccompagner jusqu'à votre boudoir ?

Doriane grinça des dents. Cet individu ne pourrait pas la surveiller éternellement. Elle le regarda grimper sur le palmier avec l'agilité d'un chat sauvage et accepta de s'accrocher à la main secourable qu'il lui tendait. Elle prit un immense plaisir à se laisser hisser sur le toit comme un poids mort. Leander l'aida à enjamber le parapet de la fenêtre.

— N'ai-je pas mérité un baiser ? murmura-t-il.

Elle se pencha en avant comme pour l'embrasser et baissa brusquement la vitre à guillotine. Ensuite, elle ferma rageusement les doubles rideaux, faisant disparaître de sa vie le visage étonné de Leander. Un sourire de satisfaction commençait à s'épanouir sur ses lèvres lorsqu'un bruit sec, suivi d'un cri étouffé, brisa le silence de la nuit.

Affolée, elle tira les rideaux, remonta la vitre et se pencha au-dehors en fouillant du regard l'obscurité.

— Leander ! Mon Dieu, il est tombé !

Profitant de sa surprise, Leander passa la tête par l'ouverture de la fenêtre et plaqua sur les lèvres de Doriane un baiser langoureux.

— J'étais prêt à parier que vous ne pourriez pas me résister, se moqua-t-il.

8

Le dimanche matin, M. Gates vint tambouriner à la porte de Doriane en la priant de se préparer pour aller à l'église. Le petit déjeuner fut sinistre. Aryane était plus silencieuse que jamais et Opal semblait avoir perdu dix kilos dans la nuit.

Immédiatement après le repas, Opal, gravement indisposée, se retira dans sa chambre. M. Gates, qui avait revêtu pour la circonstance le masque hâve du martyr, entraîna Doriane dans le vestibule où il lui adressa ses ultimes reproches : non seulement elle avait fait le malheur de sa sœur, mais elle était en train de tuer sa mère.

Mais le pire l'attendait à l'église. Le service sembla se dérouler à toute allure. Arrivèrent enfin les annonces paroissiales. Le pasteur annonça sèchement à une assistance médusée que Leander Westfield avait changé d'avis et qu'il n'épouserait plus Aryane mais Doriane Chandler.

Le premier moment de stupeur passé, toutes les commères du comté se précipitèrent sur Aryane qui opposa à leurs questions un silence obstiné. Leander à son tour s'approcha de la jeune fille, prêt à lui présenter ses excuses. Elle l'accueillit avec un regard si furieux qu'il battit en retraite.

— Venez, Doriane !

Avant qu'elle ne pût répondre, elle était traînée jusqu'à la calèche et juchée presque de force à la place du passager. L'œil sombre, Leander s'empara des rênes et lança les chevaux au galop. Doriane retint son chapeau sur sa tête.

— Qu'attendiez-vous ? Qu'Aryane vous accueille avec un grand sourire ?

Il tira rageusement sur la bride et la calèche s'arrêta brusquement.

— J'attendais qu'elle se montre raisonnable. C'est vous deux qui avez commencé ce petit jeu. Je n'ai jamais eu l'intention de l'humilier publiquement.

— C'est pourtant ce que vous avez fait. La vengeance est un sentiment indigne, Leander.

— Mais je...

— Je vous supplie d'essayer de voir clair. Aidez-moi à regagner la Pennsylvanie et retournez dans les bras d'Aryane.

— Non, jamais ! dit-il en la regardant. C'est vous que j'épouserai et personne d'autre. J'ai apporté un panier de pique-nique, ajouta-t-il. Avez-vous faim ?

Il redémarra et prit le chemin de la forêt. Un quart d'heure plus tard, la calèche s'immobilisait au milieu d'une petite clairière. Leander sauta sur le gazon parsemé d'asphodèles. Se penchant soudain, il ôta un mocassin.

— J'ai une pierre dans ma chaussure, annonça-t-il.

Plusieurs idées fulgurantes traversèrent l'esprit de Doriane. Elle revit le visage figé de sa sœur jumelle pendant que le pasteur énonçait les mots fatidiques qui la séparaient de Leander. « Je ne veux pas devenir la femme de cet homme, pensa-t-elle. Je ne veux pas rester dans cette ville. Je ne veux pas construire mon bonheur sur le malheur d'Aryane. » Mue par une irrésistible impulsion, elle bondit à la place du cocher et fit démarrer les chevaux.

La dernière image qu'elle garda de Leander fut celle d'un homme affolé essayant en vain de rattraper la voiture qui filait comme une flèche. En roulant dans les rues de Chandler, Doriane ne cessait de réfléchir. Il lui fallait coûte que coûte s'échapper de ce piège qui s'était refermé sur elle, s'évader de cet endroit détestable. Et Alan qui arrivait le lendemain ! En dépit de ce qu'elle avait affirmé à Leander, elle avait quelques doutes sur sa réaction.

Dès qu'elle aperçut Chandler House, Doriane comprit que quelque chose ne tournait pas rond. Opal était assise sous le porche. A la vue de la nouvelle arrivante, elle se redressa vivement.

— Sais-tu où est ta sœur ?

Doriane escaladait déjà le perron.

— Aryane a disparu ? Laisse-moi le temps de me changer et je pars à sa recherche.

Opal retint sa fille par le bras, puis se rassit sur le banc et se pencha sur son éternelle broderie.

— C'est pis que cela, murmura-t-elle. Cet horrible individu, ce Taggert, est venu à l'église tout de suite après la messe. Sais-tu ce qu'il a fait ? Il a déclaré à l'assistance que lui et Aryane allaient se marier le même jour que Leander et toi. Un double mariage, en somme.

Sans cesser de broder, Mme Gates renifla en levant les yeux au ciel.

— Seigneur ! qu'est-il arrivé à ma famille ? M. Gates prétend que le nommé Taggert est un assassin et qu'il a marché sur des cadavres pour acquérir sa fortune. A mon avis, Aryane a accepté la proposition de cet homme pour montrer à ses relations qu'elle est parfaitement capable de trouver un autre mari. On le dit très riche... Je refuse d'admettre qu'elle l'épouse pour son argent.

Consternée, Doriane s'affala à côté de sa mère.

— Tout est ma faute, gémit-elle.

Opal lui tapota le genou.

— Cesse de te culpabiliser, chérie. Ta sœur s'en est toujours bien sortie. Ne prends pas cet air étonné, je connais mes filles.

— Maman, j'ai décidé de partir. Après, tout rentrera dans l'ordre.

— Je ne le pense pas. Leander a l'air de t'aimer sincèrement. Je ne l'ai jamais vu aussi enthousiaste que ces deux derniers jours.

— Enthousiaste n'est pas le mot exact. Despotique lui irait comme un gant. Il m'a carrément donné l'ordre de l'épouser. C'est un tyran, un esprit étroit.

— Vendredi tu avais sans doute une autre opinion de lui.

Doriane se sentit rougir et détourna la tête.

— J'avais bu trop de champagne, répondit-elle évasivement. Le caviar, le clair de lune, la musique... puis tout est arrivé sans que je m'en aperçoive.

— Je comprends, dit Opal paisiblement. Mais il se peut que la version de Leander soit différente de la tienne.

— La version de Leander est le cadet de mes soucis ! Seule Aryane m'importe. Non seulement sa vie est brisée par ma faute, mais, de plus, elle se croit obligée de se marier à ce rustre millionnaire. Il faut la tirer de ses griffes.

— M. Gates et moi-même comptons bien avoir une conversation avec elle dès qu'elle rentrera à la maison.

Doriane émit un profond soupir.

— Toute ma vie je me reprocherai d'avoir accepté d'échanger nos places. Mais elle avait tellement insisté ! Et elle semblait si enchantée de cette invitation...

Opal piqua adroitement son aiguille dans la batiste blanche.

— Va te reposer, ma chérie. Je dirai à Susan de te monter un plateau. Demain, dès que la nouvelle du double mariage aura fait le tour de la ville, tout Chandler se précipitera ici. Mais où est Leander ? Il ne t'a pas raccompagnée ?

Doriane se leva, l'air sombre.

— Non. Et je ne veux plus le voir. Plus jamais.

Opal suivit du regard la gracieuse silhouette vêtue de blanc qui s'éloignait dans l'allée en direction de la maison.

Le lundi fut pour Doriane le plus abominable jour de sa vie. Au petit déjeuner, M. Gates ne cessa de se lamenter sur la façon dont elle avait à jamais ruiné la vie de sa sœur. Opal avait visiblement versé toutes les larmes de son corps pendant la nuit et Aryane affichait une totale indifférence.

Les visites impromptues commencèrent dans la matinée. Chacun désirait savoir pourquoi Leander voulait épouser Doriane et comment était l'intérieur du manoir de Taggert. A onze heures, la maison était pleine de monde, les tartes et les gâteaux défilaient. Doriane parvint à s'éclipser et se rendit à la gare. Alan arrivait ce jour-là.

Lorsque le train s'arrêta et qu'elle aperçut son ami sur le quai au milieu de la foule bigarrée, elle éprouva un brusque sentiment de soulagement. Maintenant qu'Alan était là, tout finirait par s'arranger, cela allait de soi. Indifférente aux regards des passants, elle s'élança vers lui et se pendit à son cou.

— Quel bel accueil ! murmura-t-il en enfouissant son visage dans les boucles parfumées de Doriane et en la serrant très fort dans ses bras.

Elle s'écarta de lui et l'examina. C'était toujours le même Alan, *son* Alan, avec ses beaux cheveux dorés et ses yeux d'un bleu lumineux. Elle se préparait à parler lorsque le regard du jeune homme se fixa sur un point mouvant par-dessus la tête de Doriane. Se détournant, elle avisa Leander qui se frayait un passage vers eux.

— Vous êtes Alan, je suppose, dit-il en exhibant des dents parfaites et en prenant Doriane par la taille. J'ai tellement entendu parler de vous que j'ai l'impression de vous connaître. Entre amants, on n'a pas de secrets, n'est-ce pas, mon amour ?

— Lâchez-moi !

Doriane enfonça un coude rageur dans les côtes de Leander et grimaça un sourire à l'adresse du nouvel arrivant.

— Je vous présente le fiancé de ma sœur, chéri, M. Leander Westfield. Leander, voici Alan Hunter, mon...

— Excusez Doriane, monsieur Hunter, coupa Leander sans se départir de sa bonne humeur. Elle s'est trompée. Je suis son fiancé à elle. Nous allons nous marier dans deux semaines.

— Permettez ! dit vivement Doriane, les yeux fixés sur le visage médusé d'Alan. Ne prenez pas vos désirs pour des réalités. Alan, venez avec moi, ajouta-t-elle, parvenant enfin à se dégager de l'étreinte de Leander. J'ai à vous parler.

— Je le pense également. Je vous suis, Doriane.

Leander réussit à se faufiler au milieu du couple.

— Je connais un endroit idéal pour la conversation. Je serai ravi de rendre service à un ami de ma future épouse. Si nous allions chez moi ? Je veux dire dans notre nouvelle maison, chérie.

Doriane le foudroya du regard.

— J'ai besoin de parler à Alan, pas à vous. Et sûrement pas dans cette maison.

— Ma calèche est là. Allons plutôt chez Mlle Emily. C'est un salon de thé très chic. Je suis sûr qu'il plaira à M. Hunter.

— Leander ! Vous m'empoisonnez la vie !

— Chaque poison a son antidote. Demandez au Dr Westfield !

— Ecoutez, Leander...

Alan s'interposa.

— Allons chez Mlle Emily, Doriane. Votre *fiancé* a l'air d'y tenir énormément.

Mlle Emily, petite et frêle, accueillit le trio avec un large sourire entendu.

— Ah ! Voilà nos tourtereaux ! C'est toujours un plaisir de vous voir, docteur Westfield, et vous aussi, mademoiselle Daryane. Lorsque votre sœur Nina nous a appris que...

— Merci mille fois, lança Leander interrompant le bavardage de la vieille demoiselle. Le salon privé est-il libre ? Un vieil ami de ma fiancée vient d'arriver et nous voudrions discuter à l'écart des curieux.

Le sourire de Mlle Emily s'épanouit alors que ses petits yeux de souris se posaient sur Alan.

— Bienvenue à Chandler, monsieur. Vous devriez être présenté à la jolie Mlle Nina !

Peu après, ils s'installaient dans le salon privé devant une théière fumante et un large assortiment de pâtisseries.

— Si vous n'y voyez pas d'inconvénient, c'est à moi de dire à Alan la vérité, déclara Doriane, sitôt la porte refermée. Voilà : Aryane, ma sœur, voulait se rendre quelque part et...

— Où ça ? coupa Leander.

Doriane le regarda avec un air de défi.

— Au manoir de Taggert, puisque vous tenez tant à le savoir. Elle avait reçu une invitation qui la conviait à visiter cette espèce de monstruosité architecturale et elle mourait d'envie d'y aller. De là à m'envoyer à la réception avec vous, il n'y avait qu'un pas. Enfants, nous échangions souvent nos places. Je n'aurais jamais accepté, ajouta-t-elle à l'adresse d'Alan, si j'avais pu deviner que cet homme ici présent projetait de séduire Aryane et qu'il croirait ensuite bêtement que je l'épouserais !

Alan garda le silence pendant un moment.

— Si je ne me m'abuse, votre récit manque d'éléments, conclut-il, le front barré d'une ride.

— A qui le dites-vous ! intervint Leander. Il en manque la moitié. Il est vrai que les jumelles ont changé de rôle et que je ne m'en suis pas aperçu. J'aurais dû, pourtant m'en rendre compte. Aryane est un iceberg alors que Doriane est un vrai volcan.

— Comment osez-vous ! explosa Doriane.

— Je dis la vérité, chérie. Mettez-vous à ma place, monsieur Hunter. J'emmène ma fiancée chez moi pour un souper froid et nous consommons le mariage deux semaines avant la cérémonie.

— Alan ne l'écoutez pas, je vous en supplie. Je feignais

d'être Aryane et me suis crue obligée de me plier aux caprices de cet individu, qui ne me plaît même pas. C'est un bigot, un égoïste, un misogyne qui pense que les femmes n'ont pas droit au titre de médecin. Alan, ramenez-moi en Pennsylvanie.

Renfrogné, le jeune homme dessinait des arabesques sur la nappe, avec sa fourchette.

— Mais, Doriane, vous devez éprouver un sentiment pour lui, sinon vous n'auriez pas pu vous...

— Je vous l'ai déjà dit ! Je prétendais être Aryane. Je simulais une passion que je ne ressentais pas. Si vous voulez, nous pouvons partir par le prochain train.

— Il faudra me passer sur le corps, lança Leander.

— Avec plaisir, riposta-t-elle sur le même ton.

Alan s'interposa d'un geste.

— Monsieur Westfield, dit-il d'une voix calme, avez-vous l'intention de traîner Doriane devant l'autel ?

— J'ai presque quinze jours pour la conquérir. Alors, c'est elle qui me suppliera de l'épouser.

— En êtes-vous sûr ?

— Certain.

— Alors faisons un pari, proposa Alan. Si ce jour-là Doriane ne veut toujours pas de vous, elle partira avec moi.

— D'accord !

La jeune femme se leva, furieuse. Le turquoise de ses prunelles avait viré au violet.

— Allez au diable tous les deux ! Je refuse de devenir un enjeu.

Leander la saisit par l'épaule, la forçant à se rasseoir.

— Un instant, Doriane. Vous prétendez aimer Alan mais vous succombez à mon charme. Maintenant, vous nous envoyez paître tous les deux. Avez-vous l'intention de jeter votre dévolu sur un troisième homme ?

— Je vous ai déjà dit ce que je voulais : épouser Alan.

— Vous dites cela aujourd'hui. Hier, vous teniez des propos différents. Par ailleurs, vous venez juste de me rencontrer.

Tout en parlant, il se tourna vers Alan :

— Tenez, nous allons fixer les règles du jeu. Primo, Doriane doit s'engager à rester à Chandler jusqu'au jour J. Secundo, elle doit accepter mes invitations. Si, dans deux semaines, elle n'a pas changé d'avis, je lui achèterai son billet de retour et me chargerai de calmer M. Gates.

Alan hocha la tête.

— Ça me semble correct. Qu'en pensez-vous, Doriane ?

— Et si je refuse ce jeu absurde ? demanda-t-elle.

— Alors vous pouvez considérer que votre carrière médicale est terminée, déclara Leander froidement.

Elle le fixa, les yeux brillants.

— Très bien, monsieur Westfield. Mais je vous préviens. Non seulement je ne changerai pas d'avis, mais quand je quitterai ce village de bigots, vous en éprouverez du soulagement.

Leander se pencha vers Alan, l'air ravi.

— Ne vous l'avais-je pas dit ? Quel tempérament ! C'est du feu qui coule dans ses veines. Topez là, Hunter. Et que le meilleur gagne.

Alan prit la main tendue de Leander et la secoua. Le marché était conclu.

9

Doriane se prélassait sur une couverture étalée à même le gazon, sous le dôme feuillu d'un arbre du parc Fenton. Alan lui faisait la lecture d'un important article qui exposait diverses méthodes de traitement de la diphtérie. Des nuages arachnéens voilaient par endroits l'éclat azuréen du ciel. Des rires fusaient de temps à autre dans l'air pur.

— Doriane, que pensez-vous du rapport du Dr Anderson ?

— Comment ? Excusez-moi, Alan, j'étais distraite. Je pensais à ma sœur.

— Encore elle ?

— Cet homme... Ce Taggert lui a envoyé hier un landau avec son cheval et le plus gros diamant que j'aie jamais vu. Aryane a disparu pour le restant de la journée et maman a encore pleuré. Elle se fait beaucoup de souci pour Aryane.

— Et pas pour vous !

— Pourquoi ? Maman et M. Gates sont persuadés que je vais épouser le meilleur parti d'Amérique. Seul l'avenir de ma sœur les préoccupe. Malgré sa fortune, Taggert n'est qu'un ours mal léché.

— Et quand me présenterez-vous à vos parents ?

— Croyez-moi, chéri, ce n'est pas le moment. M. Gates deviendra enragé s'il apprend que nous...

Elle s'interrompit avec un sourire forcé.

— Mais ne parlons pas de choses désagréables par une si belle journée, dit-elle d'une voix mal assurée. Voulez-vous que nous fassions un tour de canot sur le lac ?

— Rien ne saurait me plaire davantage.

Peu après, ils voguaient sur les eaux limpides du lac Midnight. D'autres barques venaient à leur rencontre et les gens les saluaient d'un « Bonjour, Daryane » tout en dévorant Alan du regard. Ils étaient au beau milieu du lac et Doriane s'était à moitié assoupie lorsqu'une voix la tira brusquement de sa torpeur.

— Bonjour ! Vous vous amusez bien ?

C'était Leander, à bord d'une embarcation de louage. Elle le regarda, les mâchoires contractées.

— Que faites-vous ici ?

— Puisque, selon les dires de votre mère, vous êtes supposée être sortie avec moi, me voici. Eh bien, Hunter, vous n'avez pas l'air très à l'aise avec cette rame ! Si je peux...

— Allez-vous-en, cria Doriane. Nous étions parfaitement tranquilles avant votre intrusion.

— La perfection n'est pas de ce monde. Ne parlez pas si fort, on nous regarde.

— Alors, au revoir.

— Hunter, pouvez-vous me donner un coup de main ? Je viens de coincer mon pied sous ce siège et je crois qu'il commence à enfler.

Lorsque Alan se redressa, le canot se mit à tanguer.

— Attention ! avertit Doriane.

Hélas ! il était trop tard ! Au moment où Alan tendait une main secourable à Leander, celui-ci se leva d'un bond avec une étonnante agilité. Une secousse brutale s'ensuivit. Alan perdit l'équilibre et tomba dans l'eau en poussant un cri. Alors qu'il refaisait surface, Leander embarquait Doriane de force dans son canot.

— Vous êtes un monstre ! Lâchez-moi ! hurla-t-elle sans prendre garde aux témoins de cette scène qui l'observaient en riant.

Insensible à ses protestations, Leander ramait énergiquement. Comme ils atteignaient la berge, Doriane cria :

— Mon chapeau ! J'ai perdu mon chapeau.

Son ravisseur se pencha par-dessus bord. C'était l'occasion rêvée pour le neutraliser. La jeune femme saisit une rame et assena dans le dos de l'ennemi un coup qui le propulsa dans la boue sous les regards goguenards des promeneurs. Entre-temps, Alan avait été repêché par une autre barque et gagnait à son tour le rivage.

— Je ne sais pas nager, s'excusa-t-il dans une quinte de toux. J'aurais pu me noyer.

Le couple s'échappa dans une voiture louée en direction de l'hôtel Imperial, où Alan était descendu. Doriane bouillait de colère. Arrivée à destination, elle suivit Alan jusqu'au premier étage, en fulminant.

— Je le hais ! Si jamais je le tiens, je le tue ! Il est l'être le plus insupportable qui ait jamais croisé mon chemin. Tant qu'il sera vivant, il me persécutera. Donnez-moi votre clé !

— Que dites-vous ? Oh ! la voilà ! Doriane, pensez-vous que ce soit raisonnable que l'on vous voie dans ma chambre ?

Elle introduisit la clé dans la serrure et poussa le battant.

— Un enfant gâté ! Un affreux petit-bourgeois ! Pouvez-vous m'imaginer vivant auprès de lui ? C'est impossible. S'il croit que je vais payer toute ma vie l'égarement d'un soir... les erreurs de mes vies antérieures...

Elle s'interrompit et regarda Alan comme si elle s'apercevait tout à coup de sa présence. Le jeune homme était debout, les bras ballants, et ses vêtements trempés dégouttaient sur le tapis.

— Ne restez pas dans ces habits mouillés. Qu'attendez-vous pour vous dévêtir ?

— Doriane, vous ne devriez pas être ici. Et je ne vais certainement pas me déshabiller devant vous.

— Vous avez raison, bien sûr. A demain.

Alan sourit.

— Oui, si je n'ai pas attrapé une pneumonie.

Oubliant ses vêtements dégoulinants, il la prit dans ses bras et l'embrassa passionnément. Elle se raidit, puis le repoussa doucement.

— Je dois partir, déclara-t-elle en se dirigeant vers la porte. Je vous verrai demain.

La jolie silhouette de la jeune femme disparut, mais Alan ne songeait plus à se changer. Il resta un long moment à considérer le battant à caissons, d'un air absent.

— Tu ne lui as pas dit non, Doriane, murmura-t-il. Mes baisers te font fuir, les siens te retiennent toute la nuit !

Le jeudi matin, Doriane regagna Chandler House en coup de vent, les yeux bouffis de larmes. Elle grimpa les marches quatre à quatre et se réfugia dans sa chambre. Depuis quelques jours, sa vie était devenue un enfer. Leander Westfield y était pour quelque chose ! La veille encore, il avait réussi à gâcher le paisible après-midi que la jeune femme passait en compagnie d'Alan.

En plein milieu de leur pique-nique, Leander avait fait irruption dans la petite clairière où ils se trouvaient en tirant en l'air avec un fusil. Effrayés, les chevaux s'étaient dispersés et il avait fallu des heures pour les retrouver. Cela ne pouvait plus durer ! Doriane en avait par-dessus la tête. Elle trouvait Leander de plus en plus détestable et en voulait à Alan d'avoir accepté ce pari stupide qui l'obligeait à rester à Chandler jusqu'au jour de son prétendu mariage. Seule la crainte de M. Gates la retenait à la maison.

« Ce n'est plus qu'une simple question de temps ! » pensa-t-elle.

Vers deux heures de l'après-midi, elle réussit à recouvrer ses esprits. Elle avait rendez-vous avec Alan pour une partie de tennis.

— Maman, mentit-elle en traversant le jardin, je m'en vais rejoindre Leander.

Confiante, Opal hocha la tête.

Mme Gates, penchée sur sa broderie, s'efforçait de ne plus penser à ses filles, lorsqu'un léger bruit lui fit relever la tête. Elle vit Leander sous le porche.

— Eh bien, mon cher, quelle charmante surprise ! Mais vous n'êtes pas avec Doriane ?

— Puis-je m'asseoir près de vous un instant ? demanda-t-il.

— Certainement, dit Opal, notant l'air soucieux du jeune homme. Que se passe-t-il ? Que voulez-vous me dire ?

Il tira un cigare de sa poche et demanda à son hôtesse la permission de fumer. Après un temps de réflexion, il déclara :

— Doriane est avec un autre homme en ce moment. Il s'appelle Alan Hunter et elle prétend qu'elle va l'épouser.

Opal s'immobilisa.

— Oh ! mon Dieu, encore une complication ! gémit-elle.

— Il semble qu'elle ait accordé sa main à cet homme avant qu'elle ne revienne de Pennsylvanie. Lui-même est arrivé lundi dans le but de vous rencontrer.

— Mais lundi, Doriane était déjà fiancée avec vous ! Et votre mariage avait déjà...

La voix d'Opal se brisa.

— Oui, je suis responsable de tout. Autant Aryane que Doriane ne demandaient qu'à oublier ce... euh... fâcheux incident. A présent, j'ai honte de mon comportement. J'ai soumis Doriane à un affreux chantage. Je l'ai obligée à rester à Chandler et à participer à la compétition.

— Quelle compétition ?

— Entre Hunter et moi.

— Ah ! fit Opal sans comprendre.

Un pâle sourire étira les lèvres de Leander.

— Je suis en train de perdre, madame Gates. Je ne sais pas quoi faire pour conquérir Doriane. Elle partira avec Hunter. Je le sens.

Opal réfléchit longuement.

— Vous l'aimez tant que cela ? fit-elle au bout d'un moment.

— Je l'aime suffisamment pour perdre tout sens de la dignité et me rendre ridicule devant toute la ville.

— Avez-vous une idée de la façon dont votre rival lui fait la cour ?

— Pas vraiment. Plus dignement que moi, c'est sûr.

Opal se remit à son ouvrage, les yeux plissés.

— Ce Hunter doit être le « camarade » qui a déjà envoyé à Doriane une cargaison de livres de médecine. Si j'ai bien compris, elle quitte la maison en disant qu'elle a rendez-vous avec vous et va rejoindre l'autre.

— J'ai une pièce pleine de livres de médecine mais je ne puis m'imaginer offrant un tel présent à une femme. Sur ce point, je partage l'opinion de M. Gates. Au fond, je souhaite que Doriane abandonne sa carrière et que...

— De quoi ? Qu'elle ressemble à Aryane ? Soyez cohérent, mon ami. Vous étiez fiancé avec une parfaite maîtresse de maison et vous l'avez quittée pour une femme moderne. Sans sa profession, Doriane ne serait plus Doriane. Y avez-vous songé ?

Un silence s'ensuivit.

— Très bien, dit Leander à mi-voix. Je lui enverrai, moi aussi, des livres de médecine, au lieu de la bombarder de bouquets de fleurs et de boîtes de chocolat.

— La médecine est tout pour ma fille, sachez-le.

Opal tira une enveloppe de sa poche et la tendit à son interlocuteur.

— Henry l'a fait suivre avant-hier afin que je puisse

préparer Doriane. Bien qu'elle ait été classée première aux examens, la direction de Saint-Joseph refuse d'employer une femme, sous prétexte qu'une dame ne doit pas être soumise aux promiscuités de ce métier.

— Oh ! mais cela est...

— Injuste, je sais. Aussi injuste que lorsque vous demandez à Doriane de renoncer à sa carrière et de rester à la maison pour s'assurer que la femme de ménage a repassé correctement vos chemises.

Leander contempla la végétation foisonnante de la serre tout en fumant en silence.

— Elle pourrait m'accompagner lors de mes visites à l'hôpital.

— Elle en serait ravie. Et... Leander, ajouta Mme Gates en posant une main sur le bras du médecin, cessez de faire tourner Hunter en bourrique, elle ne vous le pardonnera jamais. Tâchez plutôt de l'impressionner par vos performances médicales.

— C'est promis. Mais j'espère qu'elle possède les connaissances élémentaires.

— Henry affirme qu'elle deviendra un grand praticien. J'imagine que vous avez déjà entendu parler du professeur Henry Thomas Blair ?

— Le pathologiste ? C'est une sommité en matière de... C'est lui, oncle Henry ?

Un éclair de contentement traversa les yeux clairs d'Opal.

— Lui-même, mon cher. Et il proclame que Doriane est très douée pour la médecine. Donnez-lui une chance et vous ne le regretterez pas.

10

La partie de tennis la plus morne de toute l'existence de Doriane venait de se terminer. Alan s'était laissé battre sans manifester la moindre émotion. Distrait, il fixait le lointain d'un air hagard comme s'il s'attendait à tout instant à voir surgir Leander sur le terrain.

— Alan, j'ai l'impression que cet homme vous fait peur. Pourtant, à chaque fois nous l'avons mis hors d'état de nuire.

— Vous l'avez mis, Doriane. Je me sens parfaitement inutile dans cette ville. J'aurais peut-être une chance de le vaincre si je le rencontrais à Philadelphie.

— Leander a voyagé partout dans le monde. Il est aussi à l'aise dans une salle de bal que sur un cheval.

— Un vrai prince de la Renaissance ! dit Alan, railleur.

Doriane leva sur son ami un regard étonné.

— Vous semblez furieux. Vous savez pourtant ce que j'éprouve pour cet individu. De la haine.

— Vraiment ? Cependant, les faits prouvent le contraire. Vous vous êtes donnée à lui dès le premier soir alors que je dois quémander vos baisers.

Elle le dévisagea froidement.

— Mesurez vos paroles, mon cher.

Excédé, il l'attrapa par le bras.

— Pourquoi ? N'est-ce pas la vérité ?

Le regard de Doriane devint aussi glacial que celui de sa sœur jumelle.

— Lâchez-moi.

Il la relâcha immédiatement en baissant la tête.

— Excusez-moi, chérie. Mais je n'en peux plus. Cette épreuve est au-dessus de mes forces. J'en ai assez de ma chambre d'hôtel, assez de ne pas être autorisé à rencontrer vos parents. Que voulez-vous ? Je me sens rejeté.

Elle lui caressa la joue.

— Allons ! un peu de patience ! Nous devons respecter les clauses du contrat et ne pas quitter Chandler avant le vingt du mois. Ayez confiance, Alan, et je partirai avec vous.

— Très bien, dit-il d'une voix sans timbre.

L'après-midi était bien avancé lorsque Doriane repartit chez elle. A son grand soulagement, Opal ne lui posa aucune question et ne mentionna même pas le nom de Leander. La jeune femme se retira dans sa chambre. Une curieuse envie de pleurer lui nouait la gorge mais elle refoula ses larmes. La pendule sonnait pour la troisième fois lorsque Susan entra dans la pièce avec un plateau.

— Mme Gates demande si vous avez besoin d'autre chose.

— Non, merci, Susan.

La petite bonne hésita.

— Vous êtes au courant de ce qui s'est passé hier ?

— Non, mais...

Elle avait hâte de se retrouver seule. Visiblement, Susan ne l'entendait pas de cette oreille.

— Mlle Aryane s'est rendue à la garden-party de Mlle Tia Mankin. M. Taggert l'accompagnait, bien sûr, et tout d'abord personne ne l'a reconnu. Grâce à votre sœur, il est devenu un véritable gentleman plein de charme et de séduction. Un très bel homme, vous rendez-vous compte ?

— Vraiment ? fit Doriane, amusée malgré elle.

— Sans sa barbe il est divin, paraît-il. Seulement il y a eu cet accident.

— Quel accident, mon Dieu ?

— M. Taggert a renversé sa portion de pudding au coulis de framboises sur la robe de Mlle Aryane, puis il l'a soulevée comme une plume et s'est envolé avec elle dans sa calèche.

Doriane écarquilla les yeux.

— Comment Aryane a réagi ? Cela ne lui ressemble guère d'accepter de tels esclandres en public.

— Pourtant, non seulement elle n'a rien dit, mais elle a demandé à Mme Gates de tenir compagnie à M. Taggert dans le salon, pendant qu'elle se changeait.

— Comment ? Maman éclate en sanglots chaque fois qu'elle aperçoit Kane Taggert !

Susan se frotta pensivement le nez.

— Pas depuis hier. Après leur entretien, Mme Gates était presque tombée amoureuse de cet ours... car pour moi, barbe ou pas, c'est toujours un sauvage. Eh bien, figurez-vous que votre mère lui a demandé de l'appeler Opal et qu'il s'est déclaré prêt à lui offrir un wagon tout capitonné de rose !

— Ça alors... murmura Doriane.

— Et c'est après que Mlle Aryane a pleuré.

— Pourquoi a-t-elle pleuré ?

La bonne haussa les épaules.

— M'est avis qu'elle n'est pas vraiment heureuse. Et vous non plus, non ? Rien n'est à sa place dans cette maison.

Susan sortit avec un soupir. Dédaignant le plateau, Doriane se rua sur le palier, à la recherche de sa sœur. Celle-ci était assise devant sa coiffeuse, dans sa grande chambre blanc et turquoise. Ses yeux étaient rouges et humides. Doriane se contint pour ne pas fondre en larmes, elle aussi.

— Aryane, es-tu vraiment si malheureuse ?

Sa sœur ne répondit pas.

— Est-ce à cause de Taggert ? Ecoute, ma chérie, si tu aimes Leander, il est encore temps de le conquérir.

— Non. Leander n'aime que toi. Tout est fini entre lui et moi. J'épouserai Kane Taggert dans dix jours, un point c'est tout.

— Tu crois peut-être avoir perdu Leander, mais c'est faux. Je ne vois pas pourquoi tu t'acharnes à te punir en épousant ce rustre. Il n'est même pas capable de tenir une assiette sans la renverser.

Doriane s'arrêta net, portant une main à sa joue, là où Aryane venait de la gifler.

— Kane est l'homme que je vais épouser et je ne laisserai personne en dire du mal.

Les yeux pleins de larmes, Doriane sortit de la pièce. Jamais elle ne se pardonnerait ce qu'elle avait fait dans un moment d'égarement. Par sa faute, Aryane, si fragile et bien élevée, allait devenir la femme d'un palefrenier devenu milliardaire.

Pendant le dîner, le téléphone se mit à sonner. Au bout d'un moment, Susan pénétra dans la salle à manger.

— Mademoiselle, une Mlle Hunter vous demande, dit-elle d'un air rusé.

— Je ne connais aucune famille Hunter, dit M. Gates alors que Doriane se précipitait dehors.

— Bien sûr tu les connais, mon ami, dit Opal d'une voix douce. Tu les as rencontrés il y a un an chez Lechner.

— Peut-être mais je ne m'en souviens pas. Encore une tranche de rôti, Aryane ?

Doriane s'empara de l'écouteur d'une main impatiente.

— Allô ! chuchota-t-elle.

Ce n'était pas la voix d'Alan, à l'autre bout du fil.

— Ici Leander, Doriane. Ne raccrochez pas, s'il vous plaît. Je voudrais vous inviter...

— Je suppose que je dois remplir mon contrat, coupa-t-elle d'un ton résigné. Vous n'avez pas besoin de tourmenter Alan, vous savez.

— Je me suis conduit comme un mufle et je m'en excuse. Je voudrais donc vous inviter à l'hôpital. Demain je suis de garde, et j'ai pensé que cela vous plairait de visiter les lieux.

Elle ne répondit pas tout de suite, incapable de maîtriser son émotion.

— Doriane ? Etes-vous toujours là ?

— Oui. Je...

— Si vous ne voulez pas, je comprendrai. La journée sera longue et vous serez épuisée.

— Je suis capable de tenir de l'aube à minuit. Venez me chercher quand vous voulez. On verra lequel de nous deux se fatiguera le premier.

Elle raccrocha et retourna dans la salle à manger d'un pas assuré. Pour la première fois, le poids de la culpabilité pesait moins lourd sur ses épaules.

La sonnette se mit à tinter furieusement. Un instant après, une femme de chambre livide et tremblante faisait irruption dans le salon.

— Oh ! mademoiselle ! Il y a un type, dehors, qui menace de tuer le docteur.

— Seigneur ! s'exclama Nina. Est-il vraiment dangereux ?

— Il a plutôt l'air calme, mademoiselle. Mais ses yeux sont... si vous voyiez ses yeux... il est beau garçon et ne manque pas de prestance.

La sœur de Leander posa sur une table basse laquée le livre qu'elle était en train de feuilleter.

— Conduisez-le ici et allez chercher mon père. En attendant, dites à M. Thompson de venir me rejoindre, on ne sait jamais. Débrouillez-vous pour retenir Leander à l'hôpital tant que cet individu restera ici. Envoyez-lui Albert, tenez. Notre majordome, un ancien acteur, a des dispositions pour la comédie. Dites-lui de simuler un mal au ventre ou à l'estomac.

— Bien, mademoiselle.

Lorsque Alan entra dans le salon, Nina se dit qu'il était loin de ressembler à un assassin. M. Thompson fut gentiment expédié dans ses foyers. Reed arriva un peu plus tard et tous les trois parlèrent jusque tard dans la soirée.

Plus personne ne pensait à Leander. Bloqué à l'hôpital, celui-ci s'efforçait de soigner les maux imaginaires d'Albert qui s'acquitta de son rôle de patient avec un sérieux exemplaire.

Leander dormit quatre heures avant de recevoir son premier appel des urgences. Il était à peine cinq heures du matin. Devant Chandler House, il fit une halte. Il était trop tôt pour se faire annoncer. Le jeune homme contourna la bâtisse et commença à grimper sur le palmier qui menait à la chambre de Doriane.

La sœur de Leander posa sur une table basse laquée le livre qu'elle était en train de feuilleter.

— Conduisez-le ici et allez chercher mon père. En attendant, dites à M. Thompson de venir me rejoindre, on ne sait jamais. Débrouillez-vous pour retenir Leander à l'hôpital tant que cet incident restera [illegible]. Envoyez-lui Albert, [illegible] notre majordome, un ancien acteur, a des dispositions pour la comédie. Dites-lui de simuler un mal au ventre ou à l'estomac.

— Bien, mademoiselle.

Lorsque Alan entra dans le salon, Nina se dit qu'il était loin de ressembler à un assassin. M. Thompson fut gentiment expulsé dans ses foyers. Reed arriva un peu plus tard et tous les trois parlèrent jusque tard dans la soirée.

Plus personne ne pensait à Leander, bloqué à l'hôpital, celui-ci s'efforçant de soigner les maux imaginaires d'Albert qui s'acquitta de son rôle de patient avec un sérieux exemplaire.

Leander dormit quatre heures avant de recevoir son premier appel des urgences. Il était à peine cinq heures du matin. Devant Chandler House, il fit une halte. Il était trop tôt pour se faire annoncer. Le jeune homme contourna la bâtisse et commença à grimper sur le palier qui menait à la chambre de Doriane.

11

Leander se glissa sans bruit dans la chambre de la jeune fille. Une faible clarté grise filtrait par les doubles rideaux. Son cœur battait à se rompre. A vingt-sept ans et après avoir fait le tour des plus grandes universités d'Europe, il se comportait comme un adolescent. Il s'en voulait mais ne pouvait agir autrement. Il était hors de question de s'effacer devant ce fade blondinet d'Alan.

Dans la pénombre il pouvait apercevoir la mince silhouette de la jeune femme sous le drap rose. Les battements de son cœur s'accélérèrent au souvenir de la seule nuit où elle ne l'avait pas fui.

Il s'assit sur le bord du lit et, se penchant, il laissa errer ses lèvres sur sa tempe, puis sur ses paupières closes. Elle soupira dans son sommeil et se lova dans les bras de Leander. Ne pouvant plus se contenir, il l'embrassa sur la bouche. Avec un gémissement étouffé, elle se coula contre lui glissant sa cuisse entre les siennes. Leander était au comble de la volupté. A travers la fine étoffe de la chemise de nuit, il sentait le contact du corps souple et tiède.

Doriane tressaillit sous les baisers ardents de Leander. A moitié réveillée, elle souleva ses lourdes paupières. Sa petite main se posa sur la joue du jeune homme.

— Je croyais rêver, murmura-t-elle dans un sourire.

— Et je suis ton rêve, répondit-il d'une voix enrouée. De sa vie, il n'avait déployé de tels efforts pour se maîtriser. Il se damnerait pour goûter une fois de plus la douceur de cette peau satinée qu'il devinait sous le tissu léger. Soudain, Doriane s'assit au milieu du lit.

— Seigneur ! Que faites-vous là ? souffla-t-elle d'un ton indigné.

Il lui mit la main sur la bouche pour l'empêcher de crier.

— Silence, Doriane ! chuchota-t-il. Si Gates me trouve dans votre chambre, il vous fera brûler sur la place publique.

— C'est un sort préférable à celui que vous me réservez.

Leander sourit.

— Ne m'avez-vous pas dit au téléphone que je pouvais passer vous chercher quand je voulais ? Nous sommes de garde aujourd'hui, chère collègue, ajouta-t-il en l'attirant dans ses bras.

— Vous n'êtes qu'un porc lubrique, docteur Westfield.

— A qui la faute, docteur Chandler ? Vous êtes vous-même une incitation à la débauche.

— Je vous en prie, implora-t-elle en évitant son baiser. Ne faites pas cela.

Leander fit un effort surhumain pour se détacher d'elle.

— Vous avez raison. Je m'en vais comme je suis venu et je vous attends dans ma voiture.

Les yeux turquoise flamboyèrent.

— Allons-nous à l'hôpital ?

Il ébaucha une moue comique.

— Je n'ai jamais rencontré une femme aussi assoiffée de sang. Bien sûr que nous y allons et nous recevrons ensemble tous les appels des urgences. Dans dix minutes en bas, d'accord ?

Il l'embrassa rapidement avant de se diriger vers la fenêtre. Doriane sauta à bas du lit. Elle se sentait d'attaque. Après une douche tonique, elle choisit dans la penderie un costume à la fois pratique et confortable qui faisait sa fierté. Elle enfila la longue jupe-culotte et la jaquette ajustée à la taille, après quoi elle dégringola les marches et quitta la maison endormie.

La première urgence concernait l'épouse d'un certain Joe Gleason. Pendant que la voiture roulait sur une piste bosselée qui menait vers les faubourgs misérables au sud de Chandler, Doriane posa les questions d'usage :

— Avez-vous un dossier sur Mme Gleason ?

— On ne connaît qu'elle au dispensaire, répondit Leander d'une voix basse assez forte pour couvrir le tintamarre des roues sur la pierraille. Effie est une femme épatante qui défie toutes les lois de la science dans la mesure où elle réussit à mettre au monde un bébé tous les huit mois.

Un peu plus tard, la voiture s'immobilisait devant une barraque en rondins. Leander et Doriane traversèrent une cour pleine de boue, se frayant un chemin parmi des poules, des chiens et des gamins sales en guenilles.

Le chef de cette famille nombreuse apparut sur le perron. C'était un petit homme rabougri au teint jaune.

— Elle est là, docteur. J'aime pas ça ! Mon Effie n'est pas du genre à traînasser au lit et voilà quatre jours qu'elle ne s'est pas levée. Je l'ai soignée du mieux que j'ai pu mais rien n'y fait. Et aujourd'hui, j'ai eu beau la secouer, elle continue à ronfler.

— Que s'est-il passé ? interrogea Leander en suivant avec Doriane le petit homme à l'intérieur de la maison.

— Je coupais du bois avec ma hache quand le tranchant s'est échappé et il est allé frapper le pied de mon Effie. C'était pas bien grave et pourtant elle est allée se coucher en plein milieu de la journée.

La chambre d'Effie était plongée dans une obscurité moite. Une puanteur fétide agressa les deux nouveaux venus.

— Ouvre la fenêtre et va me chercher une lanterne, ordonna Leander.

L'œil jaunâtre de Joe Gleason se rétrécit.

— Holà ! doc, faut pas qu'elle attrape la mort !

— Fais ce qu'on te dit, fulmina le médecin.

Joe s'exécuta sans un mot de plus.

Un épais bandage souillé recouvrait le mollet de la malade, juste au-dessous du genou. Toute sa jambe avait enflé.

— Doriane, si sous ces gazes nous trouvons ce que je soupçonne vous feriez mieux de...

Sans tenir compte de ces paroles, la jeune femme s'était mise à examiner Effie. Elle lui tâta le pouls, souleva une paupière, se pencha sur sa grosse figure pour sentir son haleine.

— Coma éthylique, déclara-t-elle, étonnée. A-t-elle beaucoup bu ? demanda-t-elle au mari.

Joe prit l'expression de l'ivrogne offensé.

— Une bagatelle. Pas plus que d'habitude, quoi.

Le regard de Doriane fouilla la pièce, découvrit sur la

table de chevet bancale une fiole dont l'étiquette stipulait en lettres dorées : « Elixir du Dr Monroe, guérit toutes les maladies. »

— Monsieur Gleason, avez-vous donné ça à votre femme ?

— Je veux ! Ce truc m'a coûté une fortune et le Dr Monroe m'a assuré des résultats.

— Et ça ? demanda-t-elle en indiquant le bandage.

— C'est un cataplasme contre le cancer. Alors, je me suis dit, car je suis moins bête que j'en ai l'air, si ce machin peut guérir le cancer, il peut guérir aussi une blessure de rien du tout. Pas vrai, doc ?

— Lui avez-vous administré autre chose ? demanda Doriane, redoutant le pire.

— Une pincée de poudre de fusil ce matin. Ça peut pas faire de mal, hein, doc ?

— Tu as failli tuer ta femme, grommela Leander tout en découpant le bandage à l'aide de ciseaux. J'ai besoin d'eau bouillante. Il faut que je nettoie la plaie.

Joe sortit de la pièce en marmonnant. Leander écarta le bandage et Doriane étouffa un cri. La plaie était infectée. De minuscules vers grouillaient sur la chair tuméfiée.

— Les asticots, expliqua Leander. Sans eux, nous serions obligés d'amputer. Ils empêchent la gangrène en dévorant les parties putréfiées de la plaie.

Ce disant, il s'empara d'une main ferme des instruments que Doriane lui tendait. Un silence complice les enveloppa pendant qu'ils désinfectaient la blessure au phénol. Lorsque l'opération fut terminée, Doriane fit les points de suture sous l'œil vigilant de Leander.

— Je vous félicite, dit-il, admiratif. Je n'aurais jamais pensé que vous auriez pu résister à ce spectacle.

— J'ai les nerfs solides, répondit-elle en appliquant un bandage propre sur la plaie.

Joe revint à ce moment et déclara que l'eau bouillait.

— Utilisez-la pour laver les draps, dit Leander. Comment pouvez-vous vivre dans une telle crasse ? Doriane, occupez-vous d'Effie. J'ai un mot à dire à Joe.

Restée seule, la jeune femme s'efforça de remonter sur les oreillers le corps massif de Mme Gleason. Elle entendit un bruit derrière elle et se retourna. Un cowboy se tenait sous le chambranle.

— Où est le docteur ?

— Je suis docteur, répliqua-t-elle calmement.

— Alors venez avec moi. Un wagon est tombé dans le ravin. Il y avait trois gars à bord et l'un d'eux a été méchamment amoché. Nous les avons transportés dans mon ranch.

— Très bien, dit Doriane. Donnez-nous le temps d'aller chercher le Dr Westfield et nous vous suivons.

L'homme était couché sur un banc, la manche ensanglantée. Après un bref coup d'œil à sa blessure, les deux médecins tombèrent immédiatement d'accord pour désinfecter, coudre et panser la blessure. Un groupe de cowboys agglutinés autour du blessé, les regardait faire sans rien perdre de leurs gestes. Pendant que Leander s'occupait d'une jambe cassée, Doriane s'approcha du troisième blessé. Il était prostré sous un arbre chétif et l'extrême pâleur de son visage buriné trahissait une vive douleur. Son bras pendait bizarrement le long de son corps.

— Je crois que je me suis démis une épaule, murmura-t-il.

— Faites voir.

Le regard de l'homme se déroba.

— Je préfère attendre le docteur.

— Je suis médecin également. Asseyez-vous.

Etonné, il obéit et s'assit sur un banc le long d'un petit mur. Doriane écarta précautionneusement le tissu rugueux de la chemise. Ses doigts minces tâtèrent l'enflure de l'épaule et elle vit l'homme grimacer de douleur.

— Vous avez raison, c'est une luxation. Je vais essayer de ne pas vous faire trop mal. Buvez ceci, ajouta-t-elle en lui tendant une bouteille de whisky.

Elle s'empara du bras inerte, grimpa sur une caisse et se mit à le tourner doucement. Soudain, l'humérus se remit en place avec un bruit sec et le bras disloqué retrouva sa souplesse. Doriane descendit de la caisse et sourit à son patient.

— Vous êtes un bon docteur, dit-il en épongeant son front couvert de sueur froide.

A son étonnement, la jeune femme découvrit qu'elle polarisait l'attention générale. Blessés et témoins la regardaient avec admiration.

— Vous n'êtes pas l'une des sœurs Chandler ? demanda quelqu'un.

— Oui, je suis Doriane.

— Et elle est médecin aussi, renchérit un cow-boy nommé Frank.

— Merci, docteur Westfield, merci, docteur Chandler, cria l'homme à l'épaule démise, au moment où le couple regagnait la voiture.

— Vous pouvez l'appeler Mme Westfield, dit Leander dont les yeux brillaient de fierté. Elle sera ma femme dans une semaine.

Il fouetta les chevaux et le chariot s'ébranla dans un nuage de poussière, ôtant à Doriane toute possibilité de le contredire.

12

La voiture s'arrêta en rase campagne.

— La gouvernante de mon père nous a préparé un repas froid, déclara le conducteur. Il se trouve dans un panier sous votre siège.

— Oh ! s'exclama Doriane en regardant l'endroit indiqué, il y a vraiment de la place !

Elle laissa errer un regard incrédule sur de vieilles caisses de munitions, une pile de couvertures. Un fusil et un harnais de rechange faisaient aussi partie du lot. Leander se mordit les lèvres.

— C'est une voiture d'occasion. Tout était déjà là.

— Je crois plutôt que cet espace a été aménagé pour y cacher des gens. On peut facilement mettre un homme là-dedans.

— Ou un cochon. Cette guimbarde appartenait à un éleveur de porcs. Mais, Doriane, dépêchez-vous. Je meurs de faim.

Elle prit un gros panier en osier, égaré parmi le bric-à-brac des objets.

— Poulet frit, salade, pommes sautées, pichet de citronnade, annonça-t-elle. Dites, Leander, êtes-vous certain que cette voiture ne recèle pas un terrible secret ?

— Sûr. Chère Doriane, allons-nous parler de cela toute la journée ? Laissez-moi plutôt vous conter des histoires plus intéressantes, du temps où j'étais interne dans un hôpital de Chicago.

Malgré lui, il souriait. Si les gardiens des camps des mines étaient moitié aussi observateurs que Doriane, il ne serait pas là, aujourd'hui, à lui faire la conversation ! Il prit une cuisse de poulet.

— J'étais de garde, lorsque j'ai vu arriver un type...

Doriane gardait les yeux rivés sur un nuage de poussière qui se déplaçait à vive allure sur la piste. Un cow-boy à cheval surgit au tournant et tira sur la bride si brusquement que sa monture se cabra avec un hennissement.

— Doc, vite. On a besoin de vous.

Curieusement, Leander resta immobile.

— D'où venez-vous ? De là-haut ?

L'autre acquiesça.

— Alors je préfère accompagner d'abord madame au ranch le plus proche.

— Pas question, fit le cow-boy en secouant sa tignasse. Mon copain a du plomb dans le ventre et il saigne. Il faut y aller maintenant.

— Cessez de me protéger, Leander, dit Doriane en posant la main sur le bras du médecin. Ne perdons pas de temps.

— Ils ne tirent plus maintenant, doc. Ils resteront tranquilles pendant que vous soignez Ben.

La voiture se remit en route à la suite du cavalier. La piste serpentait le long d'une montagne. Ils s'arrêtèrent sur un plateau et descendirent de voiture.

— Par ici, doc.

Le cow-boy montrait une cabane en adobe dont le toit s'était à moitié écroulé.

— Où sont les autres ? demanda Leander.

— En face.

A travers l'écran des arbres on pouvait en effet apercevoir la façade lézardée d'une maison identique. Doriane ouvrit la bouche pour poser des questions, mais Leander la poussa vers les ruines fumantes.

Une odeur suffocante de poudre et de fumier régnait à l'intérieur. Plongée soudain dans l'obscurité, Doriane cligna des yeux. Elle finit par distinguer un homme armé et une grosse femme boudinée dans un habit sale, assis au milieu de fusils et de cartouches vides. Des chevaux étaient parqués dans un coin du hangar.

Déconcertée, elle suivit Leander qui s'avançait vers la partie la plus sombre de la pièce. Un homme couché sur la paille gémissait en se tenant le ventre. Sa face était d'un blanc crayeux.

— Il faut opérer, dit Leander. Préparez le chloroforme.

En silence, ils se désinfectèrent les mains au phénol. Doriane commença à fouiller dans le grand sac du médecin.

— Est-ce qu'il tient bien l'alcool ? demanda-t-elle à la cantonade.

— Ouais. Mais on n'a plus une goutte de brandy, ma p'tite dame ! répliqua le cow-boy.

— Je vous pose cette question pour mieux doser le chloroforme, expliqua-t-elle d'une voix patiente. Un homme qui ne tient pas l'alcool s'endort plus vite, comprenez-vous ?

— Ben boit plus que nous tous réunis et personne ne l'a jamais vu ivre.

Doriane commença à verser le liquide dans un cône tout en calculant mentalement le poids du blessé. Lorsque celui-ci fut anesthésié, Leander lui retira son pantalon. La balle avait perforé l'intestin.

Le reste se déroula comme dans un cauchemar. Depuis l'instant où la main ferme de Leander s'arma du bistouri jusqu'au moment où elle effectua les derniers points de suture, Doriane perdit la notion du temps. Elle avait compté machinalement les trous que la balle avait faits sur son trajet avant de ressortir par la hanche. Il y en avait quatorze. Leander les avait tous recousus alors que Doriane passait inlassablement du fil dans des aiguilles.

La voix de Leander la tira de sa torpeur :

— Je crois qu'il s'en tirera. Il ne doit rien manger pendant quatre jours. Le cinquième, il pourra avaler des bouillons. S'il mange de la nourriture solide avant huit jours il mourra, compris ?

Une déflagration empêcha la famille de répondre. Six balles allèrent se loger sur la cloison dans un sifflement qui précipita Doriane dans les bras de son compagnon.

— Par tous les diables ! jura Leander. J'avais espéré que ceux d'en face nous donneraient plus de temps.

— Mais que se passe-t-il ?

— Ces imbéciles se font la guerre depuis des générations. Lorsqu'il y a un blessé dans l'un des deux camps, le tir s'arrête et on appelle le médecin. Ensuite, l'escarmouche reprend jusqu'à épuisement des munitions.

— Ce qui veut dire que nous sommes coincés ?

— Exactement. Voilà pourquoi j'aurais préféré vous conduire à un ranch avant de venir ici.

— Jusqu'à quand resterons-nous ici ? questionna-t-elle d'une voix faible.

— Probablement jusqu'à demain matin. Venez, ma belle. Allons trouver un gîte.

Il l'entraîna dans une pièce obscure et basse de plafond, éclairée par un faible rayon qui pénétrait par l'interstice du toit. Prudente, Doriane choisit la place la plus éloignée de Leander. Une nouvelle déflagration explosa et la jeune femme s'envola littéralement dans les bras de l'homme qui en profita pour la serrer contre lui.

— Qui eût cru qu'un jour je bénirais ces débiles qui m'ont permis de vous tenir ainsi enlacée ! murmura-t-il en déposant un baiser sur la chair délicate de son cou.

— Ne recommencez pas... bredouilla-t-elle.

Mais en dépit de sa farouche volonté de lui résister, elle leva la tête et ses lèvres effleurèrent les siennes.

— Vous avez raison. J'arrête, dit-il dans un sourire.

Elle émit un soupir frustré et se blottit dans les bras de Leander.

— Où avez-vous appris à réparer aussi bien des intestins perforés ?

— Voyons voir... La première fois...

Insatiable, Doriane le pressait de mille questions pendant que, dehors, la bataille faisait rage. Mais qu'importait ? Ils étaient à l'abri et avaient une raison valable pour se coller l'un contre l'autre. Le rayon qui dispensait une faible clarté dans le taudis virait lentement au pourpre. La nuit tomba, tout devint ténébreux mais le tir se poursuivit quoique d'une façon plus espacée.

L'aube pointait à l'horizon. Leander parlait toujours. Doriane s'était fermement refusée à dormir et ensemble ils s'étaient traînés deux fois jusqu'à l'homme opéré. Il était d'une pâleur mortelle mais respirait régulièrement.

— Quelles sont ses chances de survie ? avait demandé Doriane, anxieuse.

— Moi j'ai fait ce que j'ai pu. S'il n'a pas d'infection, il il pourra s'en sortir. A présent, il est entre les mains de Dieu.

Il faisait jour depuis un moment. Les coups de fusil avaient repris de plus belle. A chaque explosion, l'air du matin vibrait. L'opéré commença à s'agiter.

— Restez là, intima Leander. Je vais jeter un coup d'œil au patient.

Il disparut dans la pièce adjacente. Doriane s'étira, fit jouer les muscles endoloris de ses épaules et de son dos. Un sifflement aigu suivi d'un bruit mat et d'un cri lui rendirent toute son énergie. Sans réfléchir, elle s'élança dans le hangar. L'homme maigre avait le menton déchiqueté par une balle. La grosse femme venait de ramasser une poignée de crottin et s'apprêtait à l'appliquer sur la blessure ouverte.

Doriane se rua en avant et saisit le poignet de la géante. Agacée, celle-ci lâcha un chapelet d'injures et empoigna l'intruse. Toutes deux roulèrent sur la paille dans un terrible corps à corps.

— Leander...

Doriane suffoquait sous le poids de son ennemie. Sa respiration se bloqua dans sa poitrine. Soudain, étroitement enlacées, les deux combattantes passèrent par l'ouverture béante qui avait dû autrefois tenir lieu de porte et se retrouvèrent sur un sol dur et caillouteux.. Des rafales de plomb sifflaient au-dessus de leurs têtes. Effrayée, Doriane déploya un ultime effort pour dégager sa longue chevelure acajou de la main grasse de sa rivale.

Une déflagration plus proche que les autres mit fin au combat. Debout sur le perron, Leander brandissait le fusil fumant avec lequel il avait tiré en l'air.

— A l'intérieur, bon sang ! grogna-t-il.

Les deux femmes s'exécutèrent sans un mot. Le médecin se cala sur ses jambes, le regard fixé sur les bandits embusqués dans la maison d'en face.

— Ecoutez-moi, vous autres ! hurla-t-il. Ou vous nous laissez partir, ma collègue et moi, ou la prochaine fois que vous aurez besoin de mes services, je vous laisse crever.

Un silence à couper au couteau s'ensuivit. Satisfait, il fit demi-tour et pénétra dans le hangar. Agenouillée, Doriane était en train de panser le menton du dernier blessé. Ses vêtements étaient sales et froissés et des brindilles de paille parsemaient ses cheveux. Leander l'attrapa par le bras et la força à se redresser.

— Nous allons déguerpir ! souffla-t-il. Qu'ils se tirent dessus jusqu'au jugement dernier, peu m'importe. Mais, pour rien au monde, je ne prendrai le risque de vous perdre.

— Ton syndicaliste est arrivé hier soir, déclara Reed sitôt que son fils apparut dans le salon.

— J'espère que personne ne l'a vu.

Reed haussa ses épaules carrées.

— Il n'a fait que manger et dormir, ce qui n'est pas ton cas ! J'espère que tu n'as pas gardé Doriane dehors toute la nuit, sinon Gates te fera la peau.

Leander aurait voulu gagner son lit. Son corps était fourbu, toutes ses articulations lui faisaient mal mais il n'avait plus le temps.

— Est-il prêt ? demanda-t-il.

Reed resta silencieux un moment, les yeux fixés sur son fils, conscient qu'il le voyait peut-être pour la dernière fois. L'angoisse l'étreignait chaque fois que Leander emmenait en cachette un de ces syndicalistes aux camps des mines.

— Il est prêt, répondit-il finalement.

Le garçon d'écurie avait déjà changé le cheval d'attelage quand le syndicaliste sortit par la porte arrière de la maison. C'était un jeune homme brun. Dans son regard brûlait la flamme de l'idéal que Leander avait déjà aperçue dans les yeux de tous les syndicalistes qu'il avait aidés à entrer en fraude dans les camps.

L'homme se glissa dans la cavité aménagée sous le siège, que Doriane avait déjà remarquée. La pile des couvertures, le fusil, les munitions, autant d'objets que tout homme était en droit de transporter dans sa voiture, le dissimulaient parfaitement. Au sommet des couvertures, Leander posa son sac de médecin.

Reed toucha l'épaule de Leander d'un air encourageant. Peu après, la voiture était lancée sur la route qui reliait Chandler aux mines de charbon.

Souvent, Leander prenait en public la défense de Fenton, le plus gros actionnaire des mines. Il jetait ainsi de la poudre aux yeux de l'ennemi. La vie misérable des mineurs le révoltait profondément.

Parqués dans des camps comme du bétail, les mineurs avaient deux possibilités : travailler ou perdre leur emploi. Ils étaient payés en bons d'alimentation monnayables uniquement aux magasins de la compagnie, à l'intérieur des camps.

Les maisons des mineurs, de misérables masures en bois, possédaient un lopin de terre abritant des commodités rudimentaires. Aucune de ces habitations n'avait l'eau courante. Pourtant, les propriétaires des mines, Fenton en tête, proclamaient que leurs employés n'avaient besoin de rien.

Des miliciens armés gardaient l'entrée des camps pour s'assurer qu'aucun syndicaliste n'entrerait dans la mine. Au moindre soupçon, ces hommes avaient la réputation de tirer d'abord et de poser des questions ensuite. Les propriétaires prétendaient que les gardes étaient là pour protéger les mineurs et leurs familles.

Peu de personnes étaient autorisées à pénétrer dans les camps, parmi lesquelles deux ou trois marchandes de quatre-saisons venant proposer des légumes aux femmes de mineurs. Le médecin officiel des mines, payé directement par la compagnie en pots-de-vin et caisses de whisky, fermait les yeux sur les fréquents accidents de travail et délivrait sans broncher des permis d'inhumer.

Deux ans plus tôt, Leander avait obtenu de Fenton la permission de visiter les mineurs gratuitement. Ce qu'il avait vu l'avait bouleversé. Une telle misère, à quelques milles de la riche petite ville de Chandler, défiait toutes les règles de la charité chrétienne. Le jeune médecin ne tarda pas à se ranger du côté des syndicalistes du Kentucky qui essayaient maintenant de s'infiltrer dans le Colorado.

Depuis un an, un corpulent mineur du nom de Rafe Taggert se vantait d'être le seul responsable de l'arrivée des syndicalistes dans la région. D'après les rumeurs, le frère de ce Taggert aurait jadis été marié à la sœur de Fenton, mais on ne sut jamais la vérité. Toujours était-il qu'en attirant sur lui la suspicion des gardes Rafe laissait le champ libre à Leander.

Celui-ci eut la gorge nouée en arrivant devant les grilles du camp d'Empress Mine, face aux miliciens armés qui, par bonheur, ne le fouillèrent pas. Leander fit claquer son fouet et s'engagea sur une route que la suie avait noircie. Comme les réunions de plus de trois personnes étaient interdites, il irait de masure en masure pour prévenir chaque mineur que le syndicaliste était là et qu'ils pourraient le rencontrer à la tombée de la nuit.

Il savait qu'il mettait sa vie en danger car il avait appris qu'il y avait un indicateur parmi les mineurs.

13

Doriane se réveilla le dimanche matin d'excellente humeur. Une lumière dorée baignait sa chambre. Le chant mélodieux des oiseaux pénétrait par la fenêtre entrouverte. Doriane s'étira en bâillant. Le souvenir de la veille la submergea aussitôt. Cela avait été une journée extraordinaire pendant laquelle Leander avait su gagner son estime.

Si seulement Alan l'avait vue opérer... Alan ! La jeune femme s'assit sur son séant. Elle réalisa qu'elle avait complètement oublié qu'ils avaient rendez-vous à seize heures, le jour précédent.

Susan entra dans la pièce à ce moment et déclara que toute la famille était prête à se rendre à la messe. M. Gates avait suggéré que Doriane les accompagnât. La jeune femme s'habilla rapidement. Elle espérait rencontrer Alan à l'église afin de s'expliquer avec lui.

Il était là, en effet, trois rangs devant elle. En dépit de ses efforts, il ne daigna pas la gratifier d'un seul regard. Pis, il était assis entre M. Westfield et Nina. Doriane dut attendre la fin du service pour l'approcher.

— Alan, attendez-moi.

Ils étaient tous deux dans la cour pavée de l'église.

— Il paraît que vous êtes sortie avec Westfield, dit-il en la fusillant du regard.

— Il me semble que vous étiez d'accord avec lui sur les règles de la compétition. L'une d'elles m'interdit de refuser les invitations de Leander.

— Oui mais pas toute la nuit.

Doriane protesta.

— Qu'allez-vous insinuer ? Nous avons travaillé...

— Toute la nuit !

Agacée, elle avala sa salive.

— Notre retour fut empêché par une bataille entre fermiers et Leander a dit que...

— Je vous en prie, Doriane. Epargnez-moi les sages conclusions du grand homme. Veuillez m'excuser mais je suis pressé. J'ai autre chose à faire.

— Mais je pensais que cet après-midi...

— Je vous appellerai demain.

Sur ces mots, il pivota sur ses talons et s'éloigna à grands pas sans se retourner. Nina Westfield vint dire à Doriane que Leander était retenu à l'hôpital, après quoi la jeune femme se retrouva dans la calèche de son beau-père qui prit le chemin de la maison.

Opal avait rempli les vases de fleurs fraîches, décoré la table ovale de son plus beau candélabre en argent massif et s'affairait dans le salon avec la légèreté d'un papillon.

— Nous avons des invités ? interrogea Doriane.

— Oui, chérie. *Il* va venir.

— Qui ça ?

— Mais lui, Kane, le fiancé d'Aryane. C'est un homme adorable et je suis sûre que vous vous entendrez à merveille.

L'instant suivant, la porte s'ouvrit sur Aryane et son gros millionnaire. Elle le tenait par la main à la façon dont les enfants montrent leur nouveau jouet. Doriane avait aperçu Kane le matin même à l'église. Il ne manquait pas de séduction bien qu'il ne fût pas aussi beau que Leander ou même Alan.

— Asseyez-vous là, monsieur Taggert, à côté d'Aryane et face à Doriane, dit Opal.

— J'espère que vous aimez le rosbif, renchérit M. Gates avec un aimable sourire.

— J'aime tout sauf les pois chiches, répondit tout aussi aimablement Kane. J'ai des goûts simples mais Aryane a tenu à engager une cuisinière.

— Qui donc ? s'enquit Opal.

— Mme Murchison, dit Aryane. Les Conrad sont en Europe. Monsieur, continua-t-elle à l'adresse de Duncan Gates, je crois que M. Taggert pourrait être de bon conseil pour vos investissements.

Doriane ne parlait pas. Avec son impressionnante musculature, Kane Taggert lui faisait l'effet d'un éléphant dans une boutique de porcelaine. Lorsque M. Gates lui demanda si les chemins de fer étaient un bon investissement, il hurla de rire, puis abattit son énorme poing au milieu de la table.

Comparé à son hôte, M. Gates avait des allures de chaton. Pourtant, Kane semblait s'y connaître en affaires, car il donnait des chiffres sans l'ombre d'une hésitation et parlait de milliards comme s'il s'agissait de centimes.

Il mangeait avec un appétit d'ogre. Dédaignant la mousseline de trois légumes qui accompagnait le plat principal, il versa dans son assiette presque la totalité des pommes sautées. Quant au rosbif, il l'avait dévoré avant que les dames fussent resservies. En un rien de temps, il avala six verres de thé glacé et en redemanda. En fait, Susan qui servait à table remplissait la chope de Kane de bière brune additionnée de glaçons. « Encore une ruse d'Aryane », songea Doriane, amusée.

Kane parlait la bouche pleine et semblait ignorer l'usage de la serviette. Au lieu de s'en offusquer, Aryane se contentait de toucher la main velue de son fiancé puis d'effleurer la serviette brodée qu'il avait laissée à côté de son assiette.

Il était difficile voire impossible de tenter de répondre au discours tonitruant de Kane. Du reste, son auditoire paraissait suspendu à ses lèvres, Aryane comprise.

Plus d'une fois, Doriane se demanda si sa sœur ne jouait pas la comédie. Connaissant son amour des bonnes manières, on pouvait s'étonner de son indulgence. Même lorsque son fiancé renversa le contenu de son verre sur la nappe damassée, Aryane ne broncha pas.

Kane repoussa sa chaise et se leva, bien sûr sans s'excuser et sans demander si ses hôtes avaient terminé leur dessert. D'une voix autoritaire, il déclara qu'il était prêt à partir et intima à Aryane de le suivre. Celle-ci s'exécuta docilement.

— Oh ! Leander, s'exclama Opal en levant le nez de sa chère broderie, je ne vous ai pas entendu entrer. Venez vite me raconter les nouvelles.

Le jeune homme s'installa en face de Mme Gates.

— Vous semblez bien plus heureux que l'autre jour, remarqua celle-ci. Quoi de neuf ?

— Mais tout, madame. Le vent a tourné et, à présent, je sens que je vais gagner. Ce pauvre Hunter n'a plus l'ombre d'une chance.

— Je parie que vous avez trouvé la bonne façon de conquérir le cœur de Doriane. Ni fleurs ni chocolats.

— En effet ! Je lui fais la cour à la dure : coups de feu, sang à flot, infections respiratoires, amputations ! Tout l'arsenal du séducteur moderne.

Opal lui jeta un regard horrifié.

— Seigneur ! Etes-vous sûr qu'il faille recourir à ce genre de moyens ?

— Certain. Et si je peux trouver pire, je n'hésiterai pas. Votre fille se rendra à l'autel en courant.

Mme Gates s'était remise à sa broderie.

— Lui avez-vous parlé de la lettre de Saint-Joseph ? fit-elle négligemment.

— Non. Réflexion faite, je préfère qu'elle n'apprenne jamais l'existence de cette lettre. C'est elle-même qui informera ces messieurs qu'elle n'est plus en mesure de travailler pour eux.

— Elle est bon médecin, n'est-ce pas ? demanda Opal dans un sourire empreint de fierté.

Leander se leva pour prendre congé.

— Pas mal pour une femme, répondit-il avec un malicieux clin d'œil.

Il fit demi-tour et se dirigea vers la maison.

Doriane entra dans le salon où Leander l'attendait.

— Vous avez demandé à me voir ? demanda-t-elle prudemment.

— Je voudrais vous parler une minute, si vous n'y voyez pas d'inconvénient.

— Allez-y, dit-elle en s'installant sur un fauteuil en brocart à ramages.

Leander resta debout et se mit à triturer le bord de son chapeau.

— Doriane, ce que j'ai à vous dire n'est pas facile. En effet, c'est très dur pour moi de renoncer à ce qui me tient le plus à cœur.

Elle ouvrit la bouche pour dire quelque chose, mais il l'interrompit d'un geste autoritaire.

— Non ! laissez-moi finir !

Sur ces mots, il se dirigea vers la fenêtre et lui tourna le dos.

— Voilà... samedi dernier fut pour moi une révélation. Ce jour-là, vous m'avez prouvé qu'une femme peut être un excellent médecin.

— Merci, dit Doriane dont les joues rosirent de plaisir.

Leander se retourna et la regarda.

— De rien. C'est pourquoi j'abandonne la course.

— Quelle course ?

— La compétition. Nous avons formé une équipe extraordinaire tous les deux. Je n'ai cessé d'y penser, lorsque je me suis retrouvé seul à l'hôpital. Une véritable équipe !

— Leander, je ne comprends pas très bien où vous voulez en venir.

— Vous ne voyez pas ? s'écria-t-il. Mieux vaut perdre une épouse et gagner une bonne collègue. Je vous demande pardon d'avoir essayé par tous les moyens de ridiculiser votre ami. Je n'en avais pas le droit.

Elle resta silencieuse un moment.

— Dois-je comprendre que vous ne désirez plus m'épouser ? interrogea-t-elle enfin.

— Je vous respecte, Doriane. Et vous m'avez assez dit que vous aimiez Alan. Par ailleurs, je ne veux pas être un empêchement à votre carrière, un obstacle sur votre chemin. Vous êtes libre ! Libre de quitter cette ville, libre d'épouser l'homme que vous avez choisi. Je vous promets de tenter tout ce qui est en mon pouvoir pour tempérer la colère de M. Gates.

Doriane se redressa, incrédule.

— Vous voulez dire que je peux m'en aller quand bon me semble ? Que vous n'importunerez plus Alan ? Et que vous avez pris cette décision parce que je suis un bon médecin ?

— C'est exactement cela. D'autre part, quelle sorte de mariage serait le nôtre ? Une union uniquement basée sur le désir est condamnée à l'échec. Bien sûr, nous avons passé ensemble une nuit inoubliable mais, depuis, vous avez dû certainement passer de semblables nuits avec Alan.

— Comment osez-vous...

— Excusez-moi, Doriane. Je ne voulais pas vous blesser. Comme d'habitude, j'ai mis les pieds dans le plat.

Elle réussit à sourire.

— Ça ne fait rien. Au revoir, Leander.

— Attendez ! Je ne vous ai pas tout dit.

— Dites, fit-elle d'un air accablé.

— Vous allez certainement retourner en Pennsylvanie

et je le comprends parfaitement. Mais pendant les jours qui nous restent, pourriez-vous me faire l'honneur de venir travailler avec moi à l'hôpital ? Je voudrais vous montrer mes plans pour le dispensaire pour femmes...

Doriane regardait par la fenêtre. Elle pensait que, si Leander rompait ses fiançailles avec elle, Aryane ne serait plus obligée à se marier avec Taggert.

— ... et Alan pourrait aussi travailler avec nous, disait Leander avec ferveur. Quelle équipe nous ferions, s'il était moitié aussi bon que vous !

— Alan est un très bon médecin, affirma-t-elle.

— Je n'en doute pas. Fera-t-il, lui aussi, son internat à Saint-Joseph ?

— Eh bien, il a passé l'examen, mais...

— Mais ?

— Seuls les six premiers candidats ont été reçus, murmura-t-elle.

— Je vois. C'était un mauvais jour pour lui. Eh bien, chère collègue, je viens vous chercher demain à six heures du matin ! Jusqu'alors, ma bibliothèque est à votre disposition.

Il s'inclina, effleura d'un impeccable baisemain les doigts de Doriane et sortit rapidement.

14

A cinq heures et demie, Doriane était habillée et assise sur le bord de son lit, l'oreille aux aguets. Pas un bruit n'agitait la demeure endormie. Au bout d'une éternité, une pendule se mit à sonner au rez-de-chaussée. Doriane entrouvrit la porte de sa chambre. Au sixième coup, il lui sembla entendre le carillon de la porte d'entrée. Elle s'envola vers le palier et dégringola les marches.

Susan venait d'ouvrir à Leander.

— Bonjour, lança-t-il en souriant. Etes-vous prête ?

Doriane acquiesça d'un signe de tête.

— Mais, mademoiselle Doriane ! s'exclama Susan. Allez-vous partir sans déjeuner ? La cuisinière n'est pas encore levée.

Doriane interrogea Leander du regard.

— Avez-vous mangé quelque chose ?

— Non et j'ai une faim de loup.

Il lui sourit une nouvelle fois et elle fut impressionnée par la beauté virile de ses traits et le vert lumineux de ses prunelles.

— Venez, dit-elle. Je vais vous préparer un léger repas.

Devant son regard incrédule, elle ajouta :

— Je sais frire des œufs au bacon.

Vingt minutes plus tard, confortablement installé à la table de la cuisine, Leander s'essuyait la bouche avec une serviette.

— J'ignorais que vous étiez si bonne cuisinière. Doriane, vous êtes la femme idéale. Enfin, soupira-t-il en se renversant sur la chaise et en tapotant le dessus de la table, il faudra que je m'habitue à l'idée que, dorénavant, nous sommes des collègues et non des amants.

Doriane se surprit à évoquer avec nostalgie la nuit fatidique qu'elle avait passée dans les bras de Leander.

— Elles sont propres ! affirma soudain celui-ci tirant la jeune femme de sa rêverie.

— Quoi donc ?

— Mes mains. Vous les fixez depuis un moment d'une drôle de manière.

— Je réfléchissais...

— A quoi ?

— A la journée qui nous attend, mentit-elle. On y va ?

— A vos ordres, docteur !

Il se leva et Doriane l'imita. Elle pensa une dernière fois à Aryane. « Elle n'aura plus besoin de simuler le grand amour pour cet ours de Kane », se dit-elle.

Alan les attendait à l'hôpital. Il tombait de sommeil. Ses yeux bleus s'assombrirent lorsqu'il les vit arriver ensemble.

La matinée s'écoula avec une rapidité déconcertante. Vers une heure de l'après-midi, des brancardiers apportèrent quatre hommes grièvement blessés par un coup de grisou au fond d'une galerie. Les deux premiers avaient déjà rendu l'âme, le troisième souffrait de fractures multiples à la jambe, le quatrième était dans le coma.

— Il est mourant, déclara Alan. Autant le laisser mourir en paix.

— Je pense qu'il a une chance, objecta Doriane. Il lutte pour survivre. Il faut l'opérer d'urgence.

Excédé, Alan rétorqua :

— Doriane, c'est inutile. Même un débutant peut voir que cet homme sera mort dans cinq minutes.

Doriane leva un regard implorant vers Leander.

— S'il vous plaît, murmura-t-elle.

— Qu'on l'emmène en salle d'opération, dit Leander aux brancardiers. Ne le bougez pas. Déplacez-le sur cette table. Allez dire à Mme Krebbs que j'ai besoin d'elle.

Une seconde plus tard, une femme corpulente aux cheveux poivre et sel surgissait. C'était l'infirmière en chef de l'hôpital et elle faisait équipe avec Leander depuis son retour à Chandler.

— Vous m'avez demandée, docteur ?

— Oui, madame Krebbs. Allez vite préparer les aiguilles.

Cinq minutes après, l'équipe chirurgicale était en action. C'était une course contre la montre. Il fallait arrêter l'hémorragie interne, réparer la rate éclatée, nettoyer les innombrables lésions. Leander et Doriane cousaient à une cadence extraordinaire et Mme Krebbs ne cessait d'enfiler des aiguilles avec une grande précision. On aurait pu entendre une mouche voler. Alan se sentit très vite dépassé et finit par se tenir à l'écart, laissant aux deux autres le soin de recoudre les entrailles déchiquetées du patient.

— Qu'en pensez-vous ? demanda Doriane sitôt qu'ils eurent quitté la salle d'opération.

— Nous avons fait tout ce qui est humainement possible pour sauver cet homme, répondit Leander. Sa vie est désormais entre les mains de Dieu.

Il lui sourit.

— Vous êtes vraiment un bon médecin, Doriane. N'est-ce pas, madame Krebbs ?

L'infirmière en chef haussa les épaules.

— Nous verrons si le patient survit, marmonna-t-elle en quittant la pièce.

En riant, Doriane commença à se laver les mains.

— On ne peut pas l'accuser de pratiquer la flatterie.

— A vrai dire, Mme Krebbs ne m'a jamais prodigué le moindre compliment, dit Leander. C'est naturel. Ça ne fait jamais que deux ans que nous travaillons ensemble.

Ils éclatèrent d'un rire complice. Appuyé à la cloison blanche, Alan les observait. De sa vie, il ne s'était senti aussi seul.

L'horloge de l'hôpital indiquait vingt-deux heures, lorsque Leander réunit Alan et Doriane dans son bureau. Un sandwich au jambon et une bière tiède furent leur seule récompense de la journée. Pendant qu'Alan avalait son maigre repas, Leander étala sur son bureau des plans dessinés au feutre noir. A la clarté des lampes, son regard scintillait.

— C'est le projet du dispensaire pour femmes, expliqua-t-il. Je voudrais également une aile d'enseignement où les mères de famille pourront apprendre à s'occuper de la santé de leurs enfants. Fini les emplâtres contre le cancer et le crottin de cheval, acheva-t-il dans un sourire.

Doriane lui rendit son sourire, réalisant soudain que leurs visages se touchaient presque. Leander se redressa et enroula d'un coup sec les feuilles de papier.

— Il se fait tard et votre Alan s'est endormi. Le pauvre garçon a dû se sentir exclu. Je ne sais pourquoi je vous parle de ce projet qui ne vous concerne pas. Dans quelques jours vous serez à des kilomètres d'ici.

— Peut-être, mais ce projet pourrait m'intéresser quand même. J'ai des tas d'idées sur...

— Vous aurez la chance de travailler dans un grand hôpital, coupa-t-il. Une structure bien organisée. Ici, il y a tout à faire.

— Justement, vous avez travaillé vous aussi dans un grand hôpital avant de revenir à Chandler. Pourquoi...

— J'ai toujours eu une âme de pionnier. Je sacrifie volontiers la sécurité à l'aventure, dit-il calmement en enfermant les plans dans un tiroir.

— Vous estimez, sans doute, que je souhaite retourner sur la côte Est par souci de sécurité. Leander, laissez-moi vous dire que...

— Doriane, je n'avais pas l'intention de vous vexer. Vous êtes trop susceptible.

— Cessez de m'interrompre.

— Doriane, vous exagérez. Vous vous mettez en colère contre moi alors que je fais tout pour que vous puissiez réaliser votre rêve.

Elle le regarda, les mains sur les hanches et le menton haut.

— Vraiment ? Qu'en savez-vous ?

Les yeux verts s'arrondirent.

— Je peux tout pardonner sauf l'ingratitude. Vous avez la mémoire courte, ma parole. N'ai-je pas renoncé à vous épouser afin que vous puissiez vous marier avec Alan et effectuer votre internat à Saint-Joseph ?

Vaincue, elle baissa la tête.

— L'internat à Saint-Joseph doit vous sembler une chose terriblement égoïste, murmura-t-elle. Quant à Alan...

— Justement, il a besoin de vous. Essayez de le réveiller.

En effet, la tête blonde d'Alan roulait sur sa poitrine. Doriane sursauta. Elle avait complètement oublié sa présence. Elle s'avança vers lui et le secoua gentiment.

— Chéri, réveillez-vous. Nous allons rentrer.

Lorsqu'elle fut seule dans sa chambre, Doriane fondit en larmes et frappa de ses petits poings les oreillers de satin.

— Non, non et non ! répétait-elle. Je ne resterai pas

à Chandler ! J'épouserai Alan et j'exercerai mon métier à Saint-Joseph.

Le mercredi matin, Leander se fit annoncer par un domestique. Doriane le reçut dans le grand salon.

— Je me demandais si vous accepteriez une promenade à cheval, dit-il en entrant, les yeux baissés sur son chapeau. J'ai appelé Alan à son hôtel mais il est trop fatigué après la journée d'hier.

— Leander, je...

— Je vois, coupa-t-il en prenant une expression de chien battu. Vous ne voulez pas sortir seule avec moi et vous avez raison. Que vont penser les gens ?

— Il ne s'agit pas de cela, répondit Doriane en riant. Je n'ai aucune tenue de cavalière dans ma garde-robe.

— Je vous trouve très bien ainsi. Alors, vous venez ?

Les dernières hésitations de Doriane furent balayées.

— Oui. Je... j'ai très envie de discuter avec vous de ce cas de septicémie dont vous m'avez parlé hier.

Vers le milieu de la matinée, Leander et Doriane se reposaient côte à côte sur un plaid quadrillé, dans une clairière inondée de lumière, entourée d'arbres et de rochers.

— Me revoilà, murmura Leander avec un soupir. Je croyais ne plus pouvoir supporter cet endroit après ce qui s'est passé.

— Que s'est-il passé ?

— J'ai vécu ici le pire jour de ma vie. C'était le lendemain de... euh... cette fameuse nuit que nous avons passée ensemble. J'ai emmené Aryane ici et c'est alors que j'ai découvert que la femme que j'aimais passionnément n'était pas la même que celle à laquelle j'étais fiancé.

— Leander !

— Non, rassurez-vous. Je me suis fort bien remis de mes émotions. Je n'ai jamais rencontré quelqu'un comme vous, Doriane.

Le silence s'installa. Leander s'allongea sur le plaid les mains derrière la nuque. Il gardait les yeux fermés et Doriane se dit qu'il s'était peut-être endormi.

— Dans quelques jours vous serez loin, reprit-il brusquement à mi-voix. Sans doute ne vous reverrai-je plus jamais. Sachez cependant que je garderai toujours le souvenir de cette nuit-là dans mon cœur.

Elle se pencha vers lui mais il détourna la tête.

— Je pensais avoir enfin trouvé la femme de ma vie mais je me trompais. Tant pis ! Je suppose que le jour où vous quitterez cette ville au bras d'Alan, j'irai me soûler et je raconterai mes malheurs à une barmaid rousse, comme dans les mauvais romans.

Doriane se raidit. Lentement, elle se leva.

— Est-ce réellement votre genre ? s'écria-t-elle.

— Quoi donc ?

— Les barmaids rousses !

Leander bondit sur ses longues jambes et commença à plier le plaid avec des gestes fébriles. Les yeux brillants de fureur, le visage rouge, il vociféra :

— Mais quelle idiote ! Non, je n'aime pas les barmaids rousses et c'est là mon malheur. J'ai été assez insensé pour tomber amoureux de la femme la plus bornée de toute l'Amérique. Je n'ai jamais eu de problèmes avant de vous rencontrer. Depuis cette nuit-là, ma vie est un calvaire.

Il jeta la selle sur son cheval.

— Il y a des moments où j'aurais préféré ignorer jusqu'à votre existence.

Il mit un pied à l'étrier.

— Je vous laisse vous débrouiller avec votre monture. Vous êtes assez grande.

Soudain il sauta à terre, saisit Doriane dans ses bras et l'étreignit comme s'il voulait lui broyer les os. Il plaqua sa bouche contre la sienne et l'embrassa de force. La jeune femme frissonna. Elle avait presque oublié les sensations sensuelles que les baisers de Leander pouvaient déclencher dans son corps.

Lorsque le jeune homme la relâcha, ses genoux flageolaient. Il sauta sur son cheval.

— Demain à huit heures du matin à l'hôpital, lança-t-il.

Les yeux humides, elle le regarda disparaître au galop.

15

Opal était assise dans le petit salon au milieu de centaines de paquets. Elle appela Doriane par la porte entrebâillée.

— Mais où étais-tu ? Regarde tous ces cadeaux ! Il en arrive de partout.

Doriane jeta à sa mère un regard vide.

— Comment ça, des cadeaux ?

— Mais pour ton mariage et celui d'Aryane, chérie. Veux-tu en ouvrir quelques-uns ?

La jeune femme se contenta de secouer la tête. En se dirigeant vers l'escalier, elle tomba sur sa sœur. Qu'Aryane fût à la maison était un événement car, depuis qu'elle était fiancée à Kane, elle passait le plus clair de son temps à décorer sa nouvelle maison.

— Ah ! Doriane, suis-moi ! dit-elle en entraînant sa sœur dans le petit salon où leur mère brodait. Certains des présents sont d'un goût exquis. Les Vanderbilt et les Astor ont déjà envoyé le leur, ajouta-t-elle en montrant à sa sœur une coupe de cristal qui avait dû coûter une fortune.

Doriane se laissa tomber sur un sofa.

— As-tu vu nos robes ? poursuivit Aryane avec un regard désapprobateur pour la mise froissée de sa jumelle.

— Quelles robes ?

— Nos robes de mariage, bien sûr ! Enfin, Doriane, que t'arrive-t-il ? Descends de ton nuage. J'ai fait faire le même modèle pour nous deux.

Doriane se leva.

— Maman, je ne me sens pas très bien. Je vais aller me reposer dans ma chambre.

— Très bien, chérie, fit Opal sans lever le nez de sa broderie. Je t'enverrai Susan avec un plateau. Au fait, un homme a appelé et t'a demandée. Un M. Hunter, si ma mémoire est bonne.

Le visage de Doriane s'assombrit. Pauvre Alan ! Elle l'avait honteusement négligé.

Le lendemain, à l'hôpital, la situation empira. Leander était d'une humeur massacrante. Il n'ouvrait la bouche que pour vociférer. Prudente, Doriane préféra l'éviter. Elle venait d'examiner une fillette qui avait un bras dans le plâtre, quand Alan arriva.

— J'ai pensé que je vous trouverais ici et je ne me suis pas trompé, dit-il d'un ton amer.

— Alan, je suis en train de travailler.

— Peu importe ! Ou vous acceptez de m"accorder un quart d'heure de votre précieux temps ou tout l'hôpital assistera à nos explications.

— Suivez-moi, murmura-t-elle.

Peu après, elle l'invitait à entrer dans le bureau vide de Leander. Sitôt la porte fermée, le jeune homme explosa.

— J'étais sûr que vous me recevriez dans *son* bureau ! Sans doute vous enfermez-vous souvent ici.

A sa surprise, Doriane, au lieu de se mettre en colère, s'effondra sur une chaise, enfouit son visage dans ses mains et fondit en larmes. Alan s'agenouilla.

— Ma chérie, ce... je ne voulais pas être désagréable avec vous.

— Tout le monde est fâché contre moi, gémit-elle. Personne ne m'aime. M. Gates me méprise. Aryane me déteste. Leander ne veut plus me parler et maintenant vous...

— Je ne vois pas pourquoi Westfield serait furieux. Il a gagné la partie haut la main.

— Gagné la partie ! Laissez-moi rire !

Elle tira un mouchoir blanc de sa poche et se moucha.

— Il... Il s'est retiré de la compétition. Il... Il a dit que c'était vous que j'aimais et qu'il... il... le comprenait parfaitement.

Alan se redressa et s'appuya sur le bureau.

— Alors pourquoi passez-vous toutes vos journées avec lui ? Depuis une semaine, vous ne l'avez pas quitté d'une semelle.

— Il a admis que j'étais un médecin compétent et il m'a engagée pour quelques jours. Vous auriez pu faire équipe avec nous.

Le jeune homme se mit à arpenter la pièce.

— Par tous les saints, il est plus malin qu'il n'en a l'air ! C'est révoltant ! Il sait votre amour pour la médecine et il vous a entraînée jusque dans son repaire. Comme il a plusieurs années d'expérience de plus que moi, il joue au grand patron pendant que je passe pour un crétin.

— Ce n'est pas vrai.

— Doriane, j'en ai assez ! Assez de me comparer à un médecin expérimenté alors que je viens de terminer mes études ! Assez ! M'entendez-vous ? Je n'ai aucune chance de vous conquérir.

La jeune femme toisa le visage livide qui se penchait sur le sien.

— Alan, calmez-vous et essayez de comprendre. Leander s'est retiré de la compétition, répéta-t-elle en martelant chaque mot. Il ne désire plus m'épouser. Nous resterons à Chandler, vous et moi, jusqu'au mariage de ma sœur. J'ai toujours bon espoir qu'Aryane et Leander se réconcilient.

Il éclata d'un rire mauvais.

— Ça, c'est la meilleure ! L'amour vous rend aveugle, ma parole ! Regardez la réalité en face, ma chère. Westfield n'a pas abandonné la course. Quant à vous, si vous ne l'épousez pas lundi prochain, pour quelle raison n'avez-vous pas mis un terme aux préparatifs fiévreux du double mariage ? Et que comptez-vous faire de tous les cadeaux que vous avez reçus ? Voulez-vous que je vous dise ? Vous arracheriez les yeux à la première femme qui oserait s'approcher de votre docteur bien-aimé, fût-elle votre sœur.

— Cela suffit, Hunter ! tonna la voix de Leander, qui entrait.

— Je n'ai pas terminé, Westfield.

— Si vous cherchez la bagarre, je suis votre homme.

Doriane s'interposa au moment où les deux rivaux s'apprêtaient à s'empoigner. Alan la regarda.

— Ecoutez, Doriane ! Il est temps que vous preniez une décision. Je serai au train de seize heures. Si vous n'êtes pas à la gare, je partirai seul.

Il quitta la pièce en claquant la porte.

— Doriane, murmura Leander.

— Non, Leander. Alan a raison. Il faut mettre un terme à ces enfantillages.

Il n'ébaucha pas un geste pour la retenir.

Doriane s'enferma dans sa chambre à Chandler House, prit une feuille de papier, une plume et se mit à énumérer, de sa plus belle écriture, les pour et les contre de son départ avec Alan. Les pour l'emportaient. Elle ne verrait plus cette petite ville provinciale et bigote, épouserait un homme charmant et travaillerait dans un hôpital célèbre. Aryane, surtout, pourrait récupérer son ex-fiancé au lieu de se croire obligée de devenir la femme d'un parvenu.

Il y avait un seul contre : elle ne reverrait plus jamais Leander. Doriane se mit debout et garda la feuille de papier à la main. Elle avait pris la décision de partir sans bagages, hormis sa mallette de médecin, afin de ne pas éveiller les soupçons. Elle serra le papier. Elle pourrait le consulter pour se donner du courage.

Aryane était absente et Opal comptait les pièces d'argenterie. Doriane embrassa sa mère et sortit de la maison, le menton en l'air. Elle marcha jusqu'à la gare en respirant profondément l'air parfumé et en saluant les passants qui l'interpellaient d'un joyeux « Bonjour, Daryane ».

A quinze heures quarante-cinq, elle franchissait le seuil de la petite gare et achetait son billet. Le quai écrasé de soleil semblait désert. Visiblement, Alan n'était pas encore arrivé. Un léger toussotement déchira le silence. Doriane se retourna et découvrit Leander, assis nonchalamment sur un banc de pierre.

— Je voulais vous dire au revoir et bonne chance, dit-il.

La liste des pour et des contre lui échappa des mains. Leander se pencha et prit la feuille froissée.

— Je vois ! Je suis battu par oncle Henry et par votre sentiment de culpabilité à l'égard d'Aryane, déclara-t-il calmement.

Elle lui arracha la liste de la main.

— En effet. J'ai commis une faute impardonnable vis-à-vis de ma sœur et je suis prête à tout pour la réparer.

— La dernière fois que j'ai vu Aryane, elle semblait parfaitement heureuse et couvait Kane Taggert d'un regard amoureux.

— Je suis sûre qu'elle n'aime que son argent.

Leander renifla.

— Pas moi. Je connais suffisamment Aryane pour l'affirmer. Je pense qu'elle aime Taggert pour des... euh... raisons personnelles.

— Vous êtes grossier.

— Naturellement. C'est pourquoi vous partez avec Alan qui, lui, est parfait.

Il se leva et fourra ses poings dans ses poches.

— Adieu. Vous serez malheureuse et vous l'aurez mérité.

Elle le regarda s'éloigner déchirée entre l'envie de courir derrière lui et celle de partir en sens inverse. Elle ne fit ni l'un ni l'autre et resta sur le quai.

Le train s'immobilisa au milieu de grosses volutes de fumée. Un homme en descendit, un couple monta. Alan n'était toujours pas là. Doriane s'approcha du chef de gare au moment où celui-ci mettait son sifflet dans sa bouche.

— Un instant, je vous prie. Ne peut-on attendre un peu ? Mon ami n'est pas encore là.

— Alors, il va rater son train, répondit-il, imperturbable.

Il donna un coup de sifflet et la locomotive démarra avec un halètement fatigué. Doriane s'assit sur le banc et attendit. Alan n'avait pu la prévenir, mais il viendrait pour le prochain départ, c'était sûr. Trois heures plus tard, Alan restait invisible et Doriane regardait partir le deuxième et dernier train. Elle retourna au guichet et fit une description détaillée de son ami à l'employé. Oui, un blond aux yeux bleus, étranger à Chandler, avait acheté deux billets tôt le matin pour le train de seize heures.

Doriane arpenta le quai pendant une demi-heure, puis s'en fut. « Alan m'a quittée ! » constata-t-elle sur le chemin du retour. Elle aurait dû se sentir froissée ou tout au moins blessée. Il n'en était rien. Au contraire ! Au fur et à mesure qu'elle se rapprochait de Chandler House, elle se sentait aussi légère qu'un papillon.

La maison était silencieuse comme une tombe. Doriane traversa le vestibule sur la pointe des pieds et poussa doucement la porte du salon. Assis sur le canapé, côte à côte, Opal et Leander bavardaient à voix basse.

A la vue de sa fille, Opal laissa tomber sa broderie, puis s'évanouit sans un mot. Le cigare de Leander lui échappa des mains tandis qu'il ouvrait la bouche, incapable d'émettre un son. Soudain, la frange du tapis s'enflamma et c'est alors que Susan entra avec le thé et se mit à hurler.

Il y eut un moment de panique, puis le feu fut éteint, Opal remise de ses émotions et Susan renvoyée à ses fourneaux. Doriane regarda ses compagnons.

— Contents de me revoir ? demanda-t-elle.

Leander bondit vers elle, la saisit aux épaules et commença à la secouer.

— Vous allez lui faire mal, dit Opal, inquiète.

— Madame Gates, votre fille me met à bout ! hurla-t-il, hors de lui. Ecoutez-moi bien, Doriane. J'espère que votre robe de mariée est prête mais, quoi qu'il en soit, lundi vous serez ma femme. Avez-vous compris ?

— Oui, Leander ! souffla-t-elle.

Il la poussa sur le canapé et s'élança hors de la pièce. Opal récupéra sa broderie.

— Mon Dieu ! gémit-elle, quelle aventure ! Je me souviendrai de cette journée jusqu'à la fin de mes jours.

Doriane se renversa sur le canapé, un sourire malicieux sur les lèvres.

16

Le jour des noces approchait. Doriane ne savait plus où donner de la tête. Leander passait la chercher tous les jours à l'aube et la ramenait chez elle tard le soir, après une journée épuisante à l'hôpital.

La veille du mariage, le dimanche après-midi, il la convoqua dans son bureau.

— Je viens d'écrire à Saint-Joseph pour avertir nos confrères que vous n'êtes plus en mesure de travailler avec eux.

Doriane s'affala sur une chaise. Elle avait complètement oublié Saint-Joseph et son internat.

— Bien sûr, il n'est pas question d'envoyer cette lettre sans votre consentement, continua Leander, imperturbable. Aussi, si vous avez changé d'avis pour demain, je comprendrai.

Elle se redressa, incrédule.

— Qu'essayez-vous de me dire ? Ecoutez, mon cher, si vous ne voulez plus de moi, après avoir tout fait pour me forcer à vous épouser, je... je ne sais pas...

Il se rua vers elle, la saisit aux épaules et l'embrassa avec une fougue qui la laissa sans voix.

— C'est tout ce que je voulais savoir, dit-il. Rentrez chez vous maintenant. Je suis sûr que votre sœur a besoin d'aide. Je vous verrai demain matin. Et demain soir... ajouta-t-il avec un large sourire.

La jeune femme fit le trajet à pied. Elle avait besoin de respirer. Chandler House ressemblait à une ruche. Sitôt que Doriane eut franchi le seuil de la porte, M. Gates lui tomba dessus avec sa hargne habituelle. Enfin, elle daignait revenir ! La pauvre Aryane qui avait tant à faire pour ce double mariage ne pouvait compter sur personne. Doriane l'écouta vociférer pendant un bon quart d'heure, puis elle entra dans le salon où Opal, penchée sur la table d'acajou, écrivait des cartes de remerciements.

— Oh ! maman, comment as-tu pu épouser cet énergumène et assujettir Aryane à son pouvoir ?

— Il est vrai que je n'ai pas vraiment pensé à vous deux quand je suis tombée amoureuse de lui, répondit Opal après un silence.

— Comment ? Amoureuse ? Je croyais que c'était un mariage arrangé par ta famille.

Opal fixa sa fille d'un air étonné.

— Quelle drôle d'idée ! Qu'est-ce qui t'a fait croire cela ?

— Aryane pense exactement la même chose que moi. Cela nous était apparu comme une évidence. Nous ne pouvions pas comprendre que tu aies pu aimer un autre homme après papa.

— Vous étiez très petites quand il est mort. Vous ne vous souvenez pas très bien de lui.

— Mais si. C'était l'homme le plus merveilleux du monde.

Opal hocha la tête.

— William était un homme brillant. Un être extraordinaire, brillant, ambitieux... et tellement épuisant !

— Maman !

— Je l'adorais. Seulement, sa façon d'être allait à l'encontre de mon éducation. J'ai été élevée dans un seul but : être une femme qui dirige une nuée de domestiques à partir de son salon, sa broderie à la main. D'ailleurs, le travail le plus compliqué que j'aie jamais entrepris a été de compter les points de croix de mon ouvrage. Je ne sais pas pourquoi ton père a tenu à m'épouser. Mais le fait est que, d'emblée, j'ai été fascinée par lui. A sa mort, j'ai cru mourir. Il aimait tellement la vie... et lorsque j'ai rencontré M. Gates, je ne me suis même pas aperçue que nous étions faits l'un pour l'autre.

— Moi, je ne...

— William et M. Gates, c'était le jour et la nuit. Ton père ne tenait pas en place. M. Gates est casanier, comme moi. Je préfère passer mon dimanche dans le jardin plutôt qu'escalader les montagnes du Colorado.

Doriane sourit à sa mère. Elle se demanda si Leander

l'aimait vraiment. Si seulement il n'était pas l'ex-fiancé d'Aryane... Rien que d'y penser, elle en éprouvait un curieux petit pincement au cœur.

Doriane passa une mauvaise nuit. Le sommeil la fuyait et son esprit fatigué ruminait sans cesse les mêmes interrogations. Il n'y avait rien à faire pour chasser ces démons nocturnes. Le jour du mariage arriva enfin. Le soleil resplendissant ne parvint pas à dissiper toutes les angoisses de Doriane.

Levée à cinq heures du matin, Opal avait plié soigneusement les robes de ses filles dans des cartons. A dix heures, Mme Gates et les jumelles prirent place dans le landau d'Aryane — un cadeau de Taggert —, et prirent le chemin de la demeure du millionnaire. Un chariot les suivait conduit par le garçon d'écurie.

En voyant de près le manoir de Kane Taggert, Doriane vit toutes ses craintes se ranimer. A coup sûr, Aryane s'était vendue au roi de l'argent.

La maison entière était taillée dans de la pierre blanche. Le vestibule, aussi vaste qu'un hall de gare, était dominé par un double escalier dont les marches permettaient d'accéder au palier qui se prolongeait par une galerie.

Toutes les amies d'Aryane étaient déjà là. Elles l'emportèrent en riant dans un tourbillon de mousselines, vers une pièce latérale qui aurait pu contenir tout le rez-de-chaussée de Chandler House.

Doriane regarda sa mère.

— Tu veux dire qu'Aryane vivra dans ce mausolée ?

— On s'y habitue très vite, répondit Opal. Par ailleurs, dès que Taggert est là, l'espace diminue. Veux-tu que nous montions ?

Le regard de Doriane erra sur les piliers de marbre qui soutenaient la galerie. De larges baies vitrées éclairaient l'escalier. A travers les pans des vitres on pouvait apercevoir une pelouse plantée de massifs fleuris et d'arbustes.

— Ça, c'est la cour de service, chuchota Opal. Tu devrais voir le jardin. Il y a même une serre, avec des plantes tropicales, des fleurs exotiques et des palmiers en pot.

Doriane hochait la tête, de plus en plus convaincue que

sa sœur avait renoncé à son unique amour pour la plus grosse fortune de la côte Ouest. Les chambres d'amis se trouvaient au deuxième étage. Opal poussa une porte qui s'ouvrit sur une chambre haute de plafond agrémentée d'une cheminée de marbre blanc sculpté. Le sol était recouvert d'un somptueux tapis d'Orient et le mobilier aurait pu être exposé dans un musée.

— Voilà ton salon, expliqua Opal. Ta chambre est au fond et la salle de bains sur le côté. Chaque chambre d'amis a sa propre salle de bains, te rends-tu compte ?

Dès qu'elle fut seule, Doriane ne résista pas à la tentation de prendre un bain. De sa vie, elle n'avait vu de baignoire aussi vaste. Elle resta longtemps dans l'eau parfumée à la rose, les yeux fermés. Détendue, elle s'enroula dans un peignoir de soie, puis remit les vêtements qu'elle portait le matin. Elle descendit par l'escalier de service et traversa une cuisine gigantesque où une armée de marmitons s'activait au son joyeux des casseroles.

Derrière la demeure, la pelouse était maintenant émaillée de parasols, de tentes et de tables recouvertes de nappes de lin. Des centaines de bouquets ornaient les guéridons. Une nuée de domestiques s'affairait sous les bosquets. Doriane accéléra l'allure. Dans deux heures elle serait mariée et elle ne parvenait pas à le croire.

L'arrière-cour s'ouvrait sur un jardin qui dominait la ville. Une végétation exubérante ondoyait à perte de vue. Soudain la silhouette corpulente de Taggert surgit au détour d'une allée bordée d'arbres. L'instant d'après, une autre silhouette, féminine et élancée, empruntait le même chemin.

Cette femme, Doriane l'avait déjà vue !

— Pamela Fenton ! dit-elle à haute voix.

Quelques années auparavant, la fille chérie du propriétaire des mines était tombée amoureuse d'un palefrenier. Tout Chandler avait été secoué par l'ampleur du scandale. Jacob Fenton y avait mis bon ordre en obligeant sa fille à épouser un homme de son milieu et en jetant à la rue l'impertinent...

Un peu plus loin, Doriane se figea comme sous l'effet d'une douche froide. Mais bien sûr ! L'ancien garçon d'écurie des Fenton n'était autre que Kane Taggert et c'était lui que Pamela attendait dans le jardin.

Stupéfaite, Doriane releva légèrement sa jupe et s'engagea dans le chemin par lequel le couple avait disparu. A travers les branches d'un arbuste, elle vit Taggert encadrant de ses mains le visage de Pamela et l'embrassant avec une passion qui remplit Doriane d'effroi.

Les yeux brouillés de larmes, la jeune femme s'élança vers le manoir. Ainsi, Aryane allait devenir l'épouse de ce monstrueux individu.

Et tout cela était arrivé à cause d'elle !

gagea dans le chemin par lequel le comte avait disparu. À travers les branches d'un arbuste elle vit Fargent encadrant de ses mains le visage de Pamela et l'embrassant avec une passion qui remplit Doriane d'effroi.

Les yeux brouillés de larmes, la jeune femme s'élança vers le manoir. Ainsi, Arvine allait devenir l'épouse de ce monstrueux individu!

Et tout cela était arrivé à cause d'elle!

17

Anne Seabury, l'une des demoiselles d'honneur, aida Doriane à ajuster sa robe de mariée. Aryane l'avait dessinée elle-même. C'était un modèle sophistiqué en soie ivoire, conçu pour allonger la silhouette, mettre en valeur le galbe de la poitrine, l'arrondi de la hanche tout en soulignant la minceur de la taille. Les manches ballons à crevés de dentelle blanche se rétrécissaient aux poignets fermés de minuscules perles de nacre. Des broderies ornaient le bustier reproduisant un savant motif persan. Une traîne bruissante terminait la jupe et le voile en dentelle de Bruges, long de cinq mètres, donnait à la jeune mariée une allure de princesse.

Doriane enfila ses gants et considéra longtemps son reflet dans la psyché. Elle aurait voulu porter cette parure sous d'autres auspices. Elle aurait souhaité remonter l'allée de la chapelle, un sourire radieux sur le visage. Or, ce n'était plus possible depuis qu'elle avait commis l'irréparable.

Revenue du jardin où elle avait surpris Pamela Fenton et Kane, elle avait adressé à ce dernier un billet signé Aryane. « Je serai la mariée aux roses rouges. » Sur ses instructions, la servante qu'elle avait chargée de porter le mot avait dit à Kane de se placer à gauche et non à droite comme il avait été convenu initialement. Elle avait ensuite envoyé à Aryane un bouquet de roses jaunes.

— Il faut y aller, susurra Anne, interrompant les sombres réflexions de la jeune mariée. J'entends la musique.

Doriane rencontra sa sœur en haut du vaste palier. Elles s'embrassèrent tendrement.

— Je t'aime plus que tu ne peux l'imaginer, chuchota Doriane. Finissons-en avec cette corvée.

Au son de la marche nuptiale, Doriane et Aryane descendirent les marches lentement sous les regards admiratifs des invités entassés dans le hall. Seuls leurs bouquets de roses les différenciaient. La foule se fendit en deux pour leur livrer passage et elles pénétrèrent côte à côte dans l'immense bibliothèque transformée en chapelle pour l'occasion. Les intimes, assis sur des chaises impeccablement rangées, se levèrent à leur approche.

Doriane s'avançait, tel le condamné à mort que l'on mène à l'échafaud. Et si ce mariage était légal ? Et si elle se trouvait obligée de vivre avec Taggert dans cette maison de mégalomane ? En remontant l'allée, elle aperçut Opal en larmes à côté de M. Gates, puis son attention se porta sur l'estrade décorée de fleurs et dressée à l'extrémité de la salle, où les mariés attendaient. Comme prévu, les deux hommes avaient interverti leurs places.

Aryane avançait droit sur Leander tandis que Doriane allait à la rencontre de Taggert. Elle haussa le menton et redressa les épaules. Son sacrifice permettrait à sa sœur d'épouser quand même l'homme qu'elle aimait. Impossible de sourire. Doriane fixa Taggert. Lui aussi la regardait, le sourcil froncé. « Il a compris ? pensa-t-elle dans un moment de panique. Il sait tout ! »

Comment était-ce possible ? Opal elle-même aurait été incapable, ce jour-là, de distinguer ses deux filles. Et curieusement, cet homme-là semblait les avoir reconnues. Leander, lui, dédiait un sourire confiant à Aryane.

Tandis qu'elle atteignait l'estrade où le pasteur se tenait, Doriane évita le regard de sa sœur et se plaça sagement à côté de Taggert.

— Mes chers enfants..., commença le révérend.

— Excusez-moi, dit Aryane le plus bas possible. Mais je suis Aryane.

Leander sursauta et fusilla Doriane du regard.

— Allons-nous changer de place ? demanda-t-il à Taggert, qui regardait toujours devant lui.

L'autre haussa ses énormes épaules.

— Ça m'est égal. Pour moi, aucune importance.

— Pour moi, ça en a beaucoup ! reprit Leander.

Les deux hommes changèrent enfin de place tandis que les invités éclataient de rire. Les doigts de Leander se refermèrent sur le poignet fragile de Doriane, mais celle-ci ne ressentit aucune douleur. Elle jeta du coin de l'œil un regard à Aryane. Pourquoi avait-elle tout gâché si près du but ? Pourquoi s'acharnait-elle à s'unir à un individu de l'acabit de Taggert qui n'avait pas hésité à avouer publiquement qu'il ne tenait pas particulièrement à elle ?

Le révérend mena rondement la cérémonie. Quand les jeunes mariés s'embrassèrent, Leander murmura :

— J'exige une explication. Tout de suite.

Sans lui donner le temps de répondre, il l'entraîna presque de force hors de la pièce. Dans le hall, ils furent assaillis par les invités qui n'en finissaient pas de les féliciter mais Leander ne lâcha pas prise. Dès qu'il le put, il précipita Doriane dans une pièce obscure aux murs lambrissés de noyer.

— Qu'avez-vous encore manigancé ? accusa-t-il. Me haïssez-vous au point de me préférer à Taggert ?

— Pas du tout. Je n'ai pensé qu'à Aryane. Je ne voulais pas qu'elle se sente obligée d'épouser ce type.

Un silence pesant s'ensuivit pendant lequel Leander la considéra longuement.

— Si j'ai bien compris, vous étiez prête à épouser un homme qui vous déplaît uniquement pour que votre sœur puisse récupérer celui que, d'après vous, elle aime éperdument !

— Bien sûr ! Pour quelle autre raison aurais-je eu recours à ce stratagème ?

La main de Leander lui emprisonna le bras.

— Cela suffit, Doriane ! Vous allez me faire le plaisir de vous expliquer une fois pour toutes avec Aryane. Demandez-lui donc pourquoi elle a voulu épouser Taggert et, pour une fois, écoutez sa réponse.

Ils se retrouvèrent dans le hall bondé. Ignorant les invités qui riaient encore à gorge déployée en épiloguant sur la scène de l'autel, Leander demanda à un domestique où était Aryane. Il ne fut pas difficile de la trouver. La jeune fille était prostrée sur une chaise, dans le bureau vide du maître de maison.

— Je vous conseille de lui demander pardon, suggéra Leander, les dents serrées, alors qu'il poussait Doriane à l'intérieur de la pièce et qu'il refermait la porte.

Doriane enroula deux fois sa traîne sur son bras et s'approcha de sa sœur.

— Il est temps de découper le gâteau, murmura-t-elle. Il faudrait que Taggert et toi veniez nous rejoindre.

— Ça t'ennuierait beaucoup de l'appeler par son prénom ? hurla Aryane, folle de rage. A tes yeux, il n'a même pas de sentiments. Te rends-tu compte de ce que tu as fait ?

Doriane la regarda, aussi surprise que si Aryane s'était métamorphosée en harpie.

— Mais, Aryane, tout ce que j'ai fait, je l'ai fait pour toi. Je ne cherchais que ton bonheur.

— Mon bonheur ! Comment pourrais-je être heureuse alors que je ne sais même pas où se trouve mon mari ? Mille mercis, Doriane : grâce à toi je serai probablement toujours malheureuse.

— Moi ? Mais qu'ai-je donc fait à part tenter de te prouver que tu n'étais pas obligée d'épouser Kane Taggert pour son argent ?

— Tu es vraiment aveugle, ma pauvre Doriane ! Tu viens de blesser au plus profond de lui-même un homme sensible et généreux. Tu l'as humilié devant des centaines de personnes et tu ne t'en rends même pas compte.

— Tu veux parler de ce qui s'est passé devant l'autel ? Je l'ai fait pour toi. Je sais que tu aimes Leander et j'étais prête à épouser Taggert pour que tu sois heureuse. J'ai tellement honte du mal que je t'ai fait ! J'ai brisé ta vie et j'ai cherché à réparer mon erreur.

— Toi, toi, toi ! A t'entendre, tu sais tout. Tu sais que j'aime Leander. Tu sais que Kane est un individu abominable. Eh bien, détrompe-toi, Doriane ! Leander te fait peut-être perdre la tête mais moi, il me laisse de marbre. Leander, je m'en moque ! Si tu avais un peu de lucidité, tu te rendrais compte que je suis follement amoureuse de Kane. Il est noble et généreux. Je sais que ses manières laissent parfois à désirer, mais sois logique, ma chère : tu m'as toujours reproché les miennes, trop parfaites.

Doriane se laissa tomber sur une chaise.

— Tu aimes Taggert ? Tu aimes Kane Taggert ? Je ne comprends plus rien ! Tu as toujours aimé Leander. Tu l'aimes depuis notre enfance.

— C'est vrai, répondit Aryane soudain calmée. Dès l'âge de six ans, j'ai décidé qu'il serait l'homme de ma vie. C'était un but pour moi, comme atteindre le sommet d'une montagne. J'aurais mieux fait de me fixer comme objectif l'Himalaya. Au moins, une fois arrivée en haut, cela aurait été fini. Doriane, je n'ai jamais eu la moindre idée de ce que je ferais une fois Leander devenu mon mari.

— Alors que tu le sais avec Taggert ?

— Oui, je le sais. Je vais faire de cette maison un paradis où il sera heureux et où je serai heureuse à ses côtés. Un endroit où je pourrai faire tout ce que je voudrai.

Doriane se redressa, les poings serrés.

— Je suppose que tu n'as pas jugé nécessaire de me faire tes confidences plus tôt. Or l'idée que ces derniers temps je traversais un véritable enfer ne t'a même pas effleurée, n'est-ce pas ? Je me rongeais de remords, je passais mes nuits à pleurer. Et, pendant ce temps, mademoiselle filait le parfait amour avec son Crésus !

— Je t'interdis de te moquer de lui. Je l'aime.

— Pourquoi ne pas me l'avoir dit plus tôt ?

— Par jalousie et par rancœur, dit Aryane en toute honnêteté. Je crois que j'avais envie de vous oublier, Leander et toi. De chasser de mon esprit combien vous étiez faits l'un pour l'autre.

— L'un pour l'autre ! Aryane, tu te trompes. Je ne nie pas que, physiquement, nous ayons une grande complicité, mais je crains que Leander ne soit mon Himalaya à moi. Il y a toute une part de lui que j'ignore, que je ne parviens pas à atteindre. Nous avons passé des heures côte à côte en salle d'opération, mais c'était comme si je n'étais pas là. Je ne sais pourquoi il a décidé qu'il me voulait...

— En tout cas, je peux voir la façon dont tu le regardes. Jamais je n'ai eu pour lui ces yeux-là.

— C'est parce que tu ne l'as pas vu opérer. Si tu l'avais vu...

— Je me serais évanouie. Ecoute, Doriane, je suis désolée de ne pas t'avoir parlé plus tôt. Je suppose que je t'en voulais. Tu sais, ce qui s'est passé m'a fait très mal. Je croyais vraiment aimer Leander et, toute ma vie, j'ai été persuadée qu'un jour je t'épouserais. Tu surviens et, en une nuit, tu me l'enlèves. Leander m'appelait toujours sa princesse de glace et je commençais à désespérer de pouvoir jamais offrir à cet homme ce que tu lui as donné.

— Et tu ne désespères plus ?

Un léger incarnat embrasa les pommettes d'Aryane.

— Non, souffla-t-elle.

— L'aimes-tu donc à ce point ? Tu n'as pas peur de voir les assiettes voler dans tous les coins quand vous serez à table ? Tu ne redoutes pas les autres femmes ?

— Quelles autres femmes ? demanda Aryane en plissant les yeux. Doriane, tu as intérêt à tout me dire.

Doriane s'enferma dans un silence embarrassé.

— Assez ! N'essaie pas de me ménager, tu as vu ce que ça donne. Je suis adulte et, si tu sais quelque chose sur mon mari, dis-le-moi.

Doriane s'éclaircit la gorge.

— Voilà... j'ai vu Kane embrasser Pamela Fenton dans le jardin juste avant la cérémonie.

Aryane pâlit mais retrouva vite ses couleurs.

— Il l'a vue, il l'a embrassée mais c'est moi qu'il a épousée. J'en conclus que c'était un baiser d'adieu. Oh ! Doriane, tu viens de faire de moi la plus heureuse des femmes ! Il faut que j'arrive à retrouver mon mari, à lui dire que je l'aime et à lui demander pardon.

— Comment ça, le retrouver ?

— Kane m'a quittée.

— Quoi ? Mais c'est impossible. Pas en plein mariage ! Pas devant tous les invités !

— Et pourquoi serait-il resté au milieu de gens qui ne pensent qu'à ricaner sur la façon dont Leander a décidé laquelle des deux sœurs il épouserait ? Kane croit que j'aime Leander et que c'est moi qui ai organisé cette substitution. Quant à M. Gates, il est persuadé que j'épouse Kane pour son argent. Je crois que seule maman a compris que je suis amoureuse pour la première fois de ma vie.

— Seigneur ! Que puis-je faire, Aryane ?

— Rien. Il est parti. Il m'a laissé de l'argent, cette maison et il a tourné les talons. Je n'ai aucune idée de l'endroit où il se trouve. Il est peut-être déjà dans le train pour New York.

— Moi, je le croirais plutôt dans sa cabane.

Les jumelles se retournèrent brusquement pour découvrir Edan, l'ami de Kane, sous le chambranle de la porte.

— Je ne voudrais pas me mêler de ce qui ne me regarde pas, reprit le jeune homme, mais après ce qui s'est passé tout à l'heure, je me doutais que Kane serait hors de lui.

Aryane ramassa sa traîne.

— Je vais aller le rejoindre et tout lui expliquer. Doriane, merci pour ton sacrifice, mais il était inutile, acheva-t-elle en embrassant sa sœur sur les joues.

— Si tu savais comme je regrette..., sourit Doriane.

Dès que la réception sera terminée, je t'aiderai à faire tes bagages.

— Pas question, chère petite sœur. Je pars sur-le-champ ! Mon mari est bien plus important que quelques centaines d'invités. Tu n'auras qu'à trouver une excuse pour expliquer notre disparition.

— Mais, Aryane, je suis incapable de faire face à une telle réception !

Aryane était déjà au côté d'Edan.

— Pauvre Doriane ! A t'entendre, je croyais que j'avais reçu une éducation complètement inutile. Allez, ne fais pas cette tête ! Qui sait, il y aura peut-être un ou deux cas d'intoxication alimentaire et tu pourras montrer tes talents. Bonne chance...

Elle sortit avec Edan, laissant Doriane en proie à la plus grande perplexité.

— C'est une calomnie ! marmonna Doriane. Je n'ai aucun souvenir d'avoir dit du mal de l'éducation d'Aryane.

Elle quitta la pièce en suffoquant dans son corset trop étroit.

Dès que la réception sera terminée, je t'aiderai à faire tes bagages.

— Pas question, chère petite sœur ! Je pars sur-le-champ ! Mon mari est bien plus important que quelques centaines d'invités. Tu n'auras qu'à trouver une excuse pour expliquer notre disparition.

— Mais, Arianne, je suis incapable de faire face à une telle occasion !

Arianne était déjà au côté d'Edan.

— Pauvre Dorlane ! À t'entendre, je croirais que j'avais reçu une éducation complètement [illegible]. Allez, ne fais pas cette tête ! Oui, sûr, il y aura peut-être un ou deux cas d'intoxication alimentaire et tu pourras montrer tes talents. [illegible]

Elle sortit avec Edan, laissant Dorlane en proie à la plus grande perplexité.

— C'est une calomnie ! murmura Dorlane. Je n'ai aucun souvenir d'avoir été chargée de l'éducation d'Arianne.

Elle quitta la pièce en suffoquant dans son corset trop serré.

18

Doriane comprit que l'organisation d'une réception relevait du commandement d'armée. En l'absence d'Aryane, qui jusqu'alors s'était acquittée à merveille du rôle de général en chef, une pagaille indescriptible régnait dans l'office et les cuisines.

Alors qu'un groupe de domestiques en déroute la bombardait de questions angoissées, la jeune femme aperçut Leander dans la foule. Aussitôt, une sensation de soulagement l'envahit.

Il vint à sa rencontre se frayant péniblement un passage parmi les invités qui avaient pris d'assaut les terrasses et la pelouse. Doriane se blottit dans ses bras et se laissa entraîner sous une tonnelle de chèvrefeuille.

— Dieu merci, on ne se marie qu'une fois ! soupira-t-il. M. Gates est en larmes, le saviez-vous ?

— Des larmes de joie, sans doute, de me voir enfin débarrasser le plancher.

— Pas du tout. Le pauvre homme prétend qu'il pourra enfin dormir tranquille vous sachant en de bonnes mains — les miennes !

— Docteur Westfield, télégramme ! cria un domestique.

Leander prit l'enveloppe et la décacheta. Un instant après, il était hors de lui.

— Je vais la tuer ! grogna-t-il.

Sans un mot de plus, il tendit le télégramme à Doriane.

« Me suis mariée avec Alan Hunter. Stop. Préviens papa et Doriane. Stop. Serai de retour dans trois semaines. Stop. T'embrasse bien fort. »

C'était signé « Nina ».

Fou de rage, Leander passa un doigt dans le col de sa chemise.

— Par tous les diables ! J'irai la chercher et je la ramènerai de force s'il le faut.

— Pour quelle raison ? demanda calmement Doriane. Votre sœur est majeure et déjà mariée. Et puis qu'avez-vous contre Alan ? Il y a encore une semaine vous prétendiez que ce garçon ferait un époux exemplaire.

— Oui, certes, dit Leander, soudain radouci. Mais pourquoi ne se sont-ils pas mariés au grand jour ? Pourquoi ont-ils pris la fuite comme des voleurs ?

— Parce que j'étais supposée monter dans le train de seize heures avec Alan. Vous en souvenez-vous ? Nul doute qu'il m'a plantée à la gare pour partir avec Nina.

Leander tira nerveusement un cigare de sa poche et l'alluma.

— Eh bien, vous avez l'air de prendre les choses du bon côté ! remarqua-t-il.

— Comment devrais-je les prendre ? sourit-elle en effleurant du bout des doigts le visage de son mari. Celui-ci exhala un petit nuage de fumée.

— N'est-ce pas lui que vous aviez choisi ? interrogea-t-il d'un air mauvais. Car vous étiez exacte au rendez-vous. S'il ne vous avait pas quittée...

— Heureusement, il l'a fait. N'y pensons plus, mon chéri.

Il jeta son cigare et l'attira dans ses bras. Doriane renversa la tête, se laissant enivrer par ses baisers.

— Je voudrais vous rendre heureux, souffla-t-elle tout contre les lèvres de son mari.

— Et vous en connaissez la façon, chuchota-t-il.

Doriane se blottit tout contre lui, incapable de bouger, de penser.

— Les voilà ! hurla quelqu'un. Holà ! les amoureux, arrêtez vos ébats ! Vous avez toute la nuit pour ça. Venez rejoindre vos invités. Doriane, il faut découper le gâteau.

Avec un soupir, Leander prit la main de sa jeune épouse et suivit la troupe des invités dans le jardin.

Le gâteau fut découpé au milieu des rires et des bravos. Aussitôt, une nuée de commères entoura Doriane posant mille questions sur l'absence de Kane et d'Aryane.

Doriane distribuait des sourires embarrassés lorsque Opal vint à sa rescousse.

— Ma fille a été littéralement enlevée par cet homme ! déclara-t-elle d'un ton sans réplique. Il l'a emportée dans ses bras, comme dans les contes de fées. Il est difficile d'imaginer une sortie plus chevaleresque, n'est-ce pas, chères amies ?

— Encore une tranche de gâteau, maman ?

Doriane se pencha vers Opal.

— Je sais maintenant pourquoi tes filles ont des dispositions pour le théâtre. Elles ont de qui tenir.

En guise de réponse, Opal battit des cils.

Le jour se retirait et les lanternes s'allumèrent tout d'un coup, illuminant l'élégante cohue. Les premières notes d'une valse s'égrenèrent dans l'air parfumé du soir. La plupart des invités désertèrent alors la pelouse pour se rendre dans la salle de bal.

Leander enlaça Doriane.

— Ma calèche nous attend, murmura-t-il. Fuyons ces mondanités et rentrons chez nous. Je n'en peux plus d'attendre. Vous venez ?

Elle ramassa sa traîne.

— Jusqu'au bout du monde !

Loin de la foule, Doriane se sentit gagner par un curieux sentiment d'anxiété. Sa timidité naturelle reprenait le dessus. Elle se tassa sur son siège sans dire un mot. Leander fit claquer son fouet et la calèche se rua dans la nuit. Lorsqu'ils furent arrivés devant la jolie maison qu'ils allaient habiter, il souleva Doriane dans ses bras et pénétra avec elle dans le vestibule.

— Embrassez-moi vite ! intima-t-il. (Puis, considérant son petit visage pâle :) Eh bien, où est passée l'héroïne qui a risqué sa vie pour soigner le menton endommagé d'un truand ?

Il la remit sur ses jambes et sourit.

— Une coupe de champagne vous aidera à retrouver vos esprits, Doriane. Ne bougez pas, je reviens.

Elle profita de son absence pour inspecter les lieux. Cette maison était l'œuvre d'Aryane. Tout semblait parfaitement ordonné. Doriane admira les tons bleu pâle du vestibule. Elle entra dans le salon garni de meubles en noyer aux reflets fauves et agrémenté d'une petite cheminée de marbre blanc. Lors de son dernier passage, elle n'avait pas eu le temps d'apprécier les talents de décoratrice de sa sœur. Un ravissant canapé doré à la feuille faisait face à la cheminée.

La chambre d'amis qui donnait sur le salon était de

dimensions modestes mais Aryane avait su tirer profit de chaque recoin. Doriane retourna dans le salon et prit place sur un sofa tapissé de satin et garni de coussins assortis aux couleurs fanées du tapis.

Leander entra avec une bouteille de champagne dans un seau d'argent et deux coupes de cristal.

Il remplit les verres.

— J'espère que vous aimerez cette maison, dit-il. Aryane s'est chargée de toute la décoration.

— Oui, j'ai reconnu son goût raffiné. Cela me plaît beaucoup. Je crois qu'il n'y aura rien à changer.

— A propos, avez-vous eu votre explication ?

Doriane but sa deuxième gorgée de champagne et éprouva la même sensation de légèreté que la première fois.

— Oui, répondit-elle. Aryane m'a assurée qu'elle était tombée éperdument amoureuse de Taggert.

— Vous ne semblez pas convaincue.

Une nouvelle gorgée apporta une légère rougeur sur les joues pâles de la jeune femme.

— J'ai peine à imaginer ma sœur si sophistiquée, si délicate, avec ce gros rustre. Quand je pense qu'elle vous l'a préféré...

— Merci ! sourit Leander. Mais les contraires s'attirent.

— Pas forcément. Nous, par exemple...

— Vous abondez dans mon sens, murmura-t-il en se penchant vers elle et en ôtant une à une les épingles qui maintenaient en place le savant chignon coiffé par Aryane le matin même. En ce qui nous concerne, quoi de plus différent qu'un chirurgien et une future mère de famille ?

Doriane avala son champagne de travers et se mit à tousser.

— Que dites-vous ? s'étrangla-t-elle en bondissant sur ses jambes. C'est l'idée la plus stupide que j'aie jamais entendue depuis que j'ai quitté la maison de M. Gates ! Ah ! je l'avais bien dit à Aryane que vous étiez aussi misogyne que lui, elle n'avait rien voulu entendre !

Les yeux brillants, elle posa brusquement son verre sur la table basse.

— Ecoutez-moi bien, Leander Westfield ! Si vous pensez que je vais abandonner la médecine sous prétexte que je suis mariée, vous pouvez d'ores et déjà entreprendre les démarches du divorce.

Il se redressa, la dominant de toute sa taille, la prit dans ses bras et l'attira contre lui.

— Sacrée Doriane ! murmura-t-il en cherchant ses lèvres. Toujours prête à croire le pire à mon sujet. Mais je te prouverai que je suis le meilleur des hommes.

Il la força à relever la tête et écrasa sa bouche contre la sienne. Haletante, elle se pendit à son cou. Les mains de Leander descendirent à sa taille. Il la plaqua contre lui, de sorte qu'elle n'ignora plus rien de son désir.

— J'ai attendu si longtemps cet instant, murmura-t-il d'une voix enrouée. Va dans notre chambre. Ta sœur a dû penser à t'acheter une de ces fanfreluches affriolantes qui coûtent une fortune et s'arrachent en cinq secondes. Je te rejoins dans un instant.

Sans un mot, Doriane s'exécuta. Elle n'avait jamais vu le premier étage et ne résista pas à la tentation de jeter un regard dans chaque pièce. Elles étaient meublées avec autant de goût que le rez-de-chaussée.

La jeune femme entra dans la chambre spacieuse qu'elle partagerait avec son époux. Comme Leander l'avait prévu, une robe de chambre en soie blanche garnie de cygne et une chemise de nuit assortie l'attendaient sur la courtepointe de velours. Doriane se débarrassa de sa lourde robe de mariée et de son corset.

Elle venait à peine d'enfiler sa tenue de nuit que Leander apparaissait déjà sur le seuil de la porte.

— Je n'ai pas pu patienter plus de cinq minutes, montre en main, annonça-t-il d'un air penaud.

Doriane éclata de rire et il l'imita. Enlacés, ils roulèrent sur le lit chacun cherchant avidement les lèvres de l'autre. La robe de chambre s'envola. Avec un grognement, Leander s'attaqua à la fragile chemise de nuit. Doriane gémit de plaisir lorsqu'elle sentit ses lèvres sur la chair nue de son épaule. Au moment où il relevait le tissu satiné sur les jambes dorées de la jeune femme, le téléphone se mit à sonner.

Alarmée, elle releva la tête.

— Qu'est-ce que c'est ? demanda-t-elle.

Leander embrassa le sein qu'il venait de dénuder.

— Je n'entends rien, grogna-t-il.

— C'est le téléphone. Leander, vous devez répondre. Vous êtes médecin... On a sûrement besoin de vous.

— Pas le soir de mes noces, marmonna-t-il en laissant ses lèvres errer sur la peau parfumée de sa gorge.

Appuyée sur le coude, Doriane le repoussa. En bas, la sonnerie continuait, persistante.

— Leander, vous ne pouvez pas faire ça. Il faut répondre. Vous avez prêté serment.

— Pas ce soir.

Il la reprit dans ses bras, mais elle résista. Le téléphone continuait de sonner.

— Bon sang ! jura-t-il en se levant et en rajustant ses vêtements. Mais qu'ai-je fait au bon Dieu ?

Il regarda la jeune femme qui riait aux éclats.

— Toi, reste là. Je remonte tout de suite. Dès que j'aurai envoyé au diable l'imbécile qui ose me déranger.

Leander dégringola les marches et décrocha l'écouteur.

— Allô ! J'écoute ! aboya-t-il.

— Docteur, je ne voudrais pas vous déranger ce soir, glousssa la voix nasale de l'opératrice. Mais c'est votre père qui appelle et il dit que c'est urgent.

— Bon, passez-le-moi.

— Leander ? dit la voix de Reed après un déclic. Excuse-moi de te déranger. C'est une urgence. Elijah Smith a eu une attaque. Cette fois-ci, c'est très grave. Je crois que le pauvre homme est mourant.

Leander retint son souffle. Elijah Smith était un mot de passe pour tout ce qui concernait les mines. Reed l'utilisait fréquemment lorsqu'il appelait son fils à l'hôpital. L'infortuné Elijah avait déjà eu mille et une maladies allant de l'intoxication alimentaire jusqu'à la fièvre aphteuse, en passant par la scarlatine et les oreillons. Mais le mot « attaque » avait une signification précise. Il désignait le pire : une émeute.

Pâle comme un linge, Leander leva les yeux vers la chambre nuptiale où sa jeune femme l'attendait.

— Faut-il que j'y aille tout de suite ? demanda-t-il à voix basse.

— Cela fait une heure que les proches de M. Smith essaient de te joindre. N'y va pas, Leander. Quelqu'un d'autre ira à ta place.

— Ah oui ? Qui ? J'arrive !

Il raccrocha et prit une profonde inspiration. Il devait agir vite. Il n'était pas question d'expliquer quoi que ce soit à Doriane. Dans tous les cas, elle insisterait pour l'accompagner. Leander avala sa salive. Il valait mieux quitter la maison immédiatement.

Il ferma doucement la porte d'entrée derrière lui et courut vers sa calèche.

Debout sur le perron, Reed guettait l'arrivée de son fils. Il le mit rapidement au courant des événements. Un indicateur avait parlé du syndicaliste. Celui-ci était retourné au camp de sa propre initiative. Les miliciens lui avaient tiré dessus mais il avait réussi à leur échapper. A présent, ils le cherchaient dans chaque masure du camp. Aux dernières nouvelles, un groupe de mineurs s'était révolté.

Leander regarda son père froidement.

— Le chariot est-il prêt ?

— Oui.

— Maintenant, écoute-moi bien. Si Doriane vient ici à ma recherche, débrouille-toi pour la mettre sur une fausse piste. Je n'ai aucune envie de la voir débarquer en pleine émeute au milieu des coups de feu.

Il monta sur le chariot et démarra en trombe sans donner à son père le temps de répondre.

19

Ahurie, Doriane entendit la porte d'entrée se refermer doucement. Au bout de quelques minutes, elle s'assit. Un silence absolu régnait dans la maison. C'était sans aucun doute une question de vie ou de mort qui avait arraché Leander à leur nuit de noces. Mais tout de même... Ses sourcils se froncèrent. Aucune raison ne l'autorisait à partir sur la pointe des pieds, sans un mot.

La colère succéda à l'étonnement. La jeune femme rejeta les draps, alla droit à sa penderie et troqua rapidement sa précieuse chemise de nuit contre une modeste tenue de travail. D'un pas énergique, elle gagna le rez-de-chaussée, animée d'une brusque détermination. Si le Dr Westfield n'avait pas l'habitude de rendre des comptes sur ses déplacements, elle allait lui donner une petite leçon de savoir-vivre conjugal.

Raide comme la justice, elle prit le combiné.

— Allô !

— Ici Mary Grant, dit l'opératrice. Puis-je vous aider ?

Doriane adopta un ton aimable.

— Plus que vous ne le pensez, Mary. Où est allé M. Westfield ?

— Je n'en sais rien, Daryane. Son père l'a appelé et le docteur a dit : « J'arrive. » Je n'ai pas l'habitude d'écouter les conversations, vous savez.

— Naturellement, dit Doriane de sa voix la plus suave. Mais si, par hasard, vous aviez saisi au vol quelques mots, vous me rendriez service.

— Bon, puisque vous insistez, répondit Mary après un silence. Il s'agit d'un M. Smith que je ne connais pas. M. Reed a dit qu'il a eu une attaque. Notez que toutes les calamités de la terre sont tombées sur ce pauvre M. Elijah Smith.

— C'est-à-dire ?

— Il lui arrive les pires pépins à ce malheureux. L'autre jour, c'était une intoxication alimentaire. Caroline, qui me remplace dans la journée, m'a dit que la semaine dernière M. Smith avait la grippe. Ça doit être quelqu'un pour que M. Westfield accepte d'y aller un soir comme celui-ci. Je comprends qu'il vous manque, ajouta-t-elle dans un gloussement.

— Merci, Mary.

Folle de rage, Doriane raccrocha. Demain, tout Chandler saurait qu'elle avait passé seule la nuit de ses noces. C'était plus qu'elle ne pouvait supporter. Elle saisit sa mallette et partit à son tour en claquant la porte.

Une demi-heure plus tard, elle sonnait énergiquement à la porte de son beau-père. Le battant s'ouvrit sur le visage ensommeillé d'une vieille gouvernante. Reed Westfield lui emboîtait le pas. Il portait encore son habit de soirée. Son visage était gris cendre.

— Ah ! Doriane ! Venez dans mon étude.

Elle le suivit sans un mot. Sitôt la porte fermée, elle le regarda dans les yeux.

— Où est-il ? lança-t-elle.

— Doriane, calmez-vous.

— Pas avant que je sache où se trouve mon mari. Quelque chose ne va pas, je le sens. Il est en danger, n'est-ce pas ? S'il s'agissait d'un cas ordinaire, il m'aurait emmenée avec lui.

— Asseyez-vous. Voulez-vous un verre de sherry ?

— Non ! Qui est Elijah Smith ? L'opératrice qui entend tout ne le connaît pas. Monsieur Westfield, je vous préviens : je sens que Leander me cache quelque chose. Ou vous m'aidez à le retrouver ou je trouverai moi-même quelqu'un dans cette ville qui acceptera de le faire.

Effaré, Reed considérait sa belle-fille. Elle paraissait capable de remuer ciel et terre. S'il ne l'en empêchait pas, le monde entier saurait demain que Leander avait déserté le lit conjugal le soir de ses noces pour se rendre auprès d'un M. Smith que personne ne connaissait et pour cause ! De là à faire le rapprochement entre cet incident et l'émeute de la mine...

« Bon sang ! Pourquoi n'a-t-il pas épousé Aryane ? pensa Reed. Jamais elle n'aurait daigné poser de telles questions, elle ! » Débrouille-toi pour la mettre sur une fausse piste, avait dit Leander. Reed se jeta à l'eau.

— Il y a une autre femme, murmura-t-il.

— Une autre femme ? Quelle autre femme ? Est-elle malade ? Qui est M. Smith ? Où est mon mari ?

Reed avala péniblement sa salive.

— La... euh... cette femme a tenté de se suicider quand elle a appris que Leander s'était marié.

— Ah... ce genre de femme, dit Doriane en se laissant tomber sur une chaise. Mais alors, pourquoi s'est-il fiancé avec Aryane puisqu'il en aimait une autre ?

— Leander... euh... la croyait morte.

— Comment ça, morte ? Qui est-elle ? Où l'a-t-il rencontrée ?

Le regard de Reed se reporta sur son bureau où un journal local étalait en première page un article de faits divers. Il était question d'un gang qui opérait dans la région de Denver et qui, disait-on, s'était déplacé plus au sud. Le chef était une femme, une Française.

— Ils se sont connus à Paris, déclara Reed en priant le ciel de le sortir de ce mauvais pas. Ce fut un grand amour, puis Leander l'a crue morte... Apparemment c'est faux, puisqu'elle est venue jusqu'à Chandler pour le retrouver.

— Quand ?

— Comment ça, quand ?

— Quand est-elle venue ?

— Oh... il y a quelques mois, rétorqua Reed, sur la défensive. Ecoutez, Doriane, je suis sûr que Leander vous expliquera. Je vous en ai déjà trop dit.

— Puisqu'elle est arrivée il y a quelques mois, pourquoi n'a-t-il pas rompu ses fiançailles avec ma sœur ?

Une fois de plus, le regard de Reed chercha le journal.

— Parce qu'elle... cette femme qu'il aimait était impliquée dans quelque chose que Leander n'approuvait pas. Il a cherché par tous les moyens à se soustraire à cet amour... euh... destructeur.

— Ainsi, Aryane a été utilisée ! Puis, lorsqu'il m'a rencontrée, il s'est dit : pourquoi pas elle ? Ça me changera. Et pendant ce temps son cœur battait pour cette Française, n'est-ce pas ?

Reed se passa la main dans les cheveux.

— Croyez-moi, ce n'est pas aussi simple. Pourquoi ne rentrez-vous pas chez vous, mon petit ? Leander vous expliquera tout demain.

Doriane se redressa.

— Merci, monsieur. Bonne nuit.

Elle sortit de l'étude d'un pas de somnambule.

Reed l'accompagna jusqu'au perron. Il lui proposa de la raccompagner en voiture mais elle refusa. Elle avait besoin de marcher. L'instant d'après, elle était dans la rue. Elle voyait clair, à présent. Sous un masque angélique, Leander cachait toute la noirceur de son âme.

— La voilà, dit une voix enrhumée dans son dos.

Doriane se retourna. Quatre cavaliers s'approchaient d'elle à vive allure. A la lueur des réverbères, elle aperçut le visage étroit de celui qui avait parlé.

— Que voulez-vous ? demanda-t-elle. Je suis médecin. Avez-vous besoin de moi ?

L'autre la considéra d'un air hébété. Doriane se rendit compte qu'elle avait oublié sa mallette chez Reed.

— Je n'ai pas mes instruments, reprit-elle. Mais si vous voulez bien faire un détour par la maison de M. Westfield...

— Qu'est-ce qu'elle raconte, Cal ? demanda l'un des cavaliers.

— Sans doute auriez-vous préféré voir mon mari. Malheureusement je ne sais où il est, enchaîna Doriane, avec amertume.

— C'est pas grave, dit le cow-boy. Venez avec nous.

Il se pencha, lui tendit la main et la hissa sur sa monture devant sa selle.

— La maison de M. Westfield est par là, indiqua-t-elle.

— La ferme ! On s'en fout de M. Westfield.

Une main rude s'abattit sur la bouche de Doriane étouffant son cri.

Leander fit claquer son fouet. Il avait hâte de regagner Chandler. Les muscles de ses bras et de son dos le faisaient souffrir, après sa randonnée nocturne dans la montagne, avec le syndicaliste blessé sur ses épaules.

Il était arrivé à la mine pour constater que l'émeute avait été écrasée. Les miliciens s'étaient enfermés dans leur fort et la plupart des mineurs avaient regagné leur foyer. Les lumières étaient éteintes, mis à part celles des bars de la rue principale.

Leander avait fait le tour des masures demandant patiemment des nouvelles du syndicaliste. Au bout d'un temps qui lui parut fort long, une vieille femme brisa enfin la loi du silence. Elle enfouit son visage dans ses mains et éclata en sanglots. Il y avait un homme blessé dans sa cave, un étranger, et elle craignait les représailles des gardes.

C'était bien le syndicaliste. Ses blessures saignaient abondamment et il semblait inconscient. Leander réussit à arrêter l'hémorragie, puis il chargea l'homme sur ses épaules. Il n'y avait qu'une seule solution pour sortir du camp sans se faire remarquer : la montagne.

L'ascension fut longue et pénible. Lorsqu'il atteignit l'endroit où il avait caché son chariot, il était trois heures du matin. Il était hors de question de ramener le syndicaliste à Chandler. Leander prit la direction de Colorado Springs, une petite ville nichée sur le flanc d'une colline, à cinquante kilomètres de là. Il confia le blessé à un de ses amis médecins qui, il le savait, ne poserait pas de questions. Leander aida son ami à extraire les balles du corps de son patient. Il resta à son chevet toute la nuit et une partie de la matinée. Lorsqu'il reprit la route, le soleil était au zénith.

Leander arriva chez lui à deux heures de l'après-midi. Il fut presque soulagé de trouver la maison vide. La penderie était restée ouverte. Il remarqua que la blouse blanche de Doriane ainsi que sa mallette n'étaient plus là. « Elle a dû aller à l'hôpital », conclut-il.

Il se prépara un sandwich au jambon et une salade qu'il avala pensivement. Ereinté, il monta et se jeta sur le lit. Ses paupières s'alourdirent et il sombra dans un sommeil de plomb tout en serrant dans ses bras la chemise de satin.

Lorsque Leander se réveilla, il faisait nuit. Il sut immédiatement que la maison était vide. Anxieux, il se redressa. Un coup de fil à l'hôpital transforma son inquiétude en angoisse. Personne n'y avait vu Doriane. Mais où était-elle donc ?

Il reposa le combiné qui aussitôt se mit à sonner. Il décrocha d'une main tremblante. C'était l'opératrice.

— Monsieur Westfield, ici Caroline, la collègue de Mary. Sans vouloir me mêler de vos affaires, Mary m'a dit que votre femme avait appelé votre père hier soir, après votre départ chez ce pauvre M. Smith. Au fait, comment se porte-t-il ?

— Qui ça ?

— M. Smith. Allô ! Allô !

Leander avait raccroché et s'élançait hors de la maison.

Le jeune homme regarda son père d'un air médusé.

— Tu lui as dit quoi ? hurla-t-il.

— Il fallait bien que j'invente une histoire ! riposta Reed. Mets-toi à ma place. Seule une rivale pouvait l'empêcher de te chercher jusqu'aux confins de la terre.

— Tu n'as rien trouvé de mieux ?

— Non. Et puisque tu es si intelligent, tu n'avais qu'à éviter de te mettre dans ce pétrin.

Leander se passa les doigts dans les cheveux.

— Mais que vais-je lui dire maintenant ? Que mon père est un menteur ?

— Tu n'es pas à cela près, mon cher. Tant que tu ne voudras pas qu'elle sache la vérité, tu devras mentir. Mais au fait, où est-elle ?

Leander s'effondra sur le canapé.

— Je donnerais dix ans de ma vie pour le savoir.

20

Toute la nuit, Leander et son père passèrent les rues de Chandler au peigne fin. Doriane n'était nulle part. Leander commença à envisager la possibilité d'aller la chercher à Philadelphie chez son oncle Henry. La jeune femme avait dû prendre le train de minuit en sortant de chez Reed.

Il dut passer la matinée à l'hôpital. Par bonheur, personne ne lui posa de questions sur l'absence de Doriane. En début d'après-midi, il envoya un télégramme à oncle Henry et retourna à la maison. Il se sentait épuisé. Sans se donner la peine de se déshabiller, il s'écroula sur le lit et sombra dans un sommeil profond.

Il fut réveillé par une main rude qui le secouait.

— Westfield ! Debout, bon sang !

Il souleva ses paupières lourdes et découvrit Kane Taggert penché sur lui. Le millionnaire agitait une feuille de papier d'un air furieux.

— Où est votre femme ? grogna-t-il.

Leander se redressa en passant ses doigts dans sa chevelure décoiffée.

— Gardez-le pour vous, Taggert. Je crois qu'elle m'a quitté.

— C'est bien ce que je pensais. Jetez donc un coup d'œil à ça.

Leander prit le papier et déchiffra le texte écrit en caractères enfantins.

« On a ta femme. Dépose cinquante mille dollars à Tipping Rock demain. Si tu refuses, elle mourra. »

— Mon Dieu, Aryane ! s'exclama Leander. Je vais chercher mon fusil et je vous accompagne. Avez-vous une idée de l'endroit où elle se trouve ? Avez-vous prévenu le shérif ? Je...

— Minute ! coupa Taggert. Aryane est à la maison et se porte comme un charme. Nous sommes revenus ce matin ensemble. Cette lettre était sur mon bureau, avec mon courrier.

Leander bondit, frappé par l'évidence.

— Ils ont enlevé Doriane ! J'appelle le shérif ! Non... pas la peine. Il est incapable de mener une enquête. Je préfère y aller.

— Cessez de vous agiter, Westfield, dit Kane en s'asseyant sur le lit, qui grinça sous son poids. Je crois savoir qui a enlevé votre femme. Un de mes hommes revenu ce matin de Denver m'a appris qu'un gang qui sévissait là-bas a pris depuis deux jours le chemin de Chandler. Ils ont, paraît-il, attaqué une banque.

Leander hocha la tête. Une ride profonde barrait son front. Il s'était habillé et emportait un pistolet dans une gaine de cuir accrochée à sa ceinture. Kane se leva à son tour.

— Je viens avec vous. N'oubliez pas qu'ils croient tenir ma femme.

— Etes-vous armé ? Savez-vous monter à cheval ?

Taggert éclata d'un rire tonitruant.

— Aryane ne m'a pas civilisé à ce point. Je suis un tireur d'élite et j'ai apporté de quoi tenir un siège. Je connais bien la région. J'ai une idée de l'endroit où Doriane est séquestrée. A trente kilomètres d'ici, il y a un canyon camouflé par la forêt dont on ne voit pas l'entrée. J'ai aussi cinquante mille dollars dans un sac. On ne sait jamais. Mieux vaut payer que risquer la vie de Doriane. Après tout, j'ai failli l'épouser, acheva-t-il en souriant de toutes ses dents.

Leander lui rendit son sourire.

— Finalement, je suis content que vous ayez épousé Aryane.

— Et moi donc !

Peu après, ils quittaient Chandler au grand galop.

Doriane tira désespérément sur les cordes qui la maintenaient attachée à une lourde chaise en chêne. Elle avait presque réussi à s'échapper. Ce fut alors que les bandits l'avaient ligotée. Le jour précédent, elle avait tellement remué que la chaise s'était renversée. Une femme était alors entrée dans la pièce et avait donné l'ordre qu'on la clouât sur le plancher.

Elle s'appelait Françoise. Elle avait une silhouette mince, élancée et un joli visage encadré par une abondante chevelure d'ébène dont elle tirait visiblement une grande fierté. Elle portait un pistolet sur sa hanche droite et commandait les hors-la-loi d'une poigne de fer. A elle seule, elle était plus rusée que tous ses acolytes réunis.

C'était la femme que Leander aimait, Doriane en avait eu tout de suite la certitude. Tout concordait avec la description de Reed. Elle était française et impliquée dans des activités que Leander ne pouvait approuver.

Ligotée sur son siège, Doriane jeta à Françoise un regard haineux. L'autre la toisa avec un égal mépris puis, tirant un tabouret de dessous la table bancale, elle s'assit en face de la prisonnière.

— Jimmy, enlève le bâillon ! ordonna-t-elle.

Elle zézayait légèrement. Son garde du corps, un grand costaud à l'air bête, s'exécuta.

— Tu peux t'en aller maintenant.

Elle attendit qu'il fût sorti pour s'adresser à Doriane.

— A nous deux, ma belle ! Pourquoi me regardes-tu avec autant de hargne ? Je veux le savoir. Est-ce parce que j'ose commander aux hommes ?

— Je n'appelle pas cela oser. Ces hommes sont assez idiots pour vous porter aux nues. En tout cas, moi, je sais exactement qui vous êtes.

— J'en suis fort aise, ma petite. Mais qu'est-ce que tu essaies de me dire au juste ?

Doriane la toisa.

— Pourquoi mentez-vous ? Je sais tout sur vous. Je suis l'épouse de Leander.

Elle dut admettre que son ennemie possédait un talent indéniable de comédienne car toutes sortes d'émotions se succédèrent sur son visage : surprise, défiance, ironie.

— Ah, Leander ! murmura-t-elle enfin. Ce cher Leander !

— Inutile de simuler de grands sentiments. Vous croyez sans doute qu'il vous aime toujours. Méfiez-vous. Je ferai tout pour qu'il vous oublie.

Françoise haussa les épaules.

— Personne ne peut lui faire oublier ce que nous avons vécu ensemble. Ça n'arrive qu'une fois dans la vie. Quand vous êtes-vous mariés ?

— Il y a deux jours. Vous le savez bien, vous qui avez passé ma nuit de noces avec lui ! Il paraît que vous avez attenté à vos jours ? Vous me semblez pourtant en parfaite santé. J'en déduis que vous avez exercé un odieux chantage sur mon mari.

Françoise mit ses mains sur ses hanches.

— Ah oui ? Et alors ? Je ne voulais pas le perdre. Est-ce qu'il t'a dit pourquoi nous nous sommes quittés ?

Doriane regarda sa rivale avec aplomb.

— Il ne m'en a jamais soufflé mot. C'est Reed qui m'a tout raconté. Reed est le père de Leander. Je ne crois pas que vous le connaissiez, vous ne faites pas partie des femmes qu'un homme présente à sa famille. Leander vous a crue morte. Il a alors quitté Paris et il est retourné à Chandler. Françoise, abandonnez ! Vous n'avez aucune chance de le reconquérir.

— A Paris, hein ? C'est là que M. Leander Taggert...

— Leander ne s'appelle pas Taggert. Taggert est le mari de ma sœur.

Françoise se pencha sur son otage.

— Comment ? Quel est ton nom ?

— Doriane Chandler-Westfield.

La Française pivota sur ses talons et s'élança hors du cabanon. Elle revint presque aussitôt en poussant violemment le cow-boy qui avait enlevé Doriane.

— Tu es sûr que c'est elle ? glapit-elle en pinçant l'oreille du garçon. Tu es sûr que tu ne t'es pas trompé ?

— Oui, c'est elle. Je le jure, gémit-il en grimaçant de douleur.

Folle de rage, Françoise lui mit sous le nez un bout de journal jauni.

— Eh bien, c'est l'autre ! hurla-t-elle. Des jumelles ! Sais-tu ce que c'est, des jumelles, pauvre imbécile ? L'une est l'épouse du millionnaire. Celle-ci...

Elle s'interrompit une fraction de seconde.

— Celle-ci est la femme de mon Leander bien-aimé, enchaîna-t-elle, avec une dérision qu'elle fut la seule à apprécier.

— Non ! cria le cow-boy. C'est Aryane Taggert et elle vaut son pesant d'or.

Françoise le poussa hors du cabanon.

— Fiche-moi le camp ! Laisse-moi réfléchir.

Elle jeta un regard noir à Doriane avant de sortir à son tour.

21

De sa vie, Doriane n'avait éprouvé un tel abattement. La peur, la soif et la faim l'avaient réduite à la merci de ses ravisseurs. L'aube venait de poindre quand Françoise fit irruption dans le cabanon.

— Je voudrais aller aux commodités, dit Doriane.

L'autre lui jeta un regard sombre avant de défaire les liens rugueux qui entravaient les poignets et les chevilles de la prisonnière.

— Je t'accompagne, déclara-t-elle.

La dernière fois que Jimmy avait escorté la jeune femme, il en avait profité pour la regarder par le trou de la serrure et Françoise avait dû le réprimander. Doriane se redressa péniblement en frottant ses poignets douloureux. Elle était fourbue et glacée. Une brusque nausée l'obligea à s'appuyer sur le dossier de la chaise.

— Allez, viens ! dit la femme en lui prenant le bras. Dépêche-toi, je n'ai pas envie d'y passer la journée.

— Excusez-moi mais j'ai le vertige.

— Tu n'avais rien quand tu as essayé d'escalader ce mur.

Les commodités, une infâme cabane en planches pourries, étaient à deux cents mètres de son lieu de détention, près de la sortie du canyon. Doriane y entra pendant que Françoise montait la garde, fusil au poing. A peine Doriane avait-elle fermé la porte qu'un cri étouffé lui parvint. Elle n'eut guère le temps de s'en étonner car une force surhumaine arrachait le battant avec son verrou, tandis qu'une fusillade déchirait le silence du matin.

Extirpée de son abri par une poigne d'acier, Doriane se retrouva collée à un torse de géant qu'elle martela vainement de ses poings.

— Arrêtez de gigoter, bon sang !

Cette grosse voix ne pouvait appartenir qu'à une seule personne de son entourage. Surprise, Doriane avisa son sauveur. C'était bien Kane Taggert.

— Que faites-vous là ?

— Suivez-moi au lieu de poser des questions.

Doriane regarda Françoise. Celle-ci semblait avoir perdu connaissance. Taggert l'avait soulevée sous son bras gauche comme un sac de farine.

— Est-elle blessée ?

— J'ai dû lui appliquer une chiquenaude sur le menton pour la calmer. Maintenant, courez pendant qu'il en est encore temps.

Doriane s'élança vers la sortie du canyon et Kane se mit à détaler derrière elle. La fusillade se poursuivait et des balles ricochaient sur les rochers.

Enfin, ils débouchèrent sur une clairière. Kane siffla son cheval, aida Doriane à mettre un pied à l'étrier, puis déposa le corps inanimé de la Française devant le pommeau.

— Et voilà ! dit-il en se frottant les mains, comme s'il venait d'expédier une affaire courante. Dites à Westfield que je vous rejoindrai à la cabane, là-haut.

Sur ces mots, il assena une claque sur la croupe du cheval, qui partit au galop. Leander surgit au milieu de l'inextricable fouillis de la forêt, une centaine de mètres plus loin. Doriane tira sur la bride.

— Leander !

Il s'approcha avec un large sourire et lui caressa une jambe.

— Chérie ! Dieu merci, vous allez bien !

— Oui, et elle aussi ! riposta Doriane en indiquant le corps féminin qui se balançait devant sa selle. Il faut aller à la cabane, c'est un ordre de Taggert.

— D'accord, dit Leander en montant sur son cheval. C'est elle, le chef des truands ?

Doriane pinça les lèvres.

— Vous le savez bien. Est-ce le remords qui vous a poussé à venir à mon secours ?

Leander glissa son pistolet fumant dans sa gaine de cuir.

— Doriane, cessez de me regarder ainsi. Je n'y suis pour rien.

— Ah, vraiment ?

Un gémissement interrompit la dispute. Françoise commençait à remuer les jambes et les bras. Excédé, Leander la prit sur son cheval.

— Ne bougez pas si vous tenez à la vie, grogna-t-il. Doriane, êtes-vous prête ?

Sans répondre, Doriane éperonna les flancs de sa monture qui se rua sur la piste. Avec un soupir, Leander la suivit. Kane Taggert avait dû emprunter un raccourci car il surgit subitement devant eux, à un croisement.

— Que se passe-t-il ? demanda Leander.

Kane vida le contenu d'un bidon d'eau et s'essuya la bouche du revers de la main.

— Les bandits sont à nos trousses, expliqua-t-il. Je pense qu'ils feront tout pour récupérer cette femme. Sans elle, ils ne valent pas grand-chose. Vous feriez bien de ne pas la quitter des yeux. Elle est rusée comme un serpent.

— Je m'en occuperai, répondit Leander. Pourquoi l'avez-vous capturée ?

— Dans le feu de l'action, mon vieux. Par ailleurs, elle peut nous être utile. Ils n'oseront pas nous attaquer de peur de la blesser.

— En effet. Dépêchez-vous, Taggert. Je préfère avoir la garde d'une douzaine de malfrats plutôt que de surveiller deux femmes.

Kane éclata de rire.

— Je ne vous envie pas. Bon, allez là-haut pendant que je vais chercher le shérif. Salut, Westfield, et bonne chance !

Sur ces mots, il dégringola la pente avec une agilité étonnante pour un homme de sa corpulence et fut bientôt hors de vue.

Le chemin devenait de plus en plus abrupt et les sabots des chevaux dérapaient sur le sol pierreux.

— Nous allons continuer à pied, décida Leander en sautant à terre et en s'emparant des rênes de sa monture. Doriane, attachez votre cheval derrière le mien. Vous, dit-il à Françoise, restez où vous êtes.

Doriane s'exécuta avec la discipline d'un bon soldat, puis elle reprit la route à côté de Leander. Leurs mains se cherchaient fiévreusement, mais à peine s'étaient-elles effleurées que la voix geignarde de la Française rompait la magie de cet instant :

— Leander, mon amour ! Dis-lui donc la vérité. Dis-lui qu'elle n'est rien pour toi, rien du tout, que c'est moi que tu aimes. Dis-le-lui donc, mon chéri.

Doriane pivota sur ses talons et s'engagea dans un sentier qui plongeait dans un fouillis de verdure.

— Doriane ! Pour l'amour du ciel !

— Laisse-la, chéri. Elle est au courant de tout.

Doriane pressa le pas. Soudain, une main de fer se referma sur son épaule la forçant à faire demi-tour.

— Etes-vous devenue folle ? hurla Leander, hors de lui. La forêt est infestée de bandits qui nous cherchent.

— Lâchez-moi.

Il la traîna de force jusqu'au chemin principal. Françoise était descendue de cheval. Assise sur un rocher, elle avait enfoui son visage dans ses mains. Des sanglots secouaient ses épaules.

— Allez, levez-vous, intima Leander.

La Française secoua désespérément sa chevelure brune.

— A quoi bon ? gémit-elle. Comment pouvez-vous me traiter de la sorte ? Comment avez-vous pu oublier les nuits d'amour que nous avons passées ensemble à Paris, à Venise ? Et à Florence ? Avez-vous oublié notre séjour à Florence ?

— Je ne suis jamais allé à Florence, répondit-il sèchement. Levez-vous, vous dis-je.

— Non ! Pas avant que vous ayez dit la vérité à votre femme.

A bout de patience, Leander saisit Françoise par le bras et l'obligea à se redresser. Profitant de cette diversion, Doriane s'échappa et commença à dégringoler la pente, indifférente aux tiges épineuses qui cinglaient ses chevilles délicates.

— Doriane ! Pour l'amour du ciel !

Leander chargea Françoise sur son épaule et s'élança aux trousses de son intrépide épouse.

— Doriane ! Par tous les saints !

Elle continua à dévaler le flanc de la montagne, insensible aux imprécations de son poursuivant. Elle trébucha sur une racine, lutta pour garder son équilibre et finit par pousser un cri. Au moment où elle allait tomber en avant, Leander la saisit par le pan de sa jupe. Par bonheur, le tissu résista et Doriane fut tirée le long d'un sentier broussailleux.

Exténué, Leander s'adossa à un roc et enlaça Doriane de son bras libre.

— Chérie, écoutez-moi.

Aussitôt, Françoise se mit à donner des coups de pied dans le vide. Leander la remonta sur son épaule, avec une tape sur les fesses.

— Restez tranquille, nom de nom !

— Je t'obéis toujours quand tu me touches là.

Outrée, Doriane repoussa son mari de toutes ses forces.

— J'en ai assez de cette comédie ! hurla-t-elle.

Il la retint solidement par le poignet.

— Doriane, vous devez me croire. Je ne connais pas cette femme. Je l'ai vue aujourd'hui pour la première fois. Je ne l'ai jamais rencontrée à Paris. Et je vous ai épousée parce que je vous aime.

— Vous m'aimez ? Vous ne me l'avez jamais dit avant.

— J'ai essayé maintes fois, mais vous n'avez rien voulu entendre. Vous étiez persuadée que j'étais amoureux d'Aryane. Or je ne l'aimais pas, et encore moins cette...

Il laissa sa phrase en suspens. Son oreille venait de capter un bruit sourd dans le lointain. Doriane scrutait le visage de Leander. Disait-il la vérité ?

— Chapeau, Leander ! s'écria Françoise en ricanant. J'ai rarement eu l'occasion d'apprécier tes talents de menteur. Tu ne disais pas ça du temps où tu m'aimais. Et avec quelle passion !

Doriane tira rageusement sur son bras mais les doigts de Leander accentuèrent leur pression sur son poignet. Enfin, ils réussirent à regagner l'endroit où ils avaient laissé les chevaux.

— En route ! murmura-t-il en s'épongeant le front.

Il jucha une nouvelle fois la Française sur un cheval. Doriane se remit en marche à contrecœur.

La cabane en rondins dont Kane avait parlé était dissimulée par une végétation exubérante au fond d'une gorge étroite. Les broussailles rendaient le passage presque impossible, les branches basses obligeaient Françoise à se coucher sur l'encolure du cheval. A deux reprises, Leander dut s'arrêter pour retrouver le bon chemin.

Enfin à l'abri, ils inspectèrent les lieux. Le plancher grinçait et la poussière qui recouvrait le mobilier rudimentaire confirmait que personne n'était passé par là depuis longtemps. Une deuxième pièce au fond de la cabane contenait, en tout et pour tout, un vieux matelas posé à même le sol.

Leander commença par attacher Françoise à un pilier. Elle se laissa faire avec un air énamouré qui acheva d'agacer Doriane.

— Je ne vous mettrai pas de bâillon, dit-il. Je ne pense pas que vos complices puissent nous dénicher ici.

— Cesse de jouer la comédie, chéri. Ta chère petite femme sait tout. C'est elle qui m'en a parlé la première.

— Je m'en doutais. Elle en a suffisamment dit pour vous permettre de nous jouer ce beau mélodrame.

Françoise le toisa du regard. Leander détourna la tête rapidement — beaucoup trop rapidement, pensa Doriane, qui ne perdait rien de la scène.

— Je vais dehors, dit-il. Je ferai le guet. J'espère que Kane arrivera vite avec les renforts. Il y a de quoi manger dans ces sacs.

Il sortit sous le regard des deux femmes. Doriane s'agenouilla près des sacs que Leander avait rangés à côté des selles et des harnais. Elle coupa deux morceaux de pain et une tranche de jambon.

— Ton mari est un sacré comédien, lança méchamment Françoise. Je m'en fiche. Comme toujours, il me reviendra. Le parfait amour physique, tu connais ? Rien de tel pour retenir un homme. Sache une fois pour toutes, mon chou, que Leander ne pourra jamais me quitter. Il ne peut pas se passer de moi.

Doriane tartina de beurre ses tranches de pain et ajouta un épais morceau de fromage dans son sandwich.

— Leander partira avec moi, reprit Françoise. Et nous nous aimerons, comme avant... Nous...

Doriane prit un bidon d'eau et quitta la cabane en claquant la porte.

22

— Tenez, dit Doriane en tendant le sandwich à Leander.

— Que se passe-t-il ?

— Rien. Ne me touchez pas, s'il vous plaît ! cria-t-elle en retirant vivement sa main de celle de son mari.

L'expression placide de Leander céda la place à la colère.

— Doriane, en voilà assez. J'en ai par-dessus la tête ! Pourquoi préférez-vous accorder foi aux mensonges de cette femme ? Je ne la connais pas, bon sang ! Pour quelle raison avez-vous décidé que c'était moi le menteur ?

— Parce que votre père m'a parlé d'elle. Il mentait, lui aussi ?

— Oui. Mon père vous a menti.

Elle recula d'un pas pour mieux le contempler.

— Votre père... Pour quelle raison aurait-il fait cela ?

— Tout simplement parce que je le lui ai demandé.

— Leander, attention. N'aggravez pas votre cas.

— Je vous dis la vérité ! hurla-t-il.

Doriane demeura perplexe.

— Alors, vous admettez que vous avez menti. Drôle de vérité, vous ne trouvez pas ? Mais que s'est-il passé pour que vous m'abandonniez la nuit de nos noces ? M. Smith est un personnage fictif. Ne le niez pas, je le sais. Où étiez-vous, Leander ?

Il mordit dans le sandwich, le regard perdu dans le lointain.

— Je ne peux pas vous le dire ! déclara-t-il au bout d'un moment.

Elle le regarda d'un air triomphant.

— Ah ! la belle excuse ! Vous ne voulez pas me le dire. C'est très bien. Au revoir.

Elle fit demi-tour et se dirigea vers la cabane. Il la saisit par le bras.

— J'ai dit que je ne pouvais pas parler. Je n'ai rien fait pour mériter votre suspicion. Il n'y a pas d'autre femme dans ma vie. Essayez au moins de comprendre qu'il s'agissait d'une affaire de la plus haute importance.

— Je regrette, Leander.

Il relâcha son bras.

— D'accord, soupira-t-il. Allez-y ! Accordez toute votre attention à cette garce. Elle ne demande pas mieux. Continuez et vous finirez par l'aider à s'évader. C'est exactement ce qu'elle attend en excitant votre jalousie.

Après tout, il y avait une chance sur deux pour qu'il dît la vérité. Doriane plissa les yeux.

— Et vous n'êtes jamais allé à Florence ?

— Jamais !

— Cette Française n'est pas vraiment votre genre, n'est-ce pas ? Elle est trop maigre, non ?

— Comme vous dites.

Doriane fit un pas en avant.

— Et elle est incapable de distinguer un mal de tête d'une hernie !

— C'est évident. Réfléchissez, Doriane. Je ne me serais pas couvert de ridicule devant tout Chandler pour vous épouser si j'en aimais une autre.

— Réflexion faite, vous avez peut-être raison.

Elle était si près de lui qu'elle le touchait presque. Soudain, il l'enlaça. Leurs lèvres se joignirent... Leander lui tira les cheveux pour l'obliger à relever la tête et l'embrassa passionnément ; ses mains couraient sur son corps frémissant. Les yeux fermés, Doriane se laissait griser par ce baiser.

Ce fut lui qui rompit le charme en la repoussant doucement. Ses yeux verts brillaient de désir.

— Doriane, murmura-t-il. Retournez à la cabane sinon je ne réponds plus de mes réactions. Nous sommes toujours en danger et vous le savez.

Elle se détacha de lui, le cœur battant.

— Comme vous voudrez.

— J'ai un plan, reprit-il. Il faut laisser croire à cette femme qu'elle vous a convaincue. Jouez la carte de la jalousie, cela pourrait servir.

— Je suis ravie de me rendre utile ! marmonna-t-elle avant de retourner à la cabane.

Toujours attachée au pilier, Françoise attaqua aussitôt :

— Je parie qu'il vous a amadouée. Ce type a plus d'une corde à son arc. Et au lit, c'est un amant extraordinaire, pas vrai ?

Doriane s'assit sur une chaise, l'air abattue.

Elle s'efforçait de penser à autre chose.

— ... votre sœur, disait l'autre, poursuivant un bavardage que rien ne semblait pouvoir interrompre. Rappelez-moi donc son nom. Je l'ai sur le bout de la langue.

— Charlotte, répondit Doriane.

— Oui, bien sûr, Charlotte. J'ai dû me battre contre Charlotte pendant des mois. Lorsqu'elle a épousé Taggert, Leander s'est senti obligé de...

Françoise s'interrompit en écarquillant ses yeux noirs. Doriane venait de sortir en courant.

Sur le perron, elle aspira une goulée d'air frais à pleins poumons. Un oiseau-mouche au plumage éclatant voletait d'arbre en arbre. D'un pas léger, Doriane se dirigea vers l'endroit où Leander montait la garde.

— Hello ! dit-elle en souriant. Vous aviez raison, chéri. Cette femme ment comme elle respire. Figurez-vous qu'elle ignore que ma sœur s'appelle Aryane. Elle devrait le savoir, pourtant : avec toutes les lettres qu'Aryane vous a écrites, Françoise aurait dû connaître son prénom par cœur.

Leander l'enlaça étroitement en éclatant de rire.

— Vous m'exprimerez votre repentir en temps et en heure, dit-il en l'embrassant avidement. Mon plan est le suivant : vous allez lui permettre de s'évader. Nous pourrions nous disputer à son sujet... vous me suivez ?

— Bien sûr, chéri. Françoise doit s'évader.

— Elle doit penser que cela est possible. Il lui faudra au moins deux heures pour se débarrasser de ses liens.

— Que dois-je faire ?

— Mettre ostensiblement quelque chose dans mon café. Après l'avoir bu, j'irai dormir dans la pièce à côté.

— Mais vous ne dormirez pas.

— Non. Pour tout vous dire, je m'absenterai pendant un certain temps. Ne me demandez rien ! ajouta-t-il précipitamment.

— Je n'y pensais même pas, l'assura Doriane de son air le plus angélique. Mais revenons à nos moutons.

— Oui. Notre amie a la tête sur les épaules. Elle ne

tentera rien tant qu'elle ne sera pas sûre de réussir. La preuve en est qu'elle n'a pas cherché à s'échapper sur la montagne.

— Elle aurait dû. C'était facile.

Leander scruta le petit visage qui le défiait.

— Ne me dites pas que vous avez essayé de vous évader du canyon ! murmura-t-il.

Un sourire éclatant fendit les lèvres pleines de Doriane.

— Seulement quatre fois !

Elle releva sa jupe à hauteur des genoux et remonta lentement jusqu'à la cabane.

— Vous pouvez rester avec elle, jeta Doriane d'un air féroce. Cela m'est complètement égal.

Elle quitta les lieux en laissant Leander seul avec Françoise. Fidèle à son rôle, elle s'enfonça dans la nuit noire.

Peu après, Leander apparut sur le seuil de la porte et appela Doriane. Comme convenu, elle ne bougea pas et il dut venir la chercher. Elle se laissa ramener en opposant une résistance farouche. Sitôt dans la cabane, elle s'écroula sur une chaise en boudant.

La nuit enveloppait la montagne. Leander alluma un maigre feu derrière la petite maison et demanda à Doriane de lui faire un café. Elle se leva de mauvaise grâce et revint peu après, avec le breuvage demandé. Pendant que Leander examinait les liens de Françoise, Doriane versa une poudre blanche dans le café, puis s'éloigna et fit mine de regarder par la fenêtre. Leander vida sa tasse à petites gorgées. Un silence pesant s'était abattu sur la cabane. Peu après, il se mit à bâiller.

— Je vais faire un somme, déclara-t-il. Restez là, Doriane, et surveillez-la bien.

Il se retira dans la pièce adjacente et les deux femmes l'entendirent s'effondrer avec un bruit mat sur le matelas.

Françoise regarda Doriane.

— Qu'était-ce ? Du poison ?

— Non. Un soporifique. C'était le seul moyen pour l'empêcher de vous rejoindre cette nuit. Bonne nuit, ma chère. Je vais me coucher.

L'autre la dévisagea intensément.

— Et si je m'évadais ?

Un sourire satisfait éclaira aussitôt le visage de Doriane.

— Que voulez-vous que cela me fasse ? Au moins vous seriez loin de mon mari.

Elle passa dans la pièce à côté d'un pas égal. Leander avait vu juste. La Française était une personne d'une extrême prudence. Combien de prisonniers demandaient la permission de s'évader ?

Doriane laissa errer son regard dans la chambre déserte.

Leander était déjà parti. Sans réfléchir davantage, elle roula une couverture en lui donnant une vague forme humaine et la recouvrit d'un drap sale. Elle enjamba ensuite la fenêtre ouverte et se retrouva dans la nuit.

Doriane commença aussitôt à explorer les broussailles environnantes. Malheureusement, il n'y avait aucune trace de Leander et la lumière ambrée de la lune ne lui permettait pas de déceler des indices de son passage.

Elle s'engagea au hasard dans un sentier étroit bordé de ronces et de ciguës. Un bruit étouffé dans le sous-bois la fit sursauter. Un homme sortit de derrière un buisson et s'avança vers elle.

— Où diable allez-vous ? s'emporta Leander. Que faites-vous au milieu de la nature au lieu de surveiller cette femme ?

Doriane lui adressa un sourire forcé.

— Je voulais savoir où vous alliez.

— Pas à un rendez-vous galant ! Maintenant, faites demi-tour. Je dois terminer un travail que j'ai laissé inachevé et il est hors de question que je vous emmène avec moi.

— Très bien ! dit Doriane. Puisque vous refusez catégoriquement de me tenir au courant de vos déplacements nocturnes, je me vois obligée de conclure que vous êtes de mèche avec la Française et sa bande.

Elle rebroussa chemin, le menton haut, et reprit la direction de la cabane.

En deux enjambées, Leander la rattrapa.

— Vous avez gagné ! souffla-t-il. Je vais tout vous dire. Je compte aller à Empress Mine qui se trouve à moins de deux kilomètres d'ici, voler un bâton de dynamite dans la remise et faire sauter l'entrée du canyon. Les bandits seront pris au piège comme des rats et le shérif n'aura plus qu'à leur passer les menottes.

— Je peux vous aider, Leander. Je sais grimper partout et, en cas de bagarre, j'enfilerai vos aiguilles.

Elle noua ses bras autour de son cou et couvrit son visage de baisers.

— Oh, chéri ! s'il vous plaît !

Leander sut qu'il était un homme battu.

— Très bien, venez ! grommela-t-il. Dieu sait pourquoi je n'ai pas voulu épouser Aryane. C'est une vraie dame, douce et obéissante.

Doriane se mordit la langue. Ce cher Leander serait tombé des nues s'il avait su que la dame en question s'introduisait une fois par semaine dans les mines, déguisée en vieille marchande de quatre-saisons.

23

Leander dégringolait la pente si vite que Doriane regretta presque de l'avoir suivi. Elle força l'allure, indifférente aux épines qui s'accrochaient à sa jupe. Par deux fois, elle manqua de perdre l'équilibre mais elle parvint à se rattraper aux branches basses des arbres.

Au bout d'un moment qui parut à la jeune femme interminable, ils débouchèrent dans une plaine entourée de montagnes dont les masses se découpaient en noir sur le ciel étoilé. De leur place, ils pouvaient apercevoir les lumières clignotantes du camp.

— Je suppose qu'il est inutile de vous prier de m'attendre ici, murmura Leander.

— Totalement !

— Alors restez toujours à mon côté. Si, à un moment donné, je vous dis de courir, ne discutez pas.

Doriane acquiesça.

Empress Mine ressemblait à une petite ville. La plupart des maisons étaient plongées dans l'obscurité. Quelques enseignes lumineuses éclairaient faiblement le centre de l'agglomération. Leander et Doriane longèrent la façade lézardée d'un bâtiment sombre.

— Leander, où allons-nous ?

— Au magasin de la mine. J'ai besoin d'une pince.

Ils étaient arrivés au cœur de la ville. Un immeuble peint en jaune s'élevait entre les quartiers des miliciens et la ligne de chemin de fer. Un groupe de mineurs éméchés s'engagea dans la rue. Leander attira Doriane sous un porche.

— Nous y sommes ! chuchota-t-il. Je vais briser la vitre de cette porte. Pouvez-vous couvrir le bruit en riant, par exemple ? Faites-moi un rire de p..., de belle de nuit et personne ne s'inquiétera. C'est chose courante dans cette partie de la cité.

— Et comment rit une belle de nuit à cette heure-ci ?

Il sourit.

— D'une façon suggestive. Tenez ! Imaginez que, dans trente secondes, vous allez goûter avec moi à toutes les joies de la luxure.

Elle lui rendit son sourire.

— Rien de plus facile ! répondit-elle en toute sincérité.

Leander enveloppa son poing dans un mouchoir.

— Allez-y ! souffla-t-il.

Doriane rejeta la tête en arrière et émit un rire de gorge qui alla en crescendo, retomba en riches cascades et s'éteignit dans une sorte de roucoulement dramatique. Leander la regarda, admiratif.

— On dirait que vous avez fait ça toute votre vie.

— Si vous êtes sage, je vous le referai.

— J'y compte bien.

Il passa la main à travers la vitre brisée et déverrouilla la porte. Ensuite, il disparut à l'intérieur. Le cœur battant, Doriane entra à son tour mais resta près de la sortie. A la lueur des signaux lumineux indiquant les rayons, elle aperçut à sa gauche une étagère encombrée de conserves. A sa droite, un rouleau de papier d'emballage voisinait, sur une table, avec une boîte de crayons. Sans réfléchir davantage, elle s'empara d'un crayon.

— Honnêtement, Doriane ! Pensez-vous que c'est le moment de faire du dessin ? souffla la voix de Leander dans son dos.

— Je signe l'attentat, mon cher, afin d'éviter l'arrestation d'un innocent.

— C'est une idée, approuva-t-il. Alors, vous venez ?

Le hangar bourré d'explosifs se dressait derrière les rails. Main dans la main, Leander et Doriane tournèrent dans une allée déserte. Le vent soulevait des nuages de poussière de charbon.

— Attendez-moi là.

Leander coupa avec la pince la chaîne d'une porte latérale et fit sauter le cadenas. Il entassa dans sa chemise plusieurs bâtons de dynamite et ressortit en refermant doucement le battant. Une vague lueur grisâtre teintait l'horizon.

— Dépêchons-nous, murmura-t-il. Aurez-vous le courage d'escalader la montagne ?

— Ne vous en faites pas pour moi. Si je n'étais pas médecin, je serais alpiniste. La varappe, c'est mon violon d'Ingres.

Une demi-heure plus tard, ils s'arrêtaient, haletants, derrière la cabane. Leander expliqua rapidement la deuxième partie de son plan.

— Je laisserai mon cheval sellé devant la porte. Allez donc voir comment se porte notre prisonnière. Vous pourriez manger quelque chose et oublier un couteau à portée de sa main. Je l'attendrai à l'entrée du canyon.

— Nous l'attendrons, corrigea-t-elle.

— Comme vous voulez, marmonna-t-il sachant qu'il était inutile d'argumenter quand Doriane avait pris une décision.

Pendant qu'il attachait les courroies de la selle sur les flancs de son étalon, Doriane enjamba le parapet de la fenêtre, traversa la petite chambre obscure et déboucha dans la pièce principale. Françoise avait réussi à glisser le long du pilier et à s'asseoir par terre. Les marques écarlates sur ses poignets témoignaient de ses efforts acharnés pour se libérer de ses liens. Le cœur de Doriane se serra. En dépit de son hostilité à l'égard de la Française, elle ne pouvait s'empêcher de la plaindre.

A l'approche de Doriane, Françoise ouvrit les yeux.

— Depuis que vous m'avez affamée, je ne cesse de manger, dit Doriane en saisissant un couteau aiguisé sur la table et en coupant deux tranches de pain et un morceau de fromage.

Françoise se contenta d'émettre un ricanement. Doriane s'étira en bâillant ostensiblement.

— Je pense que le shérif ne devrait plus tarder, remarqua-t-elle.

— Il devrait être là depuis longtemps, ma belle. A mon avis, ton gros copain a dû rencontrer mes hommes. Si tel est le cas, à cette heure-ci, il est mort et enterré.

— Ce serait dommage pour vous, répondit Doriane d'un ton nonchalant. Car le gros, comme vous dites, c'est Kane Taggert. Vous savez bien : celui qui a de l'argent.

La mine de l'autre s'allongea. Ravie de son effet, Doriane déposa le couteau sur le coin de la table et bâilla une nouvelle fois.

— Bonne nuit, dit-elle à Françoise. A demain.

Elle quitta la pièce en riant. Sitôt dans la chambre, elle se colla contre le battant et observa l'autre femme par l'interstice de deux planches. Le clair de lune dessinait un rectangle blanc sur le plancher autour du pilier. Françoise ne bougeait pas et semblait guetter le moindre bruit suspect. Au bout d'un moment, elle commença à se redresser, toujours aux aguets. Derrière les planches de bois, Doriane retenait son souffle. Soudain, la prisonnière allongea une main et saisit le couteau. Il ne lui fallut pas plus de trente secondes pour trancher ses cordes et se ruer hors de la cabane.

— Bon, allons-y ! murmura Leander. Nous allons prendre un raccourci. Il est vital que nous arrivions avant elle au canyon.

Doriane soupira.

— Après cette aventure, je resterai au lit pendant une semaine.

— Mais pas seule, chérie !

— Cela promet d'être reposant, marmonna-t-elle en le suivant.

Leander la conduisit vers le bord du plateau. La paroi escarpée tombait à pic et se perdait dans la forêt. « De jour, aucune femme, si courageuse fût-elle, n'accepterait de descendre de ce côté », pensait-il. Par bonheur, le clair de lune créait l'illusion d'un paysage vallonné. Il déroula une corde qu'il attacha solidement au tronc d'un arbre.

— Après vous, madame.

Il s'empara de la corde pendant qu'elle descendait, après quoi il dévala la pente à son tour. Vingt minutes plus tard, ils arrivèrent sur une plate-forme qui dominait le canyon.

Dissimulés derrière les buissons, ils observèrent la gorge étroite. Les rayons argentés de la lune vernissaient les feuillages. Une petite lumière orangée tremblotait à la fenêtre du cabanon.

— Ils sont toujours là ! remarqua Leander à voix basse. Ils sont incapables de la moindre initiative sans elle.

— Je suis inquiète pour Taggert. Cela fait un moment qu'il est parti.

— Kane n'est pas du genre à s'égarer. J'espère seulement qu'il n'a pas fait de mauvaises rencontres.

Tout en parlant, il avait commencé à disposer la dynamite de part et d'autre de l'ouverture du canyon.

— Quand tout sera terminé, j'irai à Chandler chercher du secours.

Les premières lueurs de l'aube commençaient à blanchir l'horizon.

— Chut ! Leander, entendez-vous ?

Un bruit sourd martelait la rocaille.

— Oui, c'est elle. Tenez-vous prête, Doriane. A mon signal, vous allez courir de toutes vos forces jusqu'à ces rochers, là-bas.

Une minuscule flamme jaune troua l'obscurité. Le bruit de sabots se rapprochait. Enfin, la silhouette de la Française, à califourchon sur l'étalon, se profila au loin. La cavalière s'engagea dans le passage qui menait au canyon.

— Maintenant ! hurla soudain Leander.

Doriane sortit de sa cachette et courut à toutes jambes. Elle roula derrière l'abri des rochers, les mains sur sa tête, et c'est alors que l'enfer se déchaîna sur le ravin.

— Tout va bien, docteur ?

Le shérif était arrivé avec six policiers juste au moment de l'explosion. C'était un petit homme trapu aux cheveux poivre et sel et aux yeux de souris.

— Taggert m'a dit que vous étiez en danger, reprit-il. C'est votre œuvre, ça ?

Il indiquait d'un doigt accusateur les éboulis qui obstruaient l'entrée du canyon. En bas, les bandits s'agitaient en tous sens cherchant en vain une issue. Certains s'efforçaient d'escalader la paroi rocheuse sans résultat.

— Oui, dit Leander. J'ai fait cela. Et madame m'a aidé.

— Ils sont faits comme des rats, chef ! s'exclama un des policiers.

— Ne laissez personne s'échapper, intima le shérif.

Son regard revint vers Leander.

— Vous auriez dû m'attendre ! reprocha-t-il. Combien de fois devrai-je vous le dire, Westfield ? Laissez la justice à ceux qui l'exercent.

— De quoi parle-t-il ? demanda Doriane.

Leander ignora sa question.

— Vous en avez mis du temps pour venir, shérif. Nous craignions pour la vie de Taggert.

— En effet, il a été blessé. Une balle lui a éraflé le cuir chevelu. La blessure est superficielle mais elle l'a retardé. J'ai appris que vous aviez capturé le chef de la bande. Une femme, hein ? Où est-elle ?

— En bas, avec les brigands, répondit Leander.

— Pas pour longtemps, grommela un policier. Je la vois grimper sur la falaise.

Ce disant, il dégaina et visa la silhouette féminine, minuscule dans le lointain.

— Non ! cria Doriane en repoussant la main du policier.

Le coup partit. La balle alla se loger dans une crevasse à quelques centimètres de la tête de la fugitive.

— Restez ici, ordonna le shérif à ses hommes. Je retourne à Chandler chercher des renforts.

Il fit signe à Leander et à Doriane.

— Pour vous, l'opération est terminée. Qu'allez-vous faire maintenant ?

Leander sourit à Doriane.

— Commencer notre lune de miel.

Le shérif hocha la tête.

— Ça ira pour cette fois-ci, Westfield. Mais je vous préviens : la prochaine fois que vous vous mêlerez de ce qui se passe dans les mines, je vous coffre !

Doriane dédia au shérif son sourire le plus suave.

— Au fait, monsieur, ayez l'obligeance d'envoyer un de vos hommes à Empress Mine. Nous avons laissé nos signatures sur le papier d'emballage du magasin principal.

Le shérif s'épongea le front. Doriane se tourna vers Leander :

— Chéri, vous me devez une explication. Depuis quand exercez-vous la justice ?

24

Ils atteignirent leur destination à la fin de la journée. Leander aida Doriane à descendre de cheval. La jeune femme posa un regard ensommeillé sur la petite maison de brique coiffée d'un toit d'ardoise et flanquée d'arbres bruissants.

— Où sommes-nous ?

— Au chalet de mon père. C'est son relais de chasse. Nous pourrions rester ici quelques jours.

Doriane acquiesça. Ses paupières lourdes se fermaient. Leander la souleva de terre comme une plume. La tête de la jeune femme roula sur son épaule large et accueillante. Avec un soupir, les yeux fermés, elle passa ses bras autour de la nuque de son mari. Lorsqu'il la déposa sur le lit, elle dormait à poings fermés.

Un bruit incongru la réveilla. Elle leva les paupières et aperçut une fenêtre baignée de soleil. Le bruit se répétait à une cadence régulière : une sorte de chuintement suivi d'un clapotis. Il venait de l'extérieur. Doriane décida d'en avoir le cœur net. Elle rejeta les couvertures, se rendit compte qu'elle était nue et une violente rougeur embrasa ses joues. Elle saisit une chemise d'homme suspendue sur le montant du lit, la passa rapidement, et se dirigea vers la baie.

Un paysage vert pomme ondoyait à perte de vue sous le ciel d'un bleu translucide. Dans le champ, un troupeau de vaches broutait l'herbe grasse piquetée de marguerites et de boutons d'or. Et, tout près, une vache et son veau ravageaient un églantier fleuri. C'était là le bruit qui avait tiré Doriane de son sommeil.

La porte roula doucement sur ses gonds. Leander apparut dans l'encadrement en portant sur un plateau un copieux petit déjeuner.

— Madame est servie ! annonça-t-il joyeusement. Je...

Il s'interrompit, l'œil allumé, fixé sur les jambes fuselées de Doriane que les pans flottants de la chemise laissaient presque entièrement nues. Elle sauta dans le lit et rabattit les couvertures sur son corps.

— Je meurs de faim !

Leander déposa le plateau sur les genoux de Doriane.

— Café, œufs au bacon, gaufres, sirop d'érable, fraises des bois, récita-t-il avec le sérieux d'un parfait maître d'hôtel.

Elle avala une gorgée de café fumant.

— Combien d'heures ai-je dormi ?

— Quatorze, mon trésor. Comme la Belle au bois dormant !

Elle avala une bouchée de gaufre fondante.

— Venez-vous souvent au chalet, prince Charmant ? demanda-t-elle la bouche pleine.

Il lui sourit et commença à déboutonner sa chemise.

— La dernière fois que je suis monté ici, j'avais douze ans.

Lorsqu'il fut torse nu, Doriane se mit à manger plus vite. Du coin de l'œil, elle admirait la large poitrine velue aux muscles apparents sous la peau fine et hâlée.

— Vous n'aimez pas chasser ?

— Tout dépend du gibier, répondit-il en retirant son pantalon.

Nu dans la lumière oblique qui filtrait par la fenêtre, il s'avança vers le lit. Son désir pour Doriane était manifeste. Il posa une main brûlante sur sa joue satinée, prit le plateau et le déposa sur le tapis.

— Maintenant, tu n'es plus Aryane, murmura-t-il.

Très doucement, il se pencha pour l'embrasser. Sa main fit glisser la chemise, dévoilant une gorge parfaite. Lentement, sa langue suivit les lignes pures du cou, l'arrondi des épaules, le galbe des seins.

Il lui reprit les lèvres dans un mouvement impérieux. Pour mieux répondre à son baiser, elle se laissa glisser dans le lit. Il écarta les couvertures, s'allongea sur elle et la couvrit de baisers en poussant de petits grognements de satisfaction.

Doriane se cambra. Un torrent de feu coulait dans ses veines. Ses ongles s'enfoncèrent dans le dos de Leander. A présent, c'était elle qui quémandait ses caresses. Ils se dévoraient de baisers en cherchant à éteindre le brasier qui les consumait.

Leander ne pouvait plus se contenir. Il saisit sa compagne par les hanches, ses mains pressant le creux de ses reins pour mieux la souder à lui. Il la pénétra lentement savourant pleinement le fourreau soyeux dans lequel il se noyait.

Doriane rejeta la tête en arrière avec un râle de plaisir. Ses jambes emprisonnèrent la taille de l'homme. Il déployait des efforts surhumains pour se contenir, mais, impatiente, elle commença à onduler sous lui. Affolé, il accentua ses mouvements sans jamais quitter les lèvres douces qui frémissaient sous les siennes.

Une ineffable volupté submergea Doriane dont l'ardeur redoubla. Secouée par un spasme, elle s'accrocha à Leander et lui laboura le dos de ses ongles avec un long gémissement. Alors, il s'enfonça plus profondément en elle en jetant un cri.

Ereintés, ils restèrent un long moment enlacés, sans un mot. Leander avait enfoui son visage au creux de l'épaule de Doriane dont les doigts caressaient tendrement les boucles de ses cheveux.

Soudain, il se hissa sur le coude.

— Veux-tu prendre un bain, chérie ? J'ai mis de l'eau à bouillir sur le poêle.

Elle le fixa, rêveuse. Etait-ce un effet du contre-jour, ou contemplait-elle vraiment le plus bel homme de la planète ?

— Doriane ! Cesse de me regarder comme ça, sinon tu ne prendras pas de bain avant mardi prochain !

Il se leva, l'enroula dans une couverture et la transporta dans ses bras au rez-de-chaussée. Un énorme poêle, entre deux fenêtres, occupait le mur central. Le coin-cuisine lui faisait face. Leander avait placé devant le feu une petite baignoire de cuivre. Il y versa l'eau chaude, ôta la couverture et reprit Doriane dans ses bras.

— Et dire que nous avons été voisins toute notre enfance ! murmura-t-elle alors qu'il la déposait dans l'eau.

Leander avait remis son pantalon mais restait torse nu. Il s'agenouilla à côté de la baignoire.

— Voisins mais ennemis, dit-il avec un sourire. Tu as toujours fait preuve d'une hostilité sans nom à mon égard.

— Qui, moi ?

— Toi, ma belle. Tu ne ratais jamais l'occasion de me jeter une boule de neige à la figure.

Elle fit la moue.

— Menteur ! Il ne neige jamais à Chandler.

Il prit un air offusqué.

— Et mon costume du dimanche que tu avais éclaboussé de boue ! Et le bobard que tu as monté en racontant à cette pimbêche d'Alice Pendergast que j'étais amoureux d'elle ?

— Aryane s'était éloignée de moi à cause de toi, murmura-t-elle. Nous étions jumelles et nous nous adorions. Puis tu es venu et tout a changé. Elle préférait ta compagnie à la mienne... Je te haïssais, enchaîna-t-elle en s'adossant à la paroi de la baignoire. Il suffisait que tu entres dans une pièce pour qu'aussitôt j'aie envie d'en sortir.

Leander ne disait rien. Il semblait suspendu aux lèvres de Doriane.

— Au fond, reprit-elle, peut-être que...

— Peut-être ?

Elle sourit.

— Peut-être que je voulais être ton amie.

— Mais tu ne pouvais pas, puisque Aryane m'avait déjà mis le grappin dessus.

Elle tressaillit en sentant ses mains savonneuses sur ses épaules.

— Quel grappin ? Tu as demandé la main d'Aryane et elle te l'a accordée. Personne ne t'a forcé à le faire.

Il lui prit le bras et se mit à le frictionner:

— Non, mais, quand j'y repense, je me dis que je n'ai pas échappé à la règle. Je ne connais pas un seul homme de ma génération dans Chandler qui n'ait pas demandé la main d'Aryane.

— Eh bien, ce n'est pas mon cas ! Seul Alan Hunter s'est porté acquéreur et, comme tu as pu le constater, il a pris la poudre d'escampette. Tous les autres étaient...

— ... aveugles, sourds et idiots.

— Oh, non ! fit-elle, fondant soudain en larmes. Mais je suis tellement différente ! Toute ma vie, j'ai essayé de ressembler aux autres femmes. Je n'ai pas su. J'aurais voulu être aussi douce, aussi charmante qu'Aryane... Je m'étais mis en tête de devenir médecin et, par malchance, je me suis distinguée à l'université. Mes notes étaient supérieures à celles de mes camarades. Les hommes ont alors commencé à me lorgner d'un œil mauvais. J'ai...

— En effet, tu pourrais perfectionner tes points de suture.

— ... compris que j'avais intérêt à jouer sur un tableau diff... Qu'est-ce que tu as dit ?

— Quand tu es pressée, tu fais des points de suture trop grands. Il faudra y remédier.

Elle le regarda, les yeux ronds.

— Tu veux vraiment m'apprendre à les faire comme il faut ? s'écria-t-elle.

Il lui passa le gant de crin dans le dos.

— Je t'apprendrai tout, mon amour. Tous ces types ne te méritaient pas.

— Qu'en sais-tu ?

— Aucun homme ne peut avoir peur d'une femme s'il est sûr de lui.

Doriane renifla.

— En tout cas, je ne me pardonnerai jamais d'avoir volé le fiancé de ma sœur.

— Doriane, c'est une obsession.

— Je me demande si, inconsciemment, je n'ai pas cherché à lui jouer un mauvais tour.

— C'est possible. Si j'avais eu un frère qui séduisait toutes les femmes, j'aurais été jaloux.

— Je ne suis pas jalouse d'Aryane ! Oh, et puis zut ! Oui, je le suis ! Aryane a toutes les qualités. Elle est tout ce que je ne suis pas. Coquette, féminine... Et elle a une classe folle. Tu sais, je ne voulais pas être médecin. C'était une nécessité. Il fallait bien que je me défende.

— Chérie, tu exagères.

— Pas du tout. Depuis toujours, tout le monde adore Aryane. Il suffit qu'elle apparaisse pour qu'on soit immédiatement sous son charme. On lui passe tous ses caprices. C'est la femme la plus adulée de la côte Ouest. Si Aryane avait commandé les rebelles pendant la guerre de Sécession, le Sud aurait gagné. En dépit de son aspect fragile, elle est la plus forte.

— Sur ce point, nous sommes d'accord. Elle a très bien su te manipuler pour te pousser à tomber dans mes bras.

— Non ! C'est entièrement ma faute si...

— Cesse de te culpabiliser, chérie. Ce n'était certes pas un acte conscient de la part d'Aryane, mais je suis sûr qu'au fond elle n'avait plus aucune envie de m'épouser.

— Mais depuis l'enfance...

— C'était une erreur. Doriane, le soir où nous sommes allés chez le gouverneur, j'étais décidé à rompre mes fiançailles.

— Comment ?

— J'ignore pourquoi Aryane avait décidé que j'étais le mari idéal. Elle n'avait que six ans à l'époque. Au fil des ans, elle a dû s'accrocher à cette idée.

— Mais toi...

— Moi, j'en avais par-dessus la tête de ses dérobades. Mes caresses la laissaient de marbre. Elle ne s'intéressait pas à mon travail. Une partie de son esprit a dû réaliser que toi et moi nous étions faits l'un pour l'autre et ce fut pourquoi elle t'a demandé de la remplacer.

— Pas du tout. Elle mourait d'envie de visiter le manoir de Taggert.

— Je n'en crois pas un mot. La vérité est tout autre. La jolie princesse de glace a commencé à fondre dès que son regard s'est posé sur Kane Taggert.

— J'ai peine à le croire.

— Pourquoi ? Kane a du tempérament. Je parie que son ardeur a accéléré la fonte des neiges.

— Qui est jaloux, maintenant ? se moqua-t-elle.

Il la tira hors de l'eau et l'embrassa passionnément.

— Le destin a tout décidé, ma chérie. Kane a su révéler Aryane à elle-même. Quant à moi, pour rien au monde je ne renoncerai à ma princesse de feu.

Il la souleva et l'emporta dans leur chambre. Il la jeta sur le lit et caressa lentement son corps nu. Il la prit, gémissante, et Doriane connut une fois de plus l'extase. S'étreignant farouchement, ils expirèrent de plaisir. La tête appuyée sur la poitrine couverte de poils soyeux, elle entendit les battements désordonnés d'un cœur.

— Pourquoi m'as-tu épousée ? chuchota-t-elle. Pour mon corps ?

Il la considéra d'un air sérieux.

— Pour cela et pour tes points de suture.

— Sale bête ! explosa-t-elle en lui bourrant les côtes de coups de poing.

Leander se redressa et l'entraîna vers la penderie.

— Trêve de plaisanterie ! Tu trouveras là-dedans une

vieille chemise et un pantalon de rechange. Je t'attends en bas.

— Je préfère me recoucher. Je me sens un peu faible.

— Une bonne épouse doit obéir à son mari. Une promenade nous fera le plus grand bien.

Elle le toisa, les mains sur ses hanches nues. Elle était ravissante, avec sa lourde chevelure aux reflets fauves qui tombait sur ses épaules rondes et sur sa poitrine nacrée.

— Et si je refuse ?

— Tu seras punie.

Elle prit un air épouvanté.

— Et quelle sera ma punition ?

— L'abstinence !

— Alors, je serai prête dans cinq minutes ! déclara-t-elle.

25

Doriane flottait dans les vêtements de Leander, trop amples pour elle. Une corde en guise de ceinture empêchait le pantalon de dégringoler sur ses chevilles. Quant à la chemise, elle lui arrivait à mi-cuisses.

Ils traversèrent le pré d'un pas alerte et s'engagèrent sur un chemin sinueux. Ils continuèrent à marcher en bavardant jusqu'au sommet d'une colline qui dominait la vallée. Une couronne de montagnes bleues fermait l'horizon. Doriane s'assit sur un rocher et contempla longuement le panorama.

Soudain, elle se tourna vers Leander, assis à son côté :

— Que voulait dire le shérif ?

— Quand ça ?

— Tu sais très bien : il paraît qu'il t'a déjà prévenu de te tenir tranquille.

— Je ne m'en souviens pas.

— Leander !

— Très bien. Les femmes ont le don de gâcher les moments les plus romantiques. Que disions-nous ?

— Le shérif...

— Ah, oui ! J'ai été mêlé à une affaire plus ou moins louche, dans ma jeunesse.

Doriane eut un haut-le-corps.

— Toi ? Dans une affaire louche ? Mais tu as toujours été un parangon de vertu que chaque mère, dans ses rêves les plus secrets, souhaitait pour sa fille.

Il la prit dans ses bras.

— Personne n'est parfait. Pas même moi.

— Allons, Leander. Tout Chandler serait au courant de ta mésaventure. Tous les journaux t'auraient consacré la première page. Avec des manchettes titrant en lettres flamboyantes : « Saint Westfield perd son auréole dans un tripot », ou quelque chose comme cela.

Il sourit.

— Papa a réussi à étouffer l'affaire. Ça s'est passé à Colorado Springs. On m'a tiré dessus. Deux fois.

Doriane se raidit.

— Quoi ? Que s'est-il passé ?

— Je n'avais que quatorze ans. J'étais avec mon père. Il avait rendez-vous avec quelqu'un qui allait témoigner au procès d'un de ses clients. En face de l'hôtel de cet homme, il y avait une banque. Nous avions quitté l'hôtel après dîner, quand une femme se mit à hurler. Elle disait que des bandits venaïent de piller les coffres de la banque. En effet, une demi-douzaine de cavaliers masqués avaient envahi la rue.

— Et alors ?

— Je ne sais ce qui m'a pris, mais j'ai sauté sur le chariot de papa et j'ai lancé les chevaux en travers du passage. Les bandits m'ont décoché deux balles dans la peau mais j'ai tenu la bride jusqu'à ce que le shérif et ses hommes viennent les cueillir.

— Ainsi, grâce à toi, les brigands se sont fait prendre.

— Et envoyer en prison pendant des années. Ils sont presque tous dehors, maintenant. Tu as même rencontré l'un d'eux. Un type nommé Le Gault.

— Où ça ?

— Te souviens-tu de la petite suicidée de River Street ? L'homme qui nous y a emmenés fait partie de ses vieilles connaissances.

Doriane frissonna.

— Mon Dieu ! mais il doit te haïr !

— Probablement.

Un silence s'ensuivit pendant lequel Doriane se pressa contre son mari.

— Où es-tu allé le soir de notre mariage ? demanda-t-elle.

Il la serra dans ses bras et se laissa tomber sur le gazon épais en l'entraînant dans sa chute.

— Leander ! Dis-le-moi, supplia-t-elle.

Il lui coupa la parole d'un baiser.

— Lâche-moi ! Je veux connaître la vérité.

— D'accord, sourit-il. A condition que tu me dises, toi aussi, un de tes secrets.

— Je n'en ai pas, moi !

— Oh, si ! Réfléchis. Qui a mis la couleuvre dans mon panier de pique-nique et les vers de terre dans ma boîte de crayons ?

Elle fit mine de réfléchir.

— Bien qu'il s'agisse d'une très vieille affaire, je suppose que ce doit être la même personne qui a cousu les poignets de ton veston et qui a saupoudré de poivre ta part de gâteau à...

— ... la garden-party de ma mère. Comment t'y es-tu prise ?

— J'ai soudoyé Jimmy Summers pour créer une diversion. Il a lâché son chien dans la serre de ta mère.

— Bon fils, je me suis lancé à la poursuite du monstre dévastateur...

— En me donnant l'occasion de commettre mon méfait. De ma vie je n'ai autant ri, enchaîna-t-elle. Orgueilleux comme tu es, tu as préféré le manger jusqu'à la dernière miette plutôt que de devenir la risée des invités.

— Petite cachottière ! murmura-t-il en l'embrassant. Et dire que personne ne t'a jamais prise en flagrant délit.

— Si ! ton père m'a surprise en train d'introduire une bouse de vache dans ton chapeau de paille neuf !

— Tiens, tiens ! Et qu'a-t-il dit ?

— Oh ! il ne m'a pas grondée ! Il a seulement grommelé que je ne deviendrais jamais une vraie dame.

— Et c'est vrai ! Tu ne seras jamais une dame, ma chère. Tu es une créature diabolique, une femme en chair et en os... plutôt en chair, je dirais.

— Leander...

— Oui, mais quelle chair !

Il laissa errer ses lèvres sur la peau délicate de son cou tandis que ses mains jouaient avec les boutons de sa chemise trop grande et se glissaient dans l'échancrure. Il en écarta les pans et contempla les seins ronds et fermes, puis il la déshabilla tout en se débarrassant de ses propres vêtements.

Renversée sur l'herbe, immobilisée, Doriane regardait le beau visage de Leander qui s'approchait du sien. Il se pencha et lui prit les lèvres la faisant basculer dans un univers feutré rempli de sensations délicieuses.

Leander lui fit l'amour si longtemps que Doriane finit par oublier toutes les questions qu'elle voulait lui poser.

Ils restèrent couchés côte à côte, les yeux fermés, à écouter le gazouillis des oiseaux.

— Quand nous retournerons à la maison, fit-il doucement, il faudra que tu engages une gouvernante qui s'occupera de mes chaussettes et de mes chemises.

— Quoi ? Que dis-tu ? demanda-t-elle en ouvrant un œil inquiet.

— J'aime bien aussi les chaussures et les bottes bien cirées, ajouta-t-il. Il nous faudra aussi des domestiques, une cuisinière et un jardinier.

Doriane s'écarta de lui.

— Ecoute, Leander. Je ne connais rien au métier d'épouse au foyer. Je n'ai jamais su tenir une maison.

— On ne t'a jamais rien appris ?

— Maman a essayé mais je pensais à autre chose. Tante Flo a pris le relais, mais oncle Henry m'entraînait en salle d'opération. L'année dernière, j'ai envisagé de suivre un stage d'enseignement ménager mais je n'ai pas eu le temps.

— Tu apprendras.

— Leander, tu as eu tort d'épouser une femme comme moi. Tu aurais mieux fait de te marier avec Aryane. C'est une vraie maîtresse de maison. Les domestiques lui obéissent au doigt et à l'œil et elle est capable de recevoir la reine d'Angleterre sans une fausse note.

— Oh oui ! Aryane est parfaite !

Agacée, elle remit son pantalon et commença à boutonner nerveusement sa chemise.

— Eh bien, il est peut-être encore temps de la reconquérir. Si tu crois que je vais consacrer ma vie à tes sous-vêtements, tu te trompes.

— Même pas à une paire de chaussettes ? implora-t-il.

Réalisant qu'il se moquait d'elle, Doriane sourit.

— Tu n'es qu'un gamin, dit-elle, attendrie. Partons d'ici.

— Cela te dirait de pique-niquer au bord de la rivière ?

— Oui, à condition de parler du dispensaire pour femmes. Je pense écrire à une de mes consœurs, le Dr Louise Blecker qui pourrait nous aider.

— Et moi je pense qu'il serait plus astucieux d'engager Mme Krebbs.

Doriane cessa de boutonner sa chemise. Avec une grimace, elle évoqua l'image de l'infirmière en chef.

— Jamais je ne travaillerai avec cette harpie, déclara-t-elle d'une voix ferme. Il y a huit jours, j'ai dû examiner un gosse qui avait un os de poulet en travers de la gorge. Votre Mme Krebbs n'a pas trouvé mieux que de conseiller aux parents d'attendre le *vrai* docteur.

Leander ouvrit de grands yeux.

— Et elle est encore vivante ?

— Oui, mais pas pour longtemps.

26

Leander et Doriane regagnèrent le chalet par le chemin sinueux bordé de hautes herbes. Ils se tenaient par la main et, de temps à autre, ils échangeaient un tendre baiser.

A cent mètres de la maison, le couple se figea. Sous le porche, un homme faisait les cent pas : Reed Westfield en costume sombre.

Les yeux de Leander s'obscurcirent.

— Je crois qu'il faut que je m'en aille, dit-il doucement. Mon père ne serait jamais venu nous déranger ici s'il n'y avait pas une urgence.

— Comment cela ? Je ne... s'interrompit-elle un instant, impressionnée par la dureté de son regard. Oh ! et puis tant pis ! reprit-elle. Cette histoire m'agace et je tiens à le dire. De quoi s'agit-il, Leander ? Quelles sont ces urgences uniquement réservées aux hommes ? Pourquoi m'excluez-vous, ton père et toi ? Ne suis-je pas digne de votre confiance ?

Il la prit aux épaules.

— Chérie, je t'en supplie. Ne rends pas les choses encore plus difficiles. C'est pour te protéger que je ne t'ai rien dit.

— Je comprends, dit-elle froidement. Pour mon bien, tu me maintiens dans l'ignorance. C'est inadmissible.

Les doigts de Leander se crispèrent sur ses épaules.

— Tu ne comprends rien ! Qui ne fait pas confiance à l'autre ?

Elle se dégagea de son étreinte par un mouvement brusque.

— Mais non. J'ai tout compris, au contraire. Tu es aussi misogyne que Gates. Un petit-bourgeois bourré de préjugés et d'idées toutes faites. On ne met pas une femme dans la confidence. Elle doit rester sagement au foyer à surveiller les domestiques. Je me demande si tu me laisseras exercer la médecine.

La mâchoire de Leander se contracta. Il était furieux.

— Comme tu veux, assena-t-il. Puisque tu as l'air de considérer que je suis un monstre, je vais me comporter comme tel. Mon père est venu pour une affaire importante dont je ne peux pas te parler. Tu vas retourner à Chandler avec lui et je te rejoindrai le plus tôt possible.

Doriane accéléra le pas sans un mot de plus. Après avoir salué froidement Reed, elle entra dans le chalet. Elle était persuadée que le père de Leander ne l'aimait pas et qu'il aurait préféré que son fils épousât Aryane.

La jeune femme claqua la porte de la chambre et entreprit de troquer ses vêtements masculins contre une tenue plus appropriée. Des éclats de voix lui parvenaient par la fenêtre ouverte. Elle se plaqua contre le mur, l'oreille aux aguets.

— Danger... Pinkerton... disait Reed d'un ton désapprobateur.

Doriane l'imaginait pointant un doigt vers Leander.

— Pinkerton ! murmura-t-elle. C'est à ne plus rien comprendre. Qu'y a-t-il de commun entre mon mari et l'agence de détectives Pinkerton ?

Troublée, elle s'assit sur le bord du lit. Le mystère s'épaississait d'heure en heure. Leander travaillait-il pour Pinkerton ? Le ton de Reed démentait cette hypothèse.

Doriane porta les mains à son visage. Son mari était mêlé à une affaire louche, elle le sentait. « Mon Dieu ! mon Dieu ! » pensa-t-elle.

Peu après, elle sortit, l'air soucieux. Elle croisa Leander sur le perron.

— Je dois partir, déclara-t-il calmement.

— Je sais, répondit-elle.

Il la regarda.

— Tu n'es plus fâchée contre moi ?

— Je ne crois pas.

Leander se pencha et l'embrassa passionnément.

— Je reviendrai le plus vite possible. Papa te ramène à la maison.

Il pivota sur ses talons, enfourcha son cheval et, quelques instants plus tard, il était hors de vue.

En refoulant ses larmes, Doriane monta le cheval que Reed avait apporté pour elle. Le jour déclinait imperceptiblement. Pendant tout le trajet, Doriane lutta contre le pressentiment affreux d'une catastrophe.

A quelques kilomètres de Chandler, elle tira sur la bride.

— Monsieur Westfield, dit-elle d'une voix lasse, vous ne m'avez jamais acceptée, n'est-ce pas ?

Reed parut s'étonner.

— Qu'est-ce qui vous fait dire cela ?

— Vous souvenez-vous du jour où vous m'avez dit que je ne serais jamais une vraie dame ?

— Parfaitement. Vous aviez dû jouer une vilaine farce à mon fils... Ah ! sourit-il, la bouse de vache dans son chapeau de paille tout neuf ! En rentrant à la maison, je l'ai raconté à ma femme.

Doriane regarda intensément son interlocuteur.

— Je suppose qu'elle a été outrée.

— Vous supposez trop de choses, mon petit. Helen vous aimait beaucoup. Elle a dit : « Doriane Chandler ? Cela ne me surprend pas. Cette enfant porte un grand intérêt à Leander. »

Le visage de Doriane s'éclaira d'un pâle sourire.

— Oui, mais quand Leander a décidé de m'épouser, vous n'étiez pas d'accord. Ne dites pas le contraire.

— C'est exact. Mais cela n'a rien à voir avec les farces.

La jeune femme plissa les yeux.

— Alors pourquoi, monsieur Westfield ?

— Leander se tue au travail. Il dirige l'hôpital, il fait des visites à domicile... Il court toute la journée. Quatre fois par semaine, il passe ses nuits aux urgences.

— Vous voulez dire que je suis un fardeau supplémentaire pour lui ?

— Je dois admettre qu'avec vous, la vie ne doit pas être de tout repos. Je voulais que mon fils se mariât avec une femme très différente de lui. Aryane, par exemple, qui ressemble à Opal. Elle lui aurait donné un vrai foyer. Doriane, je n'ai rien contre vous, mais, depuis votre retour à Chandler, Leander a vécu dans un état d'agitation permanent.

— Je vois ce que vous entendez par là.

— Il s'est tué au travail uniquement pour vous prouver quel bon médecin il était.

Reed marqua une pause, puis reprit :

— J'ai fini par me rendre à l'évidence. Mon fils était amoureux pour la première fois de sa vie.

— Evidemment, vu sous cet angle...

Ils parcoururent les derniers kilomètres en silence. Lorsqu'ils entrèrent dans Chandler, il faisait nuit.

Un bain chaud détendit Doriane. Elle grimpa sur le lit vide, déterminée à lire un bon livre et à dormir tôt. La sonnerie du téléphone la fit sursauter. Il était six heures du matin.

— Daryane ? dit la voix de l'opératrice. Est-ce que le docteur est là ?

— Non. Que puis-je pour vous ?

— Quatre caisses sont arrivées pour lui par le train de Denver. Les livreurs les ont déposées devant les entrepôts d'Archer Avenue.

— J'y serai dans quinze minutes.

— C'est que...

— Oui ?

— C'est un équipement médical, dit l'opératrice après un bref silence.

— N'ayez crainte. D'après mon diplôme, je suis médecin, déclara Doriane d'un ton glacial.

— Oui, bien sûr, mais les livreurs voudraient voir votre mari. Pourquoi n'y va-t-il pas ?

— Parce que je l'ai épuisé !

Elle raccrocha avec un sentiment de triomphe.

Doriane descendit la rue en courant. Elle s'était vêtue d'une tenue gris perle sous sa blouse blanche et avait relevé ses longs cheveux acajou en un chignon austère. Il y avait en effet quatre énormes caisses devant l'entrepôt désaffecté. Une demi-douzaine d'hommes s'impatientaient devant la porte close.

Doriane s'approcha d'un pas rapide.

— Bonjour. Je suis le Dr Westfield.

Un des hommes, le plus costaud, cracha sa chique de tabac.

— Où c'est qu'on met tout ça ? demanda-t-il tandis qu'un large sourire dévoilait ses dents cariées.

— A l'intérieur.

Le géant opina.

— Et comment c'est qu'on entre dedans ?

— Mon Dieu, la clé !

Le géant regarda ses camarades, l'air de dire : « on perd

notre temps ». Doriane considéra les physionomies fermées. Un bruit de verre brisé la tira de ses réflexions.

— Mes excuses, dit poliment le géant. Je me suis appuyé un peu trop fort sur cette vitre.

— Eh bien, profitons-en pour déverrouiller la porte ! proposa Doriane.

Peu après, les caisses étaient à l'intérieur. Elles contenaient tout le matériel nécessaire pour monter un service de gynéco-obstétrique. Mentalement, Doriane faisait une estimation des travaux à effectuer. L'endroit semblait idéal pour le dispensaire pour femmes dont elle avait tant rêvé.

— Contente ?

Surprise, elle se retourna vivement pour découvrir Leander, un cigare vissé au coin de ses lèvres.

Doriane examina son visage pâle, ses habits poussiéreux.

— Tu as l'air épuisé, murmura-t-elle. Rentre à la maison. Je vais me charger de l'équipe de nettoyage.

Il sourit et de fines ridules se dessinèrent autour de ses yeux.

— Voilà la clé, sourit-il. N'oublie pas de remplacer la vitre. Et reviens vite.

La jeune femme commença par appeler Opal qui lui prodigua mille conseils, puis Aryane pour lui demander d'engager une cuisinière et une femme de chambre. Ensuite, elle écrivit un mot à M. Hitchman, l'architecte de Chandler House, le convoquant à l'hôpital le lendemain à la première heure.

A deux heures de l'après-midi, une équipe de nettoyage envoyée par Mme Krebbs commença à déblayer les lieux. Leander réapparut une heure plus tard. Il s'avança dans la poussière, prit la main de Doriane et embrassa sa paume.

— Tu es merveilleuse, ma chérie, murmura-t-il.

27

— Tout est sa faute ! hurla Françoise en posant brutalement son verre sur la table basse.

Son compagnon se détourna de la fenêtre d'où il contemplait River Street. Il fixa la jeune femme tout en tripotant sa moustache noire.

— De qui parles-tu ? Encore d'elle ?

— Encore et toujours. Tout a raté parce que cette garce s'en est mêlée. Je veux sa peau, Le Gault.

Il grimaça un sourire.

— Tu sembles oublier deux choses importantes. Primo, tu t'es entourée d'une bande de minables et, secundo, Westfield vous a bien eus avec ses explosifs.

— Je m'en fiche de Westfield. C'est elle qui a tout manigancé, un point c'est tout.

— Très bien. Tu veux la peau de cette dame. Et moi je veux celle de Leander Westfield. Il y a de quoi faire équipe, non ?

— Pourquoi ? Qu'est-ce qu'il t'a fait ?

Les yeux noirs de Le Gault lancèrent des éclairs. Machinalement, il se frotta les poignets que les menottes avaient marqués de deux traces d'un rouge indélébile.

— Ce qu'il m'a fait... ! grogna-t-il. C'était à Colorado Springs. A l'époque, j'étais avec le gang de Ray.

— Ray Lifting ? demanda-t-elle d'une voix empreinte d'admiration. C'est un vrai crack. Mais que s'est-il passé ?

Le Gault continuait à se frotter les poignets.

— Bah ! qu'importe ! Disons que j'ai mes raisons de détester Westfield. Ce soir j'attends le messager qui me dira quand on doit envoyer la cargaison.

— Quand le job sera terminé, j'ai envie d'aller au Texas. En attendant, rends-moi un service, Le Gault. Je ne tiens plus en place dans ce trou. J'ai besoin de prendre l'air.

— Non. C'est risqué.

— En plein jour, peut-être. Pas la nuit. Laisse-moi venir avec toi, ce soir. Je suis prête à tout pour une balade.

— A tout ? Vraiment ?

— Pas à ce que tu penses, rétorqua-t-elle. Je tiens trop à notre amitié. Ne jamais mélanger l'amour aux affaires ! Telle est ma devise.

Elle mentait mais elle aurait préféré se passer d'homme jusqu'au jugement dernier plutôt que de coucher avec lui.

— Bon, d'accord ! sourit Le Gault. J'ai rendez-vous avec le messager derrière le camp de Little Pamela. Je passerai te chercher à minuit.

Les étoiles diffusaient une faible lumière et une légère brume entourait d'un halo blond les réverbères. Deux silhouettes longeaient le trottoir en silence. Il eût été difficile de deviner un corps de femme sous la cape flottante. Un feutre à large bord cachait le visage et les cheveux de Françoise. Elle marchait à côté de Le Gault en respirant à pleins poumons l'air frais et un peu humide de la nuit.

Quelques heures plus tard, ils étaient loin de la ville. Ils avaient galopé dans la plaine et s'étaient arrêtés à proximité de Little Pamela. Pendant que Le Gault discutait avec le messager, Françoise resta à l'écart. Les nouvelles semblaient satisfaisantes. Ils s'apprêtaient à regagner l'endroit secret où ils avaient caché leurs montures, quand Le Gault saisit le bras de sa compagne.

— Holà ! j'ai entendu quelque chose !

Ils se retirèrent précipitamment à l'ombre d'un chêne feuillu, derrière des rochers. Deux inconnus sortirent du bois qui entourait le camp. Le premier, petit et trapu, avait une démarche nerveuse. Un revolver brillait à sa ceinture. Les deux hommes s'avancèrent vers un chariot qui stationnait à la lisière du bois. Le petit grimpa immédiatement sur la banquette arrière. Le grand pencha la tête et alluma un cigare. La flamme de l'allumette éclaira pendant une seconde son visage étroit.

— Westfield ! chuchota Françoise.

— La ferme ! murmura Le Gault.

Le chariot passa devant leur cachette. Seul Leander Westfield était visible à la place du cocher.

— Où est passé l'autre ? questionna Françoise lorsque le chariot eut disparu dans l'obscurité.

— Il s'est caché, répondit Le Gault, l'air songeur. Hé ! minute ! Pourquoi notre cher et loyal docteur accepte-t-il de cacher un type dans sa voiture ? Et que diable faisait-il ici au milieu de la nuit ?

— N'est-ce pas une mine, là-bas ?

— Ça m'étonnerait que Westfield soit un voleur de charbon.

— Pourtant, il a bien trouvé ses explosifs quelque part, dit Françoise. Pourquoi pas dans un camp ?

Le Gault lissa sa moustache.

— En effet ! Il a l'air de fréquenter assidûment les mines de charbon.

— Il semble. A présent, rentrons, Le Gault. Il commence à faire froid.

Ils se hâtèrent de retrouver leurs chevaux.

— Dis donc, murmura-t-il. Mme Westfield est née Chandler, ou je me trompe ?

— C'est une Chandler. Comme la ville.

— Un grand nom, hein ?

— A quoi penses-tu ?

Le Gault posa un pied à l'étrier et s'assit pesamment sur sa selle.

— Je pense que cette femme fera tout pour son homme.

— Précise ta pensée.

Un sourire s'ébaucha sous la moustache drue de Le Gault.

— Primo, il faut découvrir à quoi rime la scène que nous avons vue ce soir. Secundo, il faut tenter l'impossible pour sortir de Chandler la cargaison. Tu y es ?

Françoise acquiesça.

— Et qui peut passer cette cargaison au nez et à la barbe des policiers sinon une Chandler ?

Doriane écarquilla les yeux.

— Non ! je refuse ! Tu sais bien ce qui m'arrive lorsque je bois du champagne.

Il lui tendit une coupe pleine.

— Comment pourrais-je l'oublier ? Attention, je vais porter un toast au dispensaire, dont les travaux se sont terminés aujourd'hui !

— Je ne sais pas comment je fais pour vider mon verre aussi vite.

Leander remplit les coupes une nouvelle fois et ils trinquèrent joyeusement. Ils étaient dans les anciens entrepôts d'Archer Avenue, miraculeusement transformés en lieu d'accueil pour les jeunes mères et en garderie.

— Tu ne regrettes pas Saint-Joseph ? demanda Leander.

— Je préfère travailler avec l'homme que j'aime, au lieu de...

Elle s'interrompit, rougissante sous le regard brûlant de Leander.

— Un instant, dit-il. Veux-tu répéter ? Ai-je bien entendu ? Depuis quand m'aimes-tu ?

Elle vida son verre pour se donner une contenance.

— Sûrement depuis toujours. J'ai tenté l'impossible pour te détester, il n'y a rien eu à faire. Et avec tout ce que j'ai pu manigancer contre toi...

— Jusqu'au dernier tour que tu m'as joué devant l'autel ! Tu n'as pas honte ?

— Si, c'est pourquoi il n'y a plus de couleuvres dans ton panier de pique-nique.

— Es-tu prête à te racheter ?

— Je suis prête à tout, même à désinfecter tes bistouris.

Leander déposa son verre sur une table et commença à déboutonner sa chemise. Doriane le regarda, hypnotisée. Lorsqu'il retira son pantalon, elle voulut s'échapper, mais il l'attrapa par le poignet et l'obligea à faire volte-face.

— Viens, murmura-t-il d'une voix enrouée.

Il s'assit sur un banc et la fit asseoir sur ses genoux. Ses mains se glissèrent impatiemment sous la jupe de coton.

— Holà ! il y a quelqu'un ?

Doriane releva la tête.

— Mon Dieu, ton père !

Leander remit Doriane sur ses jambes.

— Boutonne ton corsage, baisse tes jupons et va l'accueillir. Je me rhabille et j'arrive.

Un instant plus tard, la jeune femme pénétra dans la salle d'attente. Sa chevelure en désordre et quelques plis suspects firent sourire Reed.

— Ah ! vous voilà ! dit-il. Je suppose que Leander n'est pas loin.

— Oh, non ! il se... il arrive. Désirez-vous un rafraîchissement ? Nous disposons de...

Sa voix se fêla. Il n'y avait que du champagne. Son beau-père lui fit signe de s'approcher.

— Suivez-moi, dit-il, les yeux brillants. Je voudrais vous montrer quelque chose.

Il l'enlaça par les épaules et l'entraîna dans la rue. Un landau attendait sous l'unique réverbère. Il était capitonné de cuir noir. Doriane caressa la portière laquée.

— Il est très beau ! s'exclama-t-elle.

— Il a un porte-bagages. Et une plaque de bronze sur le devant. L'avez-vous vue ?

Elle se hissa sur la pointe des pieds pour déchiffrer les mots imprimés en lettres creuses au-dessus de la place du conducteur.

— Dr Doriane Chandler-Westfield, lut-elle d'une voix émue. Seigneur ! C'est pour moi ?

Reed hocha la tête.

— Je ne supportais pas que ma belle-fille allât à pied dans les rues de Chandler. Cela vous plaît-il ?

En larmes, Doriane se jeta dans les bras de Reed.

— Oh ! oui, énormément !

— J'aurais préféré que tu me demandes aussi mon avis, papa ! dit Leander dans son dos. Offrir une voiture à Doriane, c'est prendre le risque de déchaîner un ouragan dans cette paisible cité.

Reed éclata de rire.

28

Doriane fit entrer sa première patiente dans son cabinet.

— Par ici, dit-elle.

— Où est le docteur ? demanda l'autre serrant de toutes ses forces son sac sur sa poitrine.

— C'est moi, madame. Asseyez-vous et dites-moi ce qui ne va pas.

La femme commença à reculer.

— Je veux un *vrai* docteur !

— Madame, je vous répète que je suis médecin agréé. Calmez-vous, s'il vous plaît, et prenez cette chaise.

— Non ! non ! Je refuse de rester dans cet endroit. Je croyais que c'était un vrai hôpital avec de vrais docteurs.

Elle prit la fuite sous le regard halluciné de Doriane. La deuxième patiente daigna se poser sur le bord du divan mais refusa de se laisser examiner. Au bout d'un moment, Doriane réalisa qu'elle l'avait prise pour une sage-femme. La troisième ne cacha pas sa déception lorsqu'elle apprit que le séduisant Dr Westfield, qu'elle avait rencontré à Denver l'été passé, exerçait dans un autre établissement.

La salle d'attente resta vide tout l'après-midi.

Vers dix-sept heures trente, Doriane reçut la visite d'un représentant de commerce qui lui agita sous le nez une bouteille remplie d'un liquide rosâtre, en l'assurant qu'il n'y avait rien de tel pour tous les « ennuis féminins ».

Mme Krebbs quitta le dispensaire à dix-huit heures et Doriane retourna chez elle à la demie.

Leander arriva plus tard, dans la soirée. Doriane avait préparé un bain chaud pour son mari. Il se déshabilla rapidement et se laissa sombrer avec délices dans l'eau moussante. Assise sur le bord de la baignoire, elle lui sourit.

— J'ai amputé la jambe d'un mineur, dit-il avec un soupir. Et j'ai dû descendre dans la mine pour en examiner deux autres. De ma vie, je ne me suis senti aussi oppressé qu'en progressant le long de ces galeries sinistres. L'air y est suffocant, la chaleur intense. C'est un véritable enfer.

Doriane hocha la tête.

— Aryane prétend que si les mineurs ne se syndiquent pas, ils ne s'en sortiront jamais face aux propriétaires des mines.

Il eut l'air abasourdi.

— Aryane ? Comment le sait-elle ?

— Elle vit dans cette ville, répondit Doriane, surprise. Elle entend les gens parler. Il paraît que des syndicalistes s'infiltrent dans des camps, avec la complicité d'un citoyen au-dessus de tout soupçon et qu'ils fomentent une révolution.

Il se redressa, ruisselant, et se drapa dans une ample serviette de bain.

— J'espère que tu ne prêtes pas l'oreille à ce genre de ragots. Personne, m'entends-tu, ni les mineurs ni leurs patrons, ne veut d'affrontements. Tous ces problèmes peuvent se résoudre pacifiquement, j'en suis persuadé.

— J'ignorais que ces questions te passionnaient autant, dit-elle calmement.

Il se pencha, soudain souriant, et déposa un léger baiser sur son front.

— Je me suis emporté bêtement et je m'en excuse. Quel est le menu de ce soir ?

— Je n'ai pas eu le courage de le demander à l'aimable Mme Shainess qu'Aryane a engagée pour le poste de gouvernante.

— Alors, ce sera une surprise.

Doriane avait hâte que le dîner fût terminé afin de se retrouver seule avec son mari. Ils s'endormirent tard dans la nuit, étroitement enlacés.

Le lendemain, aucune patiente ne se présenta au dispensaire. Le soir, un de ces mystérieux coups de fil retint Leander dehors jusqu'à minuit.

Le troisième jour, Mme Krebbs entra affolée dans le

cabinet de Doriane en annonçant que la salle d'attente était noire de monde.

La première patiente était Tia Mankin. Elle se plaignait d'une toux persistante. Doriane prescrivit un sirop. La seconde patiente était Anne Seabury. On eût dit que toutes ses amies d'enfance s'étaient donné le mot. Doriane en eut les larmes aux yeux. Même Aryane arriva en fin de journée, à bord de son élégant landau.

Doriane lui fit visiter les lieux ; Mme Krebbs était partie et les deux jumelles étaient seules.

— Félicitations, Doriane. J'ai toujours éprouvé pour toi la plus vive admiration. Tu es tellement courageuse.

— Courageuse ? Aryane, tu m'idéalises.

— Mais pas le moins du monde. Tu obtiens toujours ce que tu veux. Tu as voulu devenir médecin et tu l'es. Tu réussis tout ce que tu entreprends.

— Comme séduire Leander, par exemple ?

Aryane secoua sa petite main gantée de dentelle.

— Allons, chérie ! Comment peux-tu encore penser à cette vieille histoire ?

— Mais il y a encore trois semaines, tu te croyais amoureuse de lui. Aryane, j'ai été terriblement jalouse.

— Ah, oui ? Et si je te disais la même chose ?

Doriane resta bouche bée.

— Toi, jalouse ? Mais pourquoi ? Tout le monde t'adore.

— On m'adore, on t'admire.

— Si peu ! dit Doriane. Les hommes te dévorent des yeux. Ils me regardent à peine. Combien de fois me suis-je dit qu'il valait mieux sentir le parfum que le phénol !

— Et combien de fois ai-je souhaité avoir autre chose à faire que choisir la couleur de ma nouvelle robe, soupira Aryane. Les hommes me font la cour car ils pensent que je suis douce, silencieuse et malléable.

— Et que dire de tes innombrables prétendants ?

— Ils savaient à quoi s'attendre. Pas de surprise avec Aryane Chandler, se disaient-ils. Une poupée de luxe...

Doriane sourit.

— Mais tu n'as pas d'ambitions ou de rêves en dehors du mariage ?

— Rien de comparable à ta médecine. Il fut une époque où je voulais écrire des articles dans des magazines féminins. Tu sais, comment nettoyer la soie ou comment réussir un masque de beauté.

— Je parie que M. Gates t'en a empêchée.

— Exactement. Pour lui, les femmes qui écrivent sont des femmes adultères jetées à la rue par leurs maris et qui doivent subvenir à leurs besoins.

Les yeux de Doriane s'écarquillèrent.

— Non !

— Si ! Et je l'ai laissé me tyranniser pendant des années.

— Et ton mari ? Il n'est pas trop brutal avec toi ?

Un sourire radieux illumina le visage d'Aryane.

— Kane ? Il est adorable. Et je l'aime chaque jour davantage.

Adorable n'était pas précisément le mot que Doriane aurait choisi, mais ce qui importait, c'était le bonheur d'Aryane.

— A propos, dit-elle, est-ce toi ou maman qui avez organisé mes consultations d'aujourd'hui ?

Aryane battit des cils.

— Je n'ai pas la moindre idée de ce dont tu parles. Je suis venue ici parce que je me sentais un peu fatiguée. J'ai pensé que j'étais peut-être enceinte.

— Au bout de deux semaines de mariage ?

— Et pourquoi pas ? murmura Aryane en embrassant sa sœur sur la joue. Tu n'es pas la seule à épuiser ton mari !

— A... quoi ?

Doriane se souvint brusquement de ce qu'elle avait dit au téléphone, à l'opératrice quelques jours auparavant. Les deux sœurs éclatèrent en même temps d'un rire complice.

« Comme au bon vieux temps ! » pensa Doriane en riant aux larmes.

29

— Hello ! dit Nina d'une voix implorante.

Doriane leva le nez du dossier ouvert sur son bureau. Elle commença à se redresser mais la jeune femme l'arrêta.

— Un instant, Doriane ! Donne-moi une chance de m'expliquer. Je viens d'arriver par le train et je suis venue directement ici. Je n'ai pas encore vu papa ni Leander. Maintenant, si tu me dis que ma vue t'est intolérable, je reprends le prochain train et tu ne me reverras plus jamais !

— Et je manquerais l'occasion de te remercier tous les jours ? dit Doriane.

— Me remercier ? Oh, Doriane !

Nina Hunter tomba dans les bras de sa belle-sœur et se mit à sangloter. Doriane lui tapota gentiment le dos.

— Ma chérie, remets-toi.

— Je m'inquiétais tellement que je n'ai même pas profité de... de mon voyage de noces, bégaya Nina. Alan a eu beau me répéter que tu aimais Leander, je ne m'en sentais pas moins coupable. J'étais malheureuse, si tu savais...

Elle se détacha de Doriane et se moucha.

— Bienvenue à Chandler, Nina. Je t'aurais bien offert une tasse de thé mais nous manquons encore de tout. Une cuillerée d'huile de foie de morue, cela te tente ?

Le petit visage de Nina s'éclaira d'un sourire.

— Après tout nous sommes amies depuis l'enfance, n'est-ce pas ? Je n'aurais pas supporté que tu sois fâchée ni que les rumeurs aillent bon train dans cette ville.

— Il n'y a pas eu de ragots, pour une fois. Alan est étranger et tout le monde me croyait fiancée avec Leander.

— Pourtant, tu étais prête à prendre le train de seize heures avec Alan.

— J'essayais de me sacrifier pour sauver le bonheur d'Aryane. Mais où as-tu rencontré Alan ?

— Chez moi, le jour où il avait décidé de tuer Leander.

— Comment ?

— Il a surgi, les yeux hagards, en marmonnant qu'il voulait en finir avec mon frère. Je l'ai reçu au salon. Nous avons parlé... Papa est arrivé et je les ai présentés. Ce fut une soirée délicieuse. Après, nous nous sommes revus.

— Et vous êtes tombés amoureux l'un de l'autre.

— Je suis tombée amoureuse. Alan ne pensait qu'à toi. C'est alors que j'ai décidé de prendre les choses en main. Il me semblait évident que tu allais épouser mon frère. Le jour de votre prétendu départ, Alan est passé à la maison me dire au revoir. Il était quinze heures trente. Je l'ai prié de venir dans la cuisine. Il m'a suivie. Le pauvre garçon ne se doutait de rien.

— Et après ? demanda Doriane qui buvait les paroles de son amie.

— Il s'est assis sur une chaise, les billets de train à la main. Pendant ce temps, j'ai fait chauffer dans une casserole une bonne quantité de mélasse bien sirupeuse. Tu devines le reste.

— Tu... as renversé la casserole ?

— Par mégarde. Il en avait jusque dans les cheveux.

— Et moi qui l'ai attendu pendant des heures à la gare !

Nina baissa les yeux.

— Si maman était de ce monde, je n'aurais jamais pu la regarder en face. Alan s'est rué dans la salle de bains. Il m'a tendu ses vêtements par la porte entrebâillée. J'ai fait tomber sa montre et me suis élancée à l'intérieur pour la ramasser. Alors, un courant d'air a claqué la porte derrière moi et la clé est tombée à l'extérieur.

Un silence s'ensuivit. Admirative, Doriane considéra son interlocutrice.

— Tu... tu t'es enfermée dans une salle de bains avec un homme nu ?

Nina acquiesça. Sans un mot, Doriane se leva, ouvrit un petit placard et sortit une bouteille de whisky et deux verres. Elle versa une généreuse rasade dans chaque verre et leva le sien.

— A la cause des femmes ! dit-elle d'un ton solennel avant de vider son verre d'un trait.

Nina l'imita, avec un large sourire.

— Quels sont tes projets ? demanda Doriane.

— J'aimerais persuader Alan de retourner à Chandler. Je n'aime pas la Pennsylvanie.

— Nous avons besoin de médecins, dans la région.

— Et pas seulement de médecins ! dit Nina.

Doriane la regarda.

— Que veux-tu dire ?

Nina jeta un regard vers la porte fermée.

— Doriane, j'ai besoin d'un distributeur de tracts dans les camps de mine.

— De... tu parles de ces brochures qui incitent les mineurs à se révolter ou à faire grève ?

— Je parle des imprimés qui informent les ouvriers sur leurs droits. Aryane et les deux autres fausses marchandes de quatre-saisons distribuent ces tracts chaque fois qu'elles rendent visite aux femmes de mineurs. Ça ne fait que quatre mines. Et il y en a encore treize dans les environs.

— Mais tous ces camps sont bien gardés. Toutes les voitures sont fouillées à l'entrée, même celle de Leander et je...

Elle s'interrompit et porta une main à sa bouche.

— Nina ! Tu n'essaies pas d'entraîner Leander dans cette galère, au moins ?

— Jamais de la vie ! C'est une affaire de femmes, Doriane. Les gardes te laisseraient passer plus facilement. Tu es médecin, tu portes le nom respecté de Chandler et celui, non moins honorable, de Westfield. Tu pourrais obtenir l'autorisation de faire passer une visite médicale aux épouses des mineurs.

— Je... je ne peux pas prendre une décision de cette importance tout de suite, Nina.

La jeune femme se leva.

— Réfléchis et fais-moi connaître le fruit de tes méditations, dit-elle. Je resterai quinze jours. Tu pourras me joindre chez mon père.

Le lendemain, le dispensaire était vide. Assise à son bureau, Doriane enfouit son visage dans ses mains. Un mal de tête persistant lui martelait les tempes. Elle n'avait pris aucune décision concernant la proposition de Nina et son avenir en tant que médecin la préoccupait.

Elle se ressaisit et s'efforça de se concentrer sur les comptes hebdomadaires de Mme Shainess. Soudain, des larmes brûlantes jaillirent au coin de ses yeux. « Cela ne marchera pas ! pensa-t-elle. Cela ne marchera jamais ! » Une ombre obscurcit la pièce. En levant les yeux, Doriane aperçut Kane Taggert. Il lui tendit un mouchoir blanc comme neige.

— Vous pouvez y aller, il est propre, dit-il.

Doriane essuya ses larmes et se détourna pour se moucher. Taggert prit le papier des comptes sur le bureau et y jeta un coup d'œil.

— Il manque cinq centimes, remarqua-t-il. Ce n'est quand même pas une somme aussi modique qui vous fait pleurer !

— Non.

— Alors, qu'est-ce ? Dites-le-moi.

— Pour quoi faire ? Et d'abord, que voulez-vous ? Vous n'êtes pas du genre à consulter une femme médecin. Vous êtes comme tous les hommes et comme la plupart des femmes. Avouez que vous n'accepteriez pas de vous faire opérer par une femme !

— A vrai dire, je ne suis jamais allé chez un médecin et je n'ai pas eu l'occasion de me poser ce genre de question. Je me porte très bien. Ainsi, vous pleurez parce que personne ne vient chez vous ?

— Il faut un certain temps pour constituer une clientèle. Mais qu'est-ce qui vous amène ici, monsieur Taggert ?

Celui-ci s'accouda sur le bureau.

— Appelez-moi Kane. Nous sommes parents, pour ainsi dire.

— ... Kane.

— Eh bien... Je bricolais dans l'étable torse nu — pas un mot à Aryane, d'accord ? — et je me suis appuyé sur une planche. J'ai des milliers d'échardes dans le dos et je n'arrive pas à les retirer.

— Passez dans la pièce à côté, ôtez votre chemise et allongez-vous.

Un quart d'heure plus tard, Kane Taggert était débarrassé de toutes ses échardes, même les plus minuscules.

— Merci, docteur. Combien je vous dois ?

— Rien, Kane. Comment va Aryane ?

— Elle décore mon bureau, dit-il d'un ton résigné qui

fit sourire Doriane. Ce n'est pas drôle. Elle s'amuse à poser de ridicules petites chaises un peu partout. J'ose espérer qu'elle ne fera pas peindre les murs en rose bonbon. Sinon...

— Eh bien ?

— Sinon je vais pleurer, comme vous tout à l'heure.

Doriane rit.

— Si jamais c'est rose bonbon, je viendrai vous aider à peindre par-dessus.

— Topez là ! s'écria-t-il en prenant ses doigts minces dans sa grosse main. Vous me plaisez, docteur. Patientez et vous aurez plus de clients que tous les autres médecins de la région.

— Merci ! dit-elle.

Elle se hissa sur la pointe des pieds et l'embrassa sur la joue. Taggert lui sourit.

— Vous savez, pendant une fraction de seconde, vous étiez exactement comme Aryane.

— C'est le plus beau compliment que l'on m'ait jamais fait.

De retour dans son manoir, Kane Taggert appela Edan dans son bureau.

— Aryane est sortie ?

— Elle est allée chez sa couturière.

— Bien. Nous voilà tranquilles pour la journée. Tu peux disposer de ton après-midi, Edan.

— Merci, Kane.

Peu après, le secrétaire, poussé par la curiosité, surprit une conversation insolite dans la bibliothèque. Kane Taggert parlait au téléphone d'une voix basse mais distincte.

— Me suis-je fait comprendre, mon vieux ? L'hypothèque de ton ranch expire la semaine prochaine. Je prolonge ton crédit de quatre-vingt-dix-jours si tu envoies ta femme chez le Dr Doriane Westfield. Vu ? Comment ? Elle attend un enfant ? Cent quatre-vingts jours de crédit supplémentaire pour l'accouchement. Tu peux lui envoyer tes filles ! Trente jours par fille, ça te va ?

Il raccrocha d'un air content. Soudain, il aperçut Edan qui le regardait à travers le battant entrebâillé.

— Ça va me coûter cher, dit-il. Va me chercher les autres hypothèques. La semaine prochaine, nous nous attaquerons aux prêts.

D'un geste las, Doriane poussa la porte de son cabinet. Elle était en retard, ce matin, mais cela n'avait aucune importance. Elle se laissa tomber sur son fauteuil et s'accouda sur le bureau.

La porte s'ouvrit et Mme Krebbs fit irruption dans la pièce, l'air affolé.

— Mais où étiez-vous ? interrogea-t-elle. La salle d'attante est bondée.

— Ah je vois ! Des amies ?

— Oh non, docteur ! Des gosses de tous âges, des femmes de toutes sortes. Et si vous continuez à me regarder bouche bée, l'une d'elles finira d'accoucher toute seule.

Quinze minutes plus tard, Doriane coupait le cordon ombilical d'une petite fille.

— Félicitations, madame, dit-elle. Comment l'appellerez-vous ?

La parturiente ouvrit un œil chaviré.

— Cent quatre-vingts, murmura-t-elle. Mary Cent quatre-vingts Stevenson.

Toute la journée, Doriane travailla d'arrache-pied, assistée d'une Mme Krebbs éreintée mais compétente. En fin d'après-midi, une femme vint avec un petit garçon. Il avait huit ans mais n'en paraissait pas plus de six. Un monceau de charbon tombé d'un wagon l'avait écrasé. Doriane tenta l'impossible pour le sauver. Il expira dans ses bras, tard dans la soirée.

Doriane se mordit les lèvres. En dépit de l'heure tardive, elle saisit le combiné et demanda le numéro de Reed Westfield. Lorsqu'elle entendit la voix de Nina, elle dit :

— Je le ferai.

Elle raccrocha, le cœur lourd.

30

Doriane sauta dans son landau, dépassa les grilles d'Empress Mine et prit la direction de Chandler. Nina n'avait pas perdu son temps...

A l'entrée du camp, les gardes armés avaient accueilli amicalement Doriane. L'un d'eux avait même plaisanté en remarquant que, depuis sa dernière visite, le Dr Westfield avait bien changé. Ils l'avaient laissée passer sans fouiller sa voiture.

Le cœur battant, Doriane avait dû parcourir plusieurs ruelles étroites et souillées de suie noirâtre, avant de rencontrer son « contact », une jeune femme alitée au fond d'une masure. Doriane lui avait passé la pile de tracts et la fausse malade les avait enfouis en un tournemain sous une latte du plancher. Sa mission accomplie, Doriane avait quitté le camp aussi vite qu'elle le pouvait.

Secouée d'un frisson de peur rétrospective, elle fit claquer son fouet. Elle éprouvait la sensation d'avoir frôlé un grand danger. Des gouttelettes de sueur froide constellaient son front et ses mains tremblaient. A vingt kilomètres de Chandler, elle dut s'arrêter.

Son cœur battait la chamade et elle avait la gorge nouée. Elle se rangea sur le bas-côté de la route. En descendant de voiture, elle se rendit compte que ses jambes tremblaient. Elle s'assit sur une borne, prit sa tête dans ses mains et se mit à pleurer.

Deux mains la saisirent brusquement aux épaules la forçant à se relever. Elle leva les yeux et croisa le regard furieux de Leander.

— Tu es folle ! fulmina-t-il.

De nouvelles larmes coulèrent sur les joues de Doriane.

— Mon Dieu ! gémit-elle, ce que j'ai pu avoir peur ! Mon chéri, écoute-moi...

— Pas un mot ! coupa-t-il, hors de lui. Jure-moi que tu ne feras plus jamais cela !

— Mais je...

— Jure-le ! hurla-t-il en la secouant.

— Leander, arrête ! Tu me fais mal.

Il la relâcha en marmonnant une phrase inintelligible. Doriane respira profondément l'air frais. Peu à peu, elle recouvrait ses esprits.

— Comment l'as-tu su ? demanda-t-elle.

— Tout se sait. Je suis dans les mines tous les jours. Elles sont infestées d'indicateurs. Quand j'ai appris que tu livrais ces tracts...

Il s'interrompit, incapable de continuer.

— Leander, je t'en supplie...

— Assez ! Réalises-tu seulement que tu joues avec le feu ? Sais-tu que les miliciens ont le pouvoir d'arrêter quiconque leur semble suspect et de le passer à tabac ? As-tu une idée de ce qu'ils t'auraient fait s'ils avaient découvert ces satanées brochures ? Nul n'est censé ignorer la loi et ils sont couverts par la loi, ma chère !

— Les mineurs ont aussi le droit de se défendre.

— Peut-être, mais sans toi ! Je t'interdis de recommencer. Est-ce clair ?

Doriane commençait à s'énerver.

— Cela suffit ! glapit-elle. Je suis médecin, je dispose d'une voiture et j'ai obtenu l'autorisation d'entrer dans les camps.

Leander parut au bord de l'apoplexie.

— Pourtant, il faudra bien que tu renonces à ces visites, siffla-t-il à travers ses lèvres serrées.

— Sais-tu qu'un petit garçon est mort dans mes bras hier soir ?

— J'en suis navré. Moi aussi j'ai vu des petits garçons morts et des hommes estropiés !

— Alors, cela ne peut plus durer, s'obstina-t-elle.

— Tu as raison mais je ne peux pas supporter que tu sois mêlée à cette affaire.

— Qui m'en empêchera ?

— Moi ! Je veux savoir où tu es à chaque instant.

— Vraiment, tu as toutes les audaces ! Est-ce que je sais, moi, où tu es lorsque tu disparais certaines nuits ?

— Doriane ! Ce n'est...

— Pas la même chose ! termina-t-elle en arpentant le sol poussiéreux. Monsieur a le droit d'aller où bon lui semble pendant que madame reste sagement à la maison.

— C'est absurde. Mais que te faut-il de plus ? Tu voulais un dispensaire pour femmes, je te l'ai donné. Pourquoi ne restes-tu pas là-bas pour soigner tes malades ?

— Et pourquoi n'irais-je pas soigner les femmes des mineurs sur place ?

— Parce que je te l'interdis !

— Tu as tort. Dès qu'on m'interdit quelque chose, je meurs d'envie de désobéir.

Soudain, il la prit dans ses bras et l'embrassa.

— Alors pas d'interdiction, chuchota-t-il. Mais de la persuasion.

— Puisque tu le prends sur ce ton... souffla-t-elle.

Il l'embrassa encore, très lentement.

— Chérie, promets-moi de ne plus jamais introduire des tracts dans les camps.

Les yeux fermés, Doriane savourait leur baiser. Un nouveau projet prenait forme dans son esprit.

— Je te le promets, murmura-t-elle.

En effet, il était inutile de prendre des risques. Il y avait mille autres façons, beaucoup plus subtiles, pour faire parvenir des informations aux mineurs.

— Ouvrez la porte !

Perchée sur son pur-sang, entièrement vêtue de noir, Pamela Fenton fusilla du regard les deux gardes de Little Pamela. Son chapeau haut et rigide allongeait sa silhouette, lui donnant une allure des plus hiératiques. Pourtant, les mailles fines de sa voilette adoucissaient ses traits altiers.

— Ouvrez cette porte, ai-je dit !

— Holà ! minute, ma p'tite dame ! commença le premier garde dont la main glissait subrepticement vers l'étui de son revolver.

Le deuxième garde gratifia son camarade d'un solide coup de coude dans les côtes.

— C'est la fille du patron, imbécile ! murmura-t-il. Bonjour, mademoiselle Fenton ! Tout de suite, mademoiselle Fenton !

Le portail s'ouvrit en grinçant sur ses gonds tandis

que les deux hommes s'effaçaient pour laisser passer la jeune femme.

Pamela éperonna son cheval. Elle savait où elle allait. Arrivée devant le puits de mine, elle interpella un ouvrier.

— Je veux voir Rafe Taggert. Où est-il ?

— En bas. Galerie six.

— Qu'il monte !

— Non mais...

— Je suis pressée, dit-elle en tirant sur la bride pour calmer son cheval.

Un autre ouvrier, plus âgé, accourut avec un large sourire.

— Bonjour, mademoiselle Fenton. Rafe est au charbon comme on dit, mais si je peux vous rendre service...

— Allez le chercher. Trouvez-lui un cheval. Je l'attends au ravin du pêcheur.

Elle partit au galop sans attendre de réponse. Le spectacle du camp de Little Pamela lui était insupportable.

Pamela n'attendit pas longtemps. A peine était-elle descendue de cheval que Rafe Taggert arriva. Il montait un mulet rabougri et malingre. Ses vêtements et son visage étaient noirs de suie mais l'éclat de ses yeux trahissait sa colère.

— Sa Majesté désire me voir ? railla-t-il. Me voilà. Pourquoi ne m'avez-vous pas attendu en ville ?

— Je n'aime pas cet endroit.

— Personne ne l'aime mais il faut gagner sa vie.

— Je ne suis pas venue pour me disputer avec vous, monsieur Taggert. Tenez ! enchaîna-t-elle en lui tendant un pain de savon et un mouchoir.

Il lui lança un regard étonné, puis s'agenouilla à côté d'un ruisseau et commença à se laver le visage et les mains. Enfin, il se redressa dominant son interlocutrice de sa carrure de géant.

— Puisque vous n'êtes pas venue pour vous disputer, qu'avez-vous à me dire ?

— Des choses de la plus haute importance, répondit-elle en s'asseyant sur une pierre plate et en croisant les jambes. Quand j'avais sept ans, mon père a perdu le double de la clé de son bureau. Je l'avais trouvée et gardée dans mon coffret. Quand j'ai eu douze ans, j'ai découvert que cette clé ouvrait un tiroir auquel seul mon père avait accès.

— Et depuis, vous l'espionnez !

— Disons que je me tiens au courant de ses affaires.

— Qu'avez-vous découvert, mademoiselle Fenton ?

— Il y a un mois, mon père a fait appel à l'agence Pinkerton. Il voulait connaître le nom de celui qui faisait passer secrètement des syndicalistes dans les camps.

Rafe se frotta le menton.

— Peut-on savoir les résultats de l'enquête ?

— Les détectives précisent dans leur rapport que quatre jeunes femmes appartenant aux meilleures familles de la région introduisent régulièrement dans les camps des produits illicites... Illicite voulant dire tout ce qui ne rapporte rien à mon père. L'une d'elles est la jeune épouse de votre neveu.

— Aryane ? Cette créature fragile ? s'étonna Rafe. Kane est-il au courant ?

— Je n'en sais rien.

Il y eut un silence, puis Pamela se redressa.

— D'après le rapport de l'agence Pinkerton, il y aurait trois suspects dans l'affaire des syndicalistes. Un certain Jeffery Smith, le Dr Leander Westfield et vous !

Il la dévisagea sans broncher.

— Très bien, dit-il après un temps. Si vous avez terminé, je retourne au travail.

Pamela lui prit le bras.

— Faites attention, Rafe ! Mon père est un homme qui ignore la pitié. Il sera implacable si...

La main calleuse du mineur effleura son poignet. Instinctivement, Pamela fit un pas en avant. Rafe releva la voilette de la jeune femme et chercha ses lèvres. Leur baiser fut tendre et Pamela comprit qu'elle avait attendu cet homme toute sa vie.

31

Ivre de fatigue, Doriane s'écroula sur son lit tout habillée. Un bruit de pas dans le couloir la fit sursauter. Elle se redressa sur sa couche, l'oreille aux aguets. Quelqu'un tournait lentement la poignée de la porte.

— Chéri, c'est toi ?

Elle alluma la lampe de chevet au moment où le battant s'ouvrit. Elle aperçut Leander sur le seuil de la chambre. Une grosse tache de sang maculait sa chemise.

— Que s'est-il passé ? Qui a été blessé ? demanda-t-elle.

— Moi, dit-il d'une voix rauque en s'avançant dans la pièce. Ce n'est pas bien méchant mais je saigne beaucoup.

Le cœur de Doriane cessa de battre.

— Dépêche-toi, murmura-t-il.

Elle retrouva miraculeusement toute son énergie et se rua à la recherche de ses instruments de chirurgie. Elle revint, hors d'haleine, les mains tremblantes et commença à découper avec des ciseaux la chemise de son mari.

— La balle a éraflé les côtes, dit-elle. Il faut désinfecter la plaie.

Pendant qu'elle s'affairait, Leander se mit à parler :

— Le temps presse. Tu dois m'aider. Je crois que ceux qui m'ont tiré dessus savent qui je suis. Il se peut même qu'ils viennent m'arrêter.

— Qui, ils ?

— Ne m'interromps pas. Ils ne tarderont plus maintenant. Tu leur diras que je ne t'ai pas quittée de la soirée. Je ne veux pas qu'ils aient la preuve que j'étais l'homme sur lequel ils viennent de tirer...

— Et qu'ils ont blessé. Qui sont ces gens ?

— Je ne peux pas te le dire.

Doriane déroula une bande de gaze.

— Seraient-ils les détectives de l'agence Pinkerton ?

Elle eut la satisfaction de le voir blêmir.

— J'en sais plus que tu ne crois, reprit-elle.

Comme il la regardait, surpris, elle termina son pansement.

— Ne bouge pas trop sinon tu te remettras à saigner, dit-elle. Maintenant, profitons du temps qui nous reste.

Elle lui tendit une chemise propre, enroula le tissu ensanglanté et le jeta au fond d'une armoire, puis rangea ses instruments.

— Assieds-toi là, intima-t-elle en désignant le lit.

Sous le regard médusé de son mari, Doriane se dirigea d'un pas ferme vers la penderie. Sa blouse blanche s'envola et fut vite remplacée par un déshabillé vaporeux garni d'un boa de plumes mauves. Leander ouvrait la bouche pour la questionner lorsque la sonnette de la porte d'entrée carillonna.

— Reste là, dit Doriane. Je m'occuperai d'eux.

Des coups de poing tambourinaient contre la porte. La jeune femme descendit les marches en rajustant la ceinture de son déshabillé. En ouvrant, elle se sentait étonnamment calme.

Doriane avisa les trois individus qui se tenaient sur le perron.

— Messieurs ?

Ils poussèrent le battant et pénétrèrent dans le vestibule sans tenir compte de l'exclamation indignée de la jeune femme.

— Mais enfin ! Qui êtes-vous ?

— Où est-il ? demanda l'un d'eux.

— Je peux le remplacer, si c'est une urgence. Moi aussi je suis doc...

— Non, pas vous ! C'est lui que nous voulons, répondit le plus corpulent.

Doriane monta sur la deuxième marche et regarda l'intrus dans les yeux.

— Eh bien, vous ne l'aurez pas ! déclara-t-elle d'un ton furieux. Mon mari est fatigué, il a besoin de se reposer. Je vous répète que je suis médecin également et aussi bon chirurgien que...

— Ne vous fatiguez pas, coupa l'homme. On n'est pas là pour jouer au docteur. On est là pour embarquer votre mari.

— Et pour l'emmener où ?

— En prison.

Doriane feignit une surprise proche de la consternation.

— Mon Dieu ! mais que lui reproche-t-on ?

— D'avoir été à un endroit où il n'aurait pas dû aller.

— Comment ? Quand cela ?

— Il y a une heure environ.

Elle tapota du bout des doigts ses boucles en désordre.

— Messieurs, il y a une heure, mon mari était avec moi.

— Pouvez-vous le prouver ?

— Absolument pas ! répondit-elle dans un gracieux sourire. Je ne peux que vous donner ma parole. La parole d'une Chandler, n'est-ce pas ? termina-t-elle avec un battement de cils. Evidemment, si vous préférez mettre en doute mon témoignage...

— Je ne pense pas qu'ils en aient l'intention, dit brusquement Leander.

Il se tenait en haut de l'escalier. Il avait les traits tirés, les yeux cernés, comme un homme qui vient de faire longuement l'amour.

— Alors, reprit-il, il paraît que je n'étais pas ici il y a une heure ?

Il se plaça au côté de Doriane. Vue d'en bas, elle donnait l'impression de s'appuyer contre lui. En fait, elle le soutenait.

— Si tu crois que tu peux continuer à nous rouler, Westfield, tu te trompes, dit l'un des hommes après un silence. On finira par t'avoir. Si vous voulez le garder en vie, vous feriez mieux de le retenir à la maison, conclut-il en s'adressant à Doriane.

Doriane et Leander restèrent immobiles jusqu'à ce que la porte fût violemment fermée.

— Très bien, dit Leander. Dis-moi ce que tu as en tête.

Ils venaient de prendre un copieux petit déjeuner et Doriane lui avait changé son pansement. Une lumière dorée filtrait par les rideaux.

— Je me demandais si tu irais à l'hôpital aujourd'hui.

— Il faut bien que je me montre, que je prétende que tout va bien. Personne ne doit savoir où j'étais hier soir.

Doriane déposa sa tasse sur le plateau.

— En effet, personne ! s'écria-t-elle, furieuse. Tout le monde remarquera ta faiblesse. Je parie que tu es incapable de tenir un bistouri. Leander ! où étais-tu hier soir ?

— Je ne peux pas te le dire, répondit-il patiemment. Je voudrais bien, mais je ne peux pas.

— Hier, tu m'as réprimandée parce que j'avais risqué ma vie. Tu m'as donné l'ordre de cesser mes activités. Aujourd'hui, la situation est inversée mais je n'ai qu'à me taire ! Je suis bonne à panser des blessures ou à flirter avec les détectives de l'agence Pinkerton mais de là à savoir pourquoi !

Leander baissa le nez dans son assiette.

— Fais-moi confiance, marmonna-t-il.

— Eh bien, non ! Je ne me transformerai pas en petite épouse obéissante pour te faire plaisir. Je veux...

— Bon sang, cela suffit, Doriane. Je refuse de t'impliquer dans une affaire qui me dépasse, qui nous dépasse tous. Sois...

Elle leva sur lui des yeux flamboyants.

— ... belle et tais-toi ! coupa-t-elle.

Une phrase qu'Aryane citait volontiers.

— Je voulais dire : sois compréhensive. Pour une fois dans ta vie, essaie de comprendre.

— Comprendre quoi ?

— Que j'ai besoin de toi, Doriane ! Pas comme une amie, ni comme une collègue de travail, mais comme une épouse.

Elle le fixa longuement à travers ses larmes.

— Je crois que tu as raison, murmura-t-elle enfin. Je n'ai jamais réalisé ce qu'un homme est en droit d'attendre de sa femme. Je te promets de faire des efforts. Pour commencer, je ne poserai plus aucune question.

Leander parut se détendre.

— Merci, ma chérie.

Dès que son époux quitta la maison, Doriane se rua sur le téléphone.

— Allô ! Aryane ? Je voudrais l'adresse de ta manucure, de ton coiffeur et de ta couturière. Peux-tu m'indiquer, aussi, le meilleur confiseur de la ville ? Ah ! sais-tu où je peux trouver des coupons de soie ? Ne ris pas, Aryane. J'ai décidé d'offrir à mon cher mari tout ce qu'il croit désirer.

32

— C'est nouveau, ça ! dit Leander en souriant.

Nonchalamment allongée sur le canapé dans une pose d'odalisque, Doriane lisait une revue tout en grignotant des chocolats. En s'approchant d'elle, Leander pouvait lire le mot « séduction » sur la couverture de papier glacé.

Doriane renversa lentement la tête, un léger sourire sur ses lèvres carminées.

— Hello ! As-tu passé une bonne journée ?

— J'espère que ma soirée sera meilleure.

Les yeux ardents de désir, il se pencha pour l'embrasser. Elle détourna la tête offrant à son baiser une joue satinée.

— Chéri, sois un amour, demande qu'on m'apporte un verre de citronnade, dit-elle tout en mordant délicatement dans une truffe fondante. Et puis habille-toi pour le dîner. Mme Shainess nous a concocté un menu très spécial.

— Elle te plaît, maintenant ?

— C'est une femme extraordinaire. Nous nous entendons à merveille. Ne reste pas là, trésor, à ne rien faire. Je meurs de soif.

— J'y vais, dit-il, abasourdi.

Lorsqu'il revint, Doriane était toujours plongée dans sa lecture.

— Mais, Leander, tu n'es toujours pas habillé. Tu traînes ?

— Je n'ai pas eu le temps. J'étais parti chercher ta citronnade, riposta-t-il d'un ton sec.

Instantanément, les yeux de Doriane s'embuèrent de larmes.

— Es-tu fâché, chéri ? Je te demande pardon mais je... suis épuisée. Je n'ai pas eu une minute à moi aujourd'hui.

Leander s'agenouilla près de Doriane, lui prit la main et l'embrassa.

— Mais je ne suis pas fâché. Ma chérie, il n'y a pas de quoi pleurer.

Elle renifla.

— Je ne sais pas ce que j'ai. Un rien me bouleverse.

— Cela arrive. Toutes les femmes ont des moments de...

— Faiblesse ? coupa-t-elle en baissant la tête pour dissimuler un fou rire. Tu dois avoir raison. Il s'agit sans doute d'ennuis typiquement féminins, de vapeurs ou de quelque chose de ce genre.

— Probablement. Un bon repas te remettra d'aplomb.

— Quelle bonne idée ! s'écria-t-elle, ravie. Je meurs de faim.

Leander se redressa.

— Je monte me changer. A tout de suite.

Il lui fit un clin d'œil et quitta la pièce. Doriane l'entendit siffler en montant l'escalier. Elle se leva d'un bond et commença à arpenter le tapis.

— Des vapeurs ! marmonna-t-elle. Des ennuis féminins ! Ah, tu en voulais ! Eh bien, tu ne seras pas déçu !

— J'ai un cas intéressant à te soumettre, annonça Leander à table. J'ai examiné une femme aujourd'hui. Elle croit qu'elle est enceinte mais je pense qu'elle a un kyste. Je voudrais que tu la reçoives demain et que...

— Chéri, demain c'est impossible. J'ai rendez-vous chez la couturière d'Aryane, je déjeune avec Nina et je rentre me reposer un peu, avant d'aller prendre le thé chez Anne Seabury.

— Eh bien, cela peut attendre la semaine prochaine ! Si j'ai bien compris, tu ne seras pas au dispensaire demain ?

— Je ne vois pas comment. J'ai décidé de m'intégrer à la vie de Chandler. Depuis hier, je suis dame patronnesse, j'enseigne le catéchisme aux orphelins, je m'occupe de la chorale de l'école primaire et les sœurs m'ont demandé d'enseigner l'hygiène du mariage aux jeunes filles en fin d'études.

— Crois-tu que tout cela soit absolument nécessaire ?

— Bien ! Puisque tu insistes, j'irai au dispensaire demain. Je me décommanderai auprès de mes amies. Elles finiront par admettre qu'une femme doit participer aux frais du ménage.

— Participer ! s'étrangla-t-il.

— Tu sembles vouloir m'envoyer travailler hors de la maison. Certes, c'est une conception moderne du couple et...

— Cela suffit, Doriane ! C'est toi qui tenais à travailler.

Elle sembla au bord des larmes.

— Bien sûr. Mais, d'un autre côté, j'ai tellement envie de te rendre heureux...

— Chérie, ne recommence pas à pleurer. Je... j'ai mal compris tes intentions. Si tu n'as plus envie d'aller au dispensaire, je trouverai quelqu'un d'autre.

Elle haussa les épaules et froissa sa serviette.

— Je n'ai rien décidé. Oh, Leander ! Un M. Silverman a appelé dans l'après-midi. Il y a une réunion à ton cercle ce soir.

— Je préfère passer la soirée avec toi, chérie.

Il se pencha pour l'embrasser. Doriane le repoussa gentiment.

— Vas-y. Cela te changera les idées. Moi, je ferai un peu de couture et j'irai me coucher. Si je ne dors pas huit heures d'affilée, Aryane m'a affirmé que j'aurai le teint brouillé.

Leander rentra à minuit. Il se glissa sous les draps, tout contre son épouse endormie. Elle lui tourna le dos avec un soupir. Lorsqu'il la prit dans ses bras, elle le repoussa doucement mais fermement.

— Pas ce soir, chéri. J'ai la migraine ! murmura-t-elle.

Le lendemain, Doriane se rendit sur son cheval à Tijeras River, où elle avait rendez-vous avec Nina. Elle sauta à terre, détacha la selle de sa monture et enveloppa d'une couverture le dos de l'animal en sueur.

— Est-ce mon frère qui te rend aussi nerveuse ? demanda Nina.

— Tu peux le dire. C'est l'homme le plus agaçant de la terre.

— Que t'a-t-il fait ?

Doriane se tordit les mains.

— Justement, j'aimerais bien le savoir. Ton père lui passe de mystérieux appels téléphoniques, après quoi monsieur disparaît. Il reste absent toute la nuit, quand il ne rentre pas couvert de sang !

Nina se laissa tomber sur l'herbe.

— Je ne le savais pas.

— Bah ! je finirai bien par savoir ! Au fait, il a appris pour les tracts. Il m'a interdit de renouveler l'opération.

— Cela ne m'étonne pas.

— Nina, j'ai un projet qui nous éviterait de prendre des risques inutiles. C'est Aryane qui m'en a donné l'idée sans le vouloir. Elle me disait qu'à une époque elle rêvait d'écrire des articles de mode dans des magazines.

— Et alors ?

— Créons une revue qui sera distribuée aux femmes des mineurs.

— Une revue de mode ? questionna Nina.

— Si on peut dire. Notre éditorial le plus militant traitera de la survie des oiseaux-mouches en voie d'extinction.

— Et pas un mot sur le syndicalisme ?

— Pas un mot que la censure puisse déceler, en tout cas.

— Et comment ?

— En utilisant un code. Une série de chiffres et de lettres qui se rapporteront, en fait, à un livre bien précis. Je suppose que chaque maison possède une Bible.

— Une maille à l'endroit, une maille à l'envers. Ou des points de broderie. Félicitations, ma chère. Tu frises le génie.

Doriane esquissa un sourire modeste.

— C'est un système expérimenté pendant la révolution américaine, expliqua-t-elle.

Les deux femmes s'embrassèrent en riant.

— Au revoir, Doriane. Et ne rends pas la vie impossible à mon pauvre frère.

— Moi ? Je suis en train de devenir la femme idéale. Une vraie dame !

Nina plissa le nez.

— Tu veux dire que tu passes ta vie à te faire les ongles, à te gaver de pâtisseries et à verser toutes les larmes de ton corps sur une porcelaine brisée ?

— Exactement ! Sans compter mes vapeurs et mes migraines.

Nina sourit.

— Depuis toujours, je me demande ce que veulent les hommes !

33

Durant quatre jours, Doriane joua à la perfection son rôle de femme au foyer. Tous les matins, elle courait les boutiques et elle passait ses après-midi au salon de thé de Mlle Emily en compagnie de sa mère et de quelques amies. Quatre soirs de suite, les avances de Leander furent repoussées sous divers prétextes.

La lune de miel était terminée !

Le cinquième jour, Doriane commença à s'ennuyer. Elle pensait avec nostalgie à son dispensaire et à la froide mais efficace Mme Krebbs. Désœuvrée, elle se rendit à la librairie de M. Pendergast espérant découvrir un nouveau livre de médecine.

Elle feuilletait d'un doigt distrait le traité de l'éminent Dr Haggard quand un homme qui furetait dans le rayon voisin dit soudain d'une voix basse mais distincte :

— Il livrera la marchandise jeudi soir.

Surprise, Doriane releva la tête et rencontra le regard de celui que Leander avait appelé Le Gault. Glacée jusqu'à la moelle, elle s'aperçut que les autres clients les regardaient.

Coûte que coûte, elle devait se dominer.

— J'ai trouvé le titre que vous cherchiez, monsieur !

— Chère madame, je vous remercie, répondit aimablement Le Gault.

Doriane se pencha sur les nouvelles parutions. Il fallait qu'elle pensât vite et bien, malgré sa terreur. Mais comment obtenir le plus de renseignements possible sans qu'il se doutât de quelque chose ?

— Livrera-t-il au même endroit que la dernière fois ? murmura-t-elle.

— Précisément ! Pourquoi ? Y a-t-il un problème ? dit-il en feignant d'examiner d'un air intéressé l'ouvrage qu'elle lui avait tendu.

— Aucun ! Si ce n'est que c'est moi qui ferai la livraison !

Elle attendit la réponse en réprimant une impérieuse envie de prendre ses jambes à son cou. Le Gault reposa le volume sur un rayon.

— Après tout ce n'est pas ce que je voulais, déclara-t-il suffisamment fort pour être entendu de tout le monde. Madame, au plaisir.

Il salua et sortit. Doriane enfila ses gants très calmement, consciente de tous les regards braqués sur elle. A travers la vitrine, elle aperçut Le Gault qui descendait la rue en faisant des moulinets avec sa canne, en direction de la Deuxième Rue.

Elle sortit à son tour, emprunta d'un pas égal le passage de Raskin Building, longea les boutiques et déboucha à cinquante mètres du bazar de Wilson.

Le Gault était devant la vitrine d'une quincaillerie, plongé dans la contemplation d'une batterie de cuisine. Elle traversa la rue et se posta près de lui.

— Je suis au courant de tout ! murmura-t-elle sans remuer les lèvres.

Il continua à admirer les ustensiles ménagers.

— Je le sais, sinon je ne vous en aurais pas parlé. En tout cas, ce n'est pas un travail de femme.

— Ni un travail d'homme, je suppose.

Il coula vers elle un regard en biais.

— Vous supposez ? Je croyais que vous saviez.

— C'est exact. Apprenez que mon mari se préparait à y aller pour la dernière fois. Mais il ne s'est pas encore remis de ses blessures et c'est pourquoi j'ai accepté de prendre sa place. Ensuite, vous devrez vous débrouiller sans nous.

Il parut réfléchir à la situation.

— C'est d'accord, dit-il enfin. Jeudi soir à vingt heures au même endroit.

Il s'éloigna de quelques pas.

— Où puis-je laisser ma voiture ? Je préfère éviter les regards indiscrets.

Le Gault rebroussa chemin.

— Nous en aurons besoin. Vous n'avez qu'à la garer derrière l'Aztec Saloon, sur la voie de Bell Lane, et attendre que quelqu'un vous apporte la valise. N'essayez pas de me doubler si vous ne voulez pas que votre mari paie les pots cassés.

— J'ai compris ! murmura-t-elle.

Doriane prit le chemin du retour, songeuse. Enfin, elle allait connaître le secret de Leander. Visiblement, celui-ci trafiquait avec des criminels. Des larmes de détresse lui piquèrent les yeux. Elle était prête à affronter le pire et se demanda si elle ne ferait pas mieux de mettre Nina dans la confidence.

Le jeudi soir, Leander quitta la maison après un appel téléphonique de l'hôpital. Doriane resta seule, le cœur serré. Elle revêtit son uniforme blanc et attendit. A mesure que les minutes, puis les heures s'écoulaient, elle se sentait gagnée par une anxiété croissante.

Vingt minutes avant le rendez-vous, elle monta dans son landau. A vingt heures précises, elle s'arrêtait derrière l'Aztec Saloon.

Kane Taggert se réveilla avec une sensation de froid intense. Il se demandait confusément pourquoi le lit vibrait. En se tournant vers Aryane, il s'aperçut qu'elle frissonnait et qu'elle claquait des dents. Du bout des doigts, il caressa la joue de sa femme. Elle était inondée d'une sueur glacée. Kane prit Aryane dans ses bras et essaya de la réchauffer.

— Aryane, ma chérie. Réveille-toi.

Elle ouvrit les yeux mais ses tremblements ne s'arrêtaient pas.

— Aryane, qu'y a-t-il ?

— Ma sœur est en danger ! Ma sœur est en danger ! répéta-t-elle.

Kane rejeta les draps et se leva.

— Ne t'inquiète pas, dit-il. Je téléphone à Doriane.

Kane laissa sonner un long moment puis appela l'opératrice et lui demanda de lui passer l'hôpital. Une infirmière décrocha.

— Le docteur est occupé.

— Je m'en fiche ! grogna Kane. Allez-le prévenir que sa femme est en danger.

Aussitôt, Leander répondit :

— C'est vous, Taggert ? Où est Doriane ?

— Je n'en sais rien. Aryane, là-haut, tremble de tous ses membres et ne cesse de répéter que sa sœur est en danger. J'ai cru bon de vous avertir. Elle était dans le même état lorsque Doriane avait été enlevée.

— Je la trouverai ! répondit Leander.

Il raccrocha et appela l'opératrice.

— Mary, ici le Dr Westfield. Je veux que vous trouviez ma femme. C'est une question de vie ou de mort. Appelez qui vous voulez, réveillez toute la ville mais trouvez-la.

— Donnez-moi une heure.

Ce fut l'heure la plus longue de sa vie.

Leander arpentait comme un lion en cage le couloir de l'hôpital en fumant cigare sur cigare. De temps à autre, il bondissait sur le combiné pour s'informer auprès de Mary du résultat de ses recherches. Il avait réussi à se tenir tranquille cinq bonnes minutes quand la sonnerie du téléphone retentit. Il se précipita pour répondre.

— Bonsoir, docteur ! grésilla la voix de l'opératrice. Une personne qui ne m'a pas autorisée à divulguer son nom m'a signalé qu'elle a aperçu, sans pour autant en être totalement sûre, le landau de Mme Westfield stationné entre l'Aztec Saloon et la voie ferrée.

— Chère Mary, je vous adore !

Leander laissa son cheval devant le saloon sans se donner la peine de l'attacher. Il fit irruption dans une longue pièce enfumée et se dirigea droit vers le bar.

— J'ai à te parler, dit-il au barman.

Ignorant un client accoudé au comptoir qui réclamait de la bière, l'homme fit signe à Leander de le suivre dans l'arrière-boutique.

— Je viens d'apprendre que ma femme attendait quelqu'un derrière ton établissement, ce soir. De qui s'agit-il ?

Le barman passa une main sur sa joue ombrée d'une barbe de quelques jours, puis caressa pensivement son double menton.

— Je n'aime pas me mêler de ce qui ne me regarde pas, mais Le Gault et cette femme...

Un éclair traversa les yeux de Leander.

— Le Gault ? Qu'a-t-il à voir là-dedans ?

— C'est lui qu'elle attendait.

Cette nouvelle figea Leander sur place.

— Ecoute, mon vieux ! dit-il finalement. J'ai horreur

du chantage et je serais désolé de faire appel au shérif, mai j'ai l'intention de tenter l'impossible pour retrouver ma femme.

— Le shérif est au parfum. Ça fait un moment qu'il a pris Le Gault en filature. Celui-ci joue l'innocent, d'autant que c'est ta chère femme qui fait tout le sale boulot.

Leander se pencha vers son interlocuteur.

— Tu as intérêt à tout me raconter, mon gros !

— C'est pas mes oignons. Moi je leur ai vendu une bouteille de whisky, un point c'est tout. Ne fais pas cette tête-là, doc ! Aïe ! Lâche-moi et je te dis tout. Le Gault m'a loué une chambre pour son amie, une étrangère avec un drôle d'accent.

— Une Française ?

— C'est possible. Un beau brin de fille.

— Et après ?

— Le Gault venait de temps en temps boire une chope avec elle. Comme j'ai l'oreille qui traîne, je les ai entendus parler d'une marchandise qu'ils voulaient expédier je ne sais où...

— Je vois ! murmura Leander, soudain très pâle. Ils ont trouvé un pigeon.

— Comment ?

— Rien. As-tu une idée de l'endroit où je peux trouver Le Gault ?

Le barman se gratta le menton.

— A cette heure-ci, il fait la tournée des grands-ducs.

Leander était déjà sorti.

Il visita trois bars avant de repérer Le Gault dans un tripot. Il était assis à une table de jeu, devant un verre de cognac. A la vue du nouvel arrivant, il fit mine de se lever mais n'eut pas le temps de faire deux pas que Leander le ceinturait. Une flamme meurtrière dansait dans ses yeux verts.

— Tu me suis ou je te brise l'échine !

Aucun des joueurs ne broncha. Les deux hommes débouchèrent dans la ruelle obscure.

— Où est-elle ? aboya Leander.

— Trop tard, doc ! Il y a plus de deux heures qu'elle est partie.

Leander décocha à Le Gault un coup de poing qui l'envoya valser contre le mur.

— Je n'ai encore jamais tué personne et ce n'est pas l'envie qui m'en manque. Réponds à ma question ou je t'achève.

Le truand eut un sourire narquois.

— A cette heure elle doit être entre les mains du shérif, menottes aux poings.

— Comment ? Pourquoi ?

— Pour vol. Des fonds d'une valeur d'un million. Elle n'est pas très maligne.

— Mais pourquoi a-t-elle fait cela ?

— Pour sauver la peau précieuse de son petit mari. J'ai beaucoup pensé à vous, docteur, quand vous m'avez envoyé en prison. La vengeance est un plat qui se mange froid. Vous apporterez des oranges à votre jolie petite femme pendant de longues années.

Leander réprima une furieuse envie de l'étrangler. Le temps pressait. Il remonta la rue en courant, se mit en selle et lança son cheval à bride abattue vers le sud. Le seul endroit qui pouvait abriter une telle somme était la gare de triage.

Au sommet d'une colline, Leander s'arrêta. La lune éclairait en contrebas deux roues qui se croisaient. A droite, un landau roulait à vive allure. A gauche, un groupe de cavaliers en uniforme se portait à sa rencontre.

34

Leander dégaina et tira en l'air plusieurs coups de feu. Ensuite, il dévala la pente sur sa monture à la poursuite du landau. Il l'atteignit avant les policiers, sauta sur le cheval de l'attelage, qui hennit, regimba et finit par s'arrêter. Leander relâcha les rênes qu'il avait tirées violemment.

— Nom de Dieu ! hurla-t-il à Doriane, qui le contemplait, terrassée au fond du landau.

Entre-temps les cavaliers les avaient encerclés.

— Donnez à une femme la possibilité d'avoir sa propre voiture et voilà où ça mène ! dit-il aux policiers.

Le shérif le scrutait d'un œil froid.

— Vous devriez surveiller votre épouse, mon garçon. Sinon, quelqu'un d'autre pourrait s'en charger.

— Oui, shérif.

— Bon ! je vous donne six heures pour réparer les dégâts, après quoi je serai obligé d'intervenir !

— Merci, shérif.

Le landau rebroussa chemin vers Chandler.

— Comment as-tu su que la livraison aurait lieu ce soir ? demanda Doriane au bout d'un moment.

— Doriane, tais-toi ! Sinon je te donne une volée dont tu te souviendras jusqu'à la fin de tes jours.

— Tout ce que j'ai fait, je l'ai fait pour toi.

— Pour moi ! Comment as-tu pu penser que j'étais un voleur et le complice de Le Gault ?

— Que voulais-tu que je pense ? Tu n'es qu'un simple médecin. Où as-tu trouvé l'argent pour financer le dispensaire ?

Leander stoppa la voiture et sauta à terre.

— Avant de discuter, voyons ce que tu transportes.

— C'est dans le porte-bagages.

Un instant plus tard, à la lumière d'une lanterne, Leander examinait le contenu d'une mallette de cuir fauve.

— Eh bien, s'exclama-t-il, des bons du Trésor qui appartiennent à Taggert et à la Banque nationale de Chandler !

Doriane porta ses mains à son visage.

— Seigneur ! Je... j'ignorais totalement... bégaya-t-elle. Je... euh... je croyais...

— En route ! Tu auras toute la vie pour te morfondre.

La gare de triage était à quelques kilomètres de Chandler. Il n'y avait pas une seule lumière lorsque Leander et Doriane traversèrent le service de fret. La porte vitrée du bureau était restée ouverte. Leander appuya sur l'interrupteur et une lumière crue éclaira un corps allongé en travers du seuil.

— C'est Ted Hinkel, dit-il en s'agenouillant près de l'employé. Il est vivant mais il a reçu un vilain coup derrière le crâne.

Doriane fureta dans son sac et tendit à Leander un flacon de sels.

— Puisque tu n'es pas le complice de Le Gault, où allais-tu ? demanda-t-elle d'une voix brisée.

— Mieux vaut t'empêcher de déclencher d'autres catastrophes, soupira-t-il. J'aide des syndicalistes à pénétrer en fraude dans les camps des mines.

— C'était donc ça !

— Je ne sais pas de quelle façon Le Gault a pu le découvrir. En tout cas, il t'a utilisée pour se venger de moi.

— Mais l'argent du disp...

— Ma mère était l'héritière d'une très grosse fortune.

Doriane versa du phénol sur une gaze et la passa à son mari.

— Mon Dieu ! murmura-t-elle. Et combien ai-je volé ?

— Oh ! rien, un petit million de dollars ! Heureusement que Kane Taggert m'a prévenu à temps.

— Kane ?

— Aryane avait senti que tu étais en danger.

Accablée, Doriane baissa la tête.

— Mon Dieu, Leander ! Je crois que j'ai tout gâché.

— Pas encore, mon amour. Cours vite remettre la mallette à sa place.

Revenu à lui, Ted Hinkel inspecta la salle des coffres d'un air ahuri.

— Ils n'ont rien pris, marmonna-t-il. Ils m'ont frappé, j'ai perdu conscience, ils sont entrés là-dedans et ils n'ont rien volé.

Leander sourit à Ted.

— Peut-être les en avez-vous empêchés, monsieur Hinkel. Demain, tous les journaux vont en parler. Vous serez le héros du jour.

— Mais je... j'étais évanoui.

— Certes, et après ! Cela arrive, une perte de conscience après un choc.

Ted bomba le torse.

— Ma foi... Je crois me souvenir que je me suis défendu comme un tigre.

Leander appela le shérif et lui apprit que tout était arrangé. Peu après, il sortait de l'hôpital où il avait déposé Ted et remonta dans le landau.

— Le shérif vient de me dire que Françoise et Le Gault ont été aperçus dans le train de Denver. Ils ne nous manqueront pas !

— Des syndicalistes, murmura Doriane. J'avais pensé à tout sauf à cela.

— Tu as trop d'imagination.

— Tu sais, Leander, j'ai quelques idées concernant l'information politique dans les mines. Ensemble nous pourrions...

— Plutôt me couper la main. Oublions tout cela, chérie.

— Tu as raison. D'ailleurs, j'ai hâte de reprendre mon travail. C'est décidé, dès samedi je retourne au dispensaire.

Il la regarda, étonné.

— Pourquoi samedi ? Nous ne sommes que jeudi.

— Parce que j'ai l'intention de passer la journée de demain au lit avec mon mari.

Leander sourit et arrêta la voiture.

— Et tes migraines, Doriane ?

Ils tombèrent dans les bras l'un de l'autre en riant aux éclats.

Achevé d'imprimer
le 25.3.88
par Printer Industria Gráfica, S.A.
08620 Sant Vicenç dels Horts
Barcelona 1988
Depósito Legal B. 348-1988
Pour le compte de
France Loisirs
123, Boulevard de Grenelle
Paris

Numéro d'éditeur : 13693
Dépôt légal : mars 1988
Imprimé en Espagne